Coffee

ブックデザイン・Ｓｉｕｎ
イラスト協力・関谷由香理
編集協力・相原彩乃、北村有紀、
黒澤鮎見、舘野千加子、
原郷真里子、藤巻志帆佳
ＤＴＰ・四国写研

プロローグ

一つずつ、段ボール箱を抱えた一ノ瀬究《いちのせきゅう》と井口透《いぐちとおる》が廊下《ろうか》を歩いている。

「まったく……。なんで俺たちが那智《なち》先生の荷物を運ばないといけないんですかね。俺、けっこう忙《いそが》しいんですけど」

「まぁ、あそこを使っているのは俺たちだからねぇ。それに、たまにはパズル部顧問としての那智先生の顔を立てておかないと、いざというときにスネられても困《こま》るからね」

グチグチと不満を連ねる透に対して、究は飄々《ひょうひょう》と笑いながら言う。そんな2人が廊下の角を曲がったときだった。

「もうっ！　瑛《あきら》のバカ！　いつからそんなに頭がカタくなったの!?」

突然聞こえてきたその声は、究と透にとってなじみのある声だった。その荒ぶる口調も、珍しいわけではなかったが……。

「今の、江東《えとう》先輩の声ですよね？『瑛のバカ!』って聞こえましたけど……」

それが、親友でありパズル部の副部長でもある安藤瑛《あんどうあきら》に向けられるというのは、いつものことではない。ふたたびの怒鳴り声が聞こえてきたのは、究と透が顔を見合せたそのときだ。

「頭がカタいのは、蘭《らん》のほうでしょ？　科学は、『あらゆる事物が存在することを前提に』語られる学問なのよ。そうでないと人類は、新種の発見にも、ワクチンの製造にも、たどり着けなくなってしまう。科学が意味をなさなくなってしまうわ」

「多元宇宙論は、それとは別！　あたしたち人類が存在する宇宙の外にも、別の宇宙が存在してるって言うのは簡単だよ？　でも、そこになんらかの形でアクセスできないかぎり、あたしたちは、それを『ある』とは定義できないの。あたしたちは、平行宇宙には行くことも、見ることも、触れることもできない。だから、平行宇宙はリアルじゃないの！」

「『今まで誰も見たことがないから、存在しない』なんて、蘭がそんなつまらない意見を口にするなんて、がっかりだわ」

廊下に聞こえるほど大きな言い合いは、間違いなく、「備品庫」と書かれた扉の向こう――つまり、パズル部の部室の中から聞こえてくる。その剣幕《けんまく》に、透はすっかりおびえていた。

「早く備品庫に荷物を片づけて逃げましょう」

そのとき、「ムキーッ！」という、蘭の原始的な怒りの声が聞こえてきた。さすがに、それには究も透も失笑する。

「様子を見に行ったほうがいいんじゃないかな」

やれやれといった様子で首を軽く横に振りながら、「それは、あまりに危険です」という透の震《ふる》える声を無視して、究は廊下を、パズル部の部室に向かって歩き出した。

「取り込み中みたいだけど、一度、冷静になったらどうかな？　廊下《ろうか》まで声が聞こえてるよ」

扉を開けて声をかけた究に、瑛と蘭が同時に首をめぐらせた。２人とも、威嚇《いかく》し合うように立って向かい合っている。そして、部室には、もう１人の人間がいた。２人の真ん中で、半べソ状態の朝生奏《あそうかなで》がおろおろと自分の立ち位置を決めかねていたのだ。

そんな奏が、究と透の姿《すがた》を見た瞬間、「イッキュウ先輩！」と、地獄《じごく》で仏に会ったような顔になる。

「あの……そもそも何でもめてるんですか？」

「イグッチは、多元宇宙論をどう思う!?」

目を白黒させている透を気づかったのか、瑛が「ちょっと、蘭」と、蘭を制止する。が、蘭は瑛の存在そのものを無視することに決めたらしい。「ほら！　どうなの、イグッチ！」と、小柄な体で透ににらみを利かす。

透はゴクリとノドを鳴らしてから、覚悟を決めたように口を開いた。

「多元宇宙って……パラレルワールドとかマルチバースとか、そういうヤツですよね？　そういうのは、マンガやSF映画の中の話なんじゃないですか？」

「蘭が怖くて、井口くんは調子を合わせてるんでしょ!?　一ノ瀬くん。あなたはどう思う？」

「え？　俺にも聞くの？」

「この際だから、今日の部活動は『多元宇宙論について議論する』ということにしましょう。一ノ瀬くんの意見も聞かせて」

そう言う瑛の表情は、「議論の余地はない」と言わんばかりに張りつめたものだったが、究は透のように気圧《けお》されたりはしなかった。「そうだねぇ……」と、あごに手を添え、何かを考えるそぶりを見せる。

「前にも言ったと思うけど、『悪魔の証明』っていって、存在していないことを証明するのは不可能に近いから――」

「つまり、否定派ではないということね？」

究の言葉をさえぎって、瑛が瞳を輝かせる。その様子を見た蘭が、ガリッとチュッパチャプスを噛み砕いた。2人の間で、奏はすっかり縮《ちぢ》こまっている。まるで、2匹の猫に挟《はさ》み撃《う》ちにされた子ネズミのようだ。

そして、眼光鋭《がんこうするど》い2匹の虎は、そんな子ネズミを見逃さなかった。

「これで2対2。あとは奏だね。これで勝負が決まるわ。あんたは、どう思うの?」

「えぇっ!? 僕ですかぁ……?」

「奏だって、去年から私たちと一緒に科学について考察してきたんだから、『門前の小僧』くらいの知識はあるでしょ?」

そんなことを言う先輩2人に詰《つ》め寄《よ》られた奏は——「窮鼠猫《きゅうそねこ》を噛《か》む」とはいかず——その場にヘナヘナと座《すわ》り込《こ》んでしまった。

さすがに心配した透が、奏に声をかけようとしたときだ。

「ちょっと、2人に考えてもらいたい問題があるんだけど、いいかな?」

そう言って、究が瑛と蘭の注目を引くように、軽く両腕を広げた。究に目を向けた2人が、「問題?」と、イラ立った声をそろえる。

「今はパズルより、多元宇宙論が先でしょ!」

「まぁまぁ。2人なら一瞬で答えられる問題だから、朝生に飛びかかる前に、さくっと解いちゃってよ」

冗談とも本気ともとれないことを言って、究はにっこりと穏やかな笑顔になった。

Q 100円玉を3枚、合計300円を持って買い物に出かけ、180円のパンを1つ買った。おつりはいくらか？

「なにそれ。小学校の算数の問題じゃない」

肩すかしを食ったのか、瑛がわずかに声を裏返らせた。

「そんなの、300円から180円を引いて、おつりは120円に決まってるでしょ」

当然と言わんばかりの表情で瑛が言った直後、「あらあら」と、失笑を含むつぶやきが聞こえた。蘭だった。

「なに？」と、瑛がイラついた目で蘭をにらむ。しかし、蘭がひるんだ様子はない。

「瑛がそんな短絡的《たんらくてき》な意見を口にするなんて、がっかりだわ」

瑛が、突き刺さりそうなほど鋭い視線を蘭に向けたが、蘭は余裕の笑みをたたえて、たたみかけた。

「瑛は、180円のものを買ったときに、持ってる300円、全部出すの？　子どものおつかいじゃあるまいし。買ったものが180円なら、100円玉を2枚出せば足りるでしょ。だから答えは、20円だよ」

蘭の解説が予想外だったのか、瑛がゆっくりと目をみはる。そんな瑛を前にして、言い負かしたふうな蘭は、「フフン」と唇の端を持ち上げた。それがいっそう、瑛の神経を逆なでしたらしい。威嚇《いかく》する猫のような、「フーッ！」という声が聞こえてきそうだ。

「ちょっと、一ノ瀬先輩……！　火に油をそそいで、どうするんですか」

こそこそと、透が究に耳打ちする。しかし、究はそれを無視すると、にらみ合うパズル部の女子2人に向かって、「第2問」と2本の指を突きつけた。

Q 雪がとけたら何になる？

「ちょっと！　科学部をナメないでもらえる!?」

今度は蘭が、声を裏返らせる。

「雪が溶けたら、水になるに決まってるでしょ!?　H_2O！　ほかに何があるの？」

「あら。やっぱり、蘭は短絡的な科学おバカさんね」

言い返した瑛が、ゆっくりと腕を組んだまま言う。

「雪が解けたら、『春』になる。これが私の答えよ。科学者にも詩的なセンスは必要なんじゃないかしら。それが、レイチェル・カーソンの言う『センス・オブ・ワンダー』につながると思うわ。多元宇宙論が理解できないのは、そういうところに問題があるからかしら？」

「へぇ。なんか、センスのある答えですね」

「ちなみに……」

と、透がスマホの画面を見ながら言う。

「さっき、一ノ瀬先輩は『雪がとけたら』って言いましたけど、漢字で書くと、『溶ける』と『解ける』の両方があって、どちらも正しいみたいですね。ただ、『固体が液体になった』というニュアンスの場合は『溶ける』が多く、『春になって、いろいろなものがゆるむ』というニュアンスを出したい場合は『解ける』を使うことが多いみたいですね」

しかし、瑛も蘭も、後輩たちのつぶやきは、耳に入ってさえいないらしい。正面からじっとにらみ合っていたかと思うと、どちらからともなく、「はぁ……」と、息を吐き出した。

「以前から、うすうす感じてたことだけど……私たちって、実は正反対よね。性格も、科学に対する考え方も」

「あたしもそう思う。『方向性の違い』ってヤツ？　バンドだったら、即解散だね」

「え、ちょっと……。まさか、江東先輩、部を辞めるつもりですか？　1人でも辞めたら、この部は廃部《はいぶ》ですよ？」

「そうですよ！　せっかく廃部のピンチを乗り越えて、みんなで一緒にいられることになったのに、今さらバラバラになっちゃうなんて……」

廃部にさえ発展しそうな気配に、透と奏が浮き足立つ。にらみ合う瑛と蘭、それから究を交互に見て、何かを言おうと口を開きかけるが、言葉を見つけられなくて、結局は口をぱくぱくさせるばかりだ。

いよいよ、瑛と蘭の間にただよう緊張感が極限を迎えようとしたときだった。

「今の2問に対する2人の答えは、すべて正解だよ」

ふいに究が口を開いた。あまりの脈絡のなさに不意をつかれたらしく、にらみ合っていた2

人がそろって、間の抜けたような視線を究に向ける。

その視線をしっかりと受け止めてから、究は言葉を続けた。

「手持ちが３００円の状態で１８０円のものを買った場合の『おつり』を１２０円ととらえるか、20円ととらえるか。いずれにしても、手もとに残るのは１００円玉が１枚と、10円玉が2枚だ。雪が溶けると『水』になるのも正解だし、『春』になるのも間違いない。２人は、どっちも間違ってないよ」

蘭が、わけがわからないというように眉をゆがめる。「つまり……」と、究は、長めの前髪を手で払いながら、唇をほどいた。

「物事のとらえ方や見え方は人によって違うのが当たり前で、絶対的な正解というものはないんだよ。それに、いろんな色がないと、きみたちが大好きな宇宙は成立しないからね」

「色？」と、奏が首をかしげる。答えるかわりに、究は右手の人差し指、中指、薬指の３本を立てた。

「安藤と江東にこんなことを言うのは、『釈迦《しゃか》に説法《せっぽう》』だと思うけど、光の三原色ってあるでしょ？　赤と、緑と、青。この３つが重なると、白になる。白って、何色にでも染まれる色だよね。いろんな色の人間が集まることで、その場所には、何色にだってなれる『可能性』が生まれる。最初から、同じ考えをもつ人間ばかりが集まった場所には、新しい色なんて生まれないよ。赤と赤と赤が混ざったところで、同じ赤にしかならないのと一緒でね」

瑛と蘭が目を丸くする。その表情は実によく似ているのだが、きっと、2人は気づいていないだろう。

「一ノ瀬先輩、いいこと言いますね。でも、らしくないですよ。もしかして、俺の影響を受けてませんか？　そういえば、こういう考え方もありますよ」

ふとつぶやいた透に、瑛と蘭がまたしてもそっくりな目を向ける。それを見つめ返して、透はメガネのレンズを光らせた。

「色の三原色ですよ。同じ『三原色』でも、色の三原色は光の三原色とは性質が違います。シアン（青）、マゼンタ（赤）、イエロー（黄）の3色で、それが混じると、黒になります。何色にでも染まれる白とは違って、黒は、何色にも染まらない色です。安藤先輩も、江東先輩も、無理にほかの色に染まる必要はありませんよ。もちろん、染まりたいときは染まったって、いいと思いますけどね」

透を見つめる瑛と蘭が、同じタイミングでまばたきをした。2人の気配が和《やわ》らいだことを肌で感じ取った奏が、ほっとしたふうに表情を緩《ゆる》める。そこに究が言う。

「何色にでも染まれる白か、何色にも染まらない黒か。どちらも魅力的な色だと思うけど、同じ色ばかりが集まるところでは、生まれない色だ。お互いの『色』を認め合って、必要なときに補い合う。そんな関係は、けっして悪いものじゃないと俺は思うよ」

「フランスの作家、サン＝テグジュペリも、こんな言葉を残しています。『愛というのはお互いに見つめ合うことではなく、一緒に同じ方向を見ることだ』って。お互い、無理に相手の『色』に染まろうとしたり、相手を自分の『色』に染めようとするんじゃなくて、違う『色』のまま、それでも同じ方向を見つめて進むことができたら、すごい『色』の未来が見られるかもしれないですね」

そう言った究と透を、瑛と蘭は、しばらく無言で見つめていた。

「透くん……！」と、感動した様子でつぶやいたのは奏だ。透はまんざらでもなさそうに、口もとに微笑みを浮かべて、メガネのブリッジを押し上げた。

やがて、「ふぅ……」と、瑛と蘭の口から同時《どうじ》に吐息がこぼれた。

「ごめん……。さすがに、ちょっとやりすぎたね……」

蘭の言う「やりすぎた」が、「瑛に対して言いすぎた。ムキになりすぎた」という意味だろうと、男子3人が思った直後——。

「だから言ったじゃない、蘭……。『そこまですることないんじゃない？』って」

瑛が、バツの悪そうな表情で言った。

「え？　どういうことですか？」

透が、メガネの奥でいぶかしそうに目を細める。それに気づいた蘭が気まずそうに笑って、乱れた髪をぞんざいに手でなでつけた。

「いやぁ……実は、瑛に言われたんだよね。あたしたち5人の関係ってかなり希薄なんじゃないか、って。あたしたちって、性格も、興味のあることもバラバラでしょ？　だから、いつか分裂して、また廃部に追い込まれるようなことになっちゃうんじゃないかって、瑛は心配してたわけ。だから、あたしが計画を持ちかけたの。あたしたち2人がケンカをすれば、男子3人の本音が見えるんじゃないか。それが、あたしたちの期待するものじゃなかったら、もうあたしたち2人で『科学研究会』にでも名前を変えて、サークルとしてやっていけばいい、ってね」

「え」と、男子3人の表情が固まる。苦笑する蘭の隣では、瑛が、申し訳なさそうに下を向いていた。

「え……ということは、今の先輩たちのケンカは、『ドッキリ』だったってことですか？」

奏の呆然《ぼうぜん》とした問いかけに、「ごめんなさい！」と瑛が頭を下げた。

「私は、『そこまでしなくても』って言ったんだけど、奏が部室に入ってきたところで、いきなり蘭がフルスロットルで演技しはじめちゃって、私も合わせるしかなくなっちゃって……」

「いやぁ、迫真の演技だったよ、瑛！　途中から半分本気になってたもん、あたし」

「俺には、『半分』どころじゃなかったように見えましたけどね。『計画』のことを忘れて、途中からムキになってたんじゃないですか？」

透の指摘を受けた蘭は、「あっはっは！」と、わざとらしい声を上げて笑いながら、白衣のポケットに手をつっこむと、おもむろに新しいチュッパチャプスを取り出した。

あきれ果てた様子の透とは反対に、深々と安堵のため息をついた奏が涙目になり、ついには本気で泣き出してしまう。

「よかったあぁぁ……！　本気でケンカしてたワケじゃなかったんですね！　もう僕、どうなるかと思いましたよぉ……。安藤先輩も江東先輩も、めちゃくちゃ怖《こわ》かったし……。江東先輩が『バンドだったら即解散』とか言い出したときは、今度こそ廃部なのかなって、もう不安で不安で……」

「ご、ごめんね、奏……」

「俺はともかく、後輩を不安にさせるのは、先輩として美しくないんじゃない？」

究の言葉に、さすがの蘭も、瑛と一緒に神妙《しんみょう》な面持《おもも》ちになった。

その後、瑛と蘭は改めて男子3人に謝罪《しゃざい》をして、3人分のコンビニスイーツを差し出した。

その様子を見た奏が笑顔になる。

「どんなにケンカしても、すぐに仲直りできるのが、本当の『仲間』ですよね」


——数日後。瑛と蘭がそろってパズル部の扉を開けたとき、そこにはすでに、透と奏の姿があった。透のタブレットを2人してのぞき込んで、何やら盛り上がっている。

「だーかーら！　雪男は存在するでしょ！　この画像、どう見たって雪男じゃん!!」

「・・・・・・どう見たって、フェイクだろ。こんなもん、画像編集ソフトを使えば、いくらでも作れるよ。雪男もネッシーも天狗《てんぐ》もカッパも、人間が作り出した空想生物だって。俺は科学より、そういう人間の想像力にこそ、可能性があると信じるね」

部室の真ん中で、奏と透がぎゃあぎゃあ騒ぎはじめる。窓辺では、一ノ瀬究が2人の論争にはなんの興味もなさそうに、クロスワードパズルの冊子を開いている。そして、蘭は実験デスクでさっさと実験を始め、瑛は空いていたパイプ椅子に座ると、教科書とノートを取り出した。

その状況に、なぜか奏が地団駄《じだんだ》を踏みはじめる。

「もう！　なんで誰も僕たちのケンカを心配してくれないんですか！」

その一言が、すべてを物語っていた。瑛と蘭の口もとからは微笑ましそうな笑みが、究の口もとからはあきれたような笑みが、それぞれにこぼれ落ちる。

「『なんで』って、きみたちのケンカは『ドッキリ』以下……。じゃれ合っているようにしか見えないんだよ。仲よく会話しているところを邪魔するのは、先輩として無粋《ぶすい》でしょ？」

究の言葉に奏が「むぅっ」と頬を膨《ふく》らませ、透はバツが悪そうにメガネを押さえた。

しかし——はたして気のせいだろうか——、全員の顔にはほのかな笑みが浮かんでいた。

| 登場人物紹介 |

パズル部とは？

部員不足で廃部《はいぶ》寸前だった「科学部」が、部の存続のために新部員を集めることに。なんとか部の要件を満たすために、2人の部員を集めることに成功はしたが、そのうちの1人、一ノ瀬究が入部する条件としたのが、「自分を部長にすること」だった。泣く泣くその条件をのんだ科学部だったが、一ノ瀬究は部長権限で、部名を「パズル部」に変更し…。

一ノ瀬《いちのせ》 究《きゅう》

パズル部の部長。3年生。考え、行動、すべてが謎に包まれている。常に知恵の輪をいじっている。なんでも「パズル問題」にたとえて説明しようとする。

安藤《あんどう》 瑛《あきら》

元科学部の部長。現パズル部の副部長。3年生。クールで良識派の理系女子。元科学部の3人は、「科学部」の復興《ふっこう》を目指し、「パズル部科学課」を名乗っている。

江東《えとう》 蘭《らん》

元科学部の部員。3年生。自称「天才科学者」だが、後輩たちからは、手段を選ばない、唯我独尊《ゆいがどくそん》な「天災系科学者」と認識されている。常にお菓子を食べている。

朝生《あそう》 奏《かなで》

元科学部の部員。2年生。おだやかで素直な性格だが、優柔不断《ゆうじゅうふだん》。常に江東蘭の実験助手かつ実験台として、不当な扱いを受けている。

井口《いぐち》 透《とおる》

自己啓発《じこけいはつ》が大好きな2年生。常にパソコンに向かって、通称『語録』とよばれる、自身や古今東西の偉人《いじん》たちの名言を集めている。「ビジネスコミュニケーション課」を自称。

5分後に意外な結末Q

そして、パズルだけが残った。

桃戸ハル・伊月咲 著　usi 絵

Gakken

目次

contents

「先入観」について考える

その日の4限は選択科目《せんたくかもく》で、ともに音楽を履修《りしゅう》している安藤瑛《あんどうあきら》と江東蘭《えとうらん》は、3年A組の教室から音楽室へと向かっていた。選択科目は、隣のB組と合同で行われる。

2人が音楽室に入ると、すでに何人かの生徒が集まっていて、その中にいつもの横顔もあった。

「やっほー、ひまちゃん」

蘭が声をかけると、B組の船戸日葵《ふなとひまり》は笑顔で手を振って応《こた》えた。名前の由来どおり、向日葵《ひまわり》や陽だまりを連想させる、あたたかな印象の笑顔だ。この笑顔に癒《いや》されているのは自分たちだけではないはずだと、瑛と蘭は思っている。

「……あれ？」

日葵のうしろの席に瑛と並んでついた蘭が、日葵の机に何気《なにげ》なく向けた目を丸くする。

「ひまちゃん、それ、古文の教科書だよ？」

「え？　ほんとだ！」

蘭に指《ゆび》さされた場所に目を落として、日葵は素《す》で驚いた声を上げた。ペンケースの下にあった教科書には、「音楽」ではなく「古典」と書かれている。その文字を指先でなぞりながら、日葵は失敗した顔になった。

「3時間目が古文だったんだけど、そのまま持ってきちゃったみたい……。ぜんぜん気がつかなかった……」

「珍《めずら》しいね。ひまちゃんが、こんなうっかりミスするの」

「考えごとしてたせいかな……」

そう言って、日葵は少し困った笑顔になる。こんな困り顔も、日葵には珍しい。

「何かあったの？」

瑛も蘭も尋ねずにはいられなかった。

「実は、マリンがモデルにスカウトされたの……」

内緒《ないしょ》話を始めるかのように、ひそやかに返された言葉は、瑛と蘭の予想から大きく外れていた。

「スカウト？　すごいね！」

日葵の言葉を聞いてすぐ、瑛と蘭は同じセリフを口にした。

「モデル」という単語がスムーズに結びつく「マリン」という人物——それは、東明稜高等学校に通う、連城《れんじょう》マリンという女子生徒だ。彼女も３年生だが、瑛も蘭も同じクラスになったことはない。それでもすぐに顔と名前が浮かぶくらいには、連城マリンは校内の人気者であり、有名人だ。

つやつやの髪に、白磁《はくじ》のような肌は一度も日焼けをしたことがないのではと疑いたくなるくらいに、きめ細かい。１７０センチはあるだろうすらりとした長身に、長い手足。顔立ちは異国の血縁《けつえん》を感じさせるような雰囲気だが、「日本人１００％なんだって」と、以前、日葵が教えてくれた。日葵とマリンは幼なじみで、幼稚園から高校まで、さらには住んでいるマンションも同じなのだという。

「『日葵《ひまり》』と『マリン』って、音もかぶってるし、どっちも『夏』を連想《れんそう》させる名前でしょ？だから、子どものころから『２人は、いいコンビだね』『２人が一緒にいるのを見ると、海辺に向日葵《ひまわり》が咲いてる景色が浮かんでくる』って言われたりして、嬉しかったんだ。それからずっと、マリンとは幼なじみで親友なの」

以前、日葵は嬉《うれ》しそうに、そして少しくすぐったそうに、そう話していた。

その、幼なじみで親友の連城マリンがモデルにスカウトされたから、日葵は自分のことのように喜んでいる――のかと思いきや、話を切り出した日葵の表情は、どこか浮《う》かない。

「どうしたの？　新しい世界にチャレンジするのって、きっといいことだよ」

「そうだよ！　マリンちゃん、かわいいし、すぐに人気者になるよ」

日葵の思案《しあん》顔《がお》の理由が、「親友が、その世界でうまくやっていけるか不安に思っているから」だと推測した2人は、矢継《やつ》ぎ早《ばや》にそう言った。

「それは、わたしもそう思うんだけど……肝心のマリンがね」

瑛と蘭の言葉を受けて、日葵は古文の教科書の角《かど》を指先でいじりはじめた。

「マリンがかわいいのは事実なんだけど、今までモデルの仕事に興味をもったこともないし、ぜんぜん知らない世界なんだよね。それに、モデルの仕事って大変そうでしょ？　スケジュール管理とか、食事制限とかもあるかもしれないし。マリンって自由奔放《ほんぽう》な性格だから、そういう管理下におかれるみたいな生活は向いてないと思うんだよね。仕事でも生活面でもあれこれ指示されて、ストレスため込んじゃうかも……。それにやっぱり、そういうのに慣れてないから、いざモデルの仕事をするとなっても、まわりに迷惑かけちゃうんじゃないかって」

よどみのない口調は、マリンの気持ちを代弁《だいべん》するかのようだ。それだけ、親友であるマリンの身を案《あん》じているのだろう、と瑛と蘭は感じた。

「わたし自身は、マリンにモデルに挑戦してほしいって思うんだ。マリンの魅力《みりょく》をたくさんの人に知ってもらえるし、そうなったら、わたしだって誇《ほこ》らしい。でも、マリンが負担を感じるようなことになったりしたらわたしだってイヤだから、強引に『やろう！』って言うのも、違うでしょ？　現場に行って、モデル未経験のマリンが冷たい視線を浴《あ》びるようなことになっても、かわいそうだし……。だから、ちょっと悩んでるんだ」

「なるほど、そういうことだったの」

日葵の話が一段落《ひとだんらく》ついたのをみて、瑛が軽く腕組《うでぐ》みをする。やがて、その腕組みをほどくと、

「こういうのはどう？」と片手の人差し指を立てた。

Q

ある日、ある学校で千羽鶴《せんばづる》を折ることになった。

この学校では、生徒全員が１人４羽、教師全員が１人３羽のツルを折ると、ちょうど千羽を折ることができる。

しかし、千羽鶴を折ることになった日には３人の生徒が欠席していたので、

教師が1人4羽を折ることになった。
すると、無事に千羽のツルを折ることができた。
さて、この学校の教師の人数は何人？

音楽室で出題《しゅつだい》するにしては、あまりにも「教科」が違いすぎるんじゃない？　と、日葵の目は訴えていた。

「よくわからないけど、数学の問題？　連立《れんりつ》方程式を使って解くの？『本来の生徒の人数』をXとおいて――」

「ストップ。実は、連立方程式で解くより、簡単な方法があるの。これは、『考え方』の視点を少しずらすだけで解ける問題なのよ。休憩《きゅうけい》時間も残り少ないから、正解を言っちゃうね」

ブレザーのポケットから取り出した手帳を使って、瑛は解説を始めた。

「まず、『3人の生徒が欠席したときに足りなくなるツルは何羽《なんわ》なのか』を考えるの。生徒は1人4羽のツルを折る予定だったから、3人が欠席したときに足りなくなるのは、『4羽×3

人で12羽』ということになるよね。最初、教師たちは1人3羽折る予定だったけど、3人の生徒が欠席した結果、1人4羽折っている。つまり、1人あたり1羽だけ、予定より多く折ることになったの。1人1羽よけいに折るだけで、不足分の12羽を補えるということは、教師の数は『12羽÷1羽』で、12人ということになる」

「……そっか、たしかに。そう考えれば簡単だね」

「不安だったら、あとで連立方程式で解いてみて。同じ答えが出るから」

そのとき、音楽室内に予鈴《よれい》が響いた。あと数分で教師がやってくる。瑛は口早《くちばや》に続けた。

「今の問題は、連立方程式を知らなくても解ける問題なの。むしろ、連立方程式を立てるよりシンプルで早いでしょ？　実は、予備知識がなくても解決できることって、世の中にはけっこう多いんじゃないかな。『連立方程式で解く』っていう先入観《せんにゅうかん》があると、そのことに引きずられて動きづらくなってしまう、なんてこともあるかもしれないわ」

「そうだね、わたし、真っ先に連立方程式で解く問題だなって思い込んじゃった」

蘭は「あるある」と腕組みをしてうなずいていた。

「科学でも、『常識的に考えたらこうなるはずだ』『この実験手順だと、こういう結果が得られるはずだ』っていう先入観にとらわれちゃうと、重要なポイントを見落としかねないし、新発見や新発明もできないみたいで、先入観がないほうが大胆《だいたん》なアプローチができることも多いみたいよ」

「だからね、マリンちゃんのモデルの件も、知識や経験がないことを、そんなに気にしなくてもいいんじゃないかな。もちろん、知識が役に立つ場面や、経験のある子が有利になる場面はあるかもしれないけど、マリンちゃんはマリンちゃんらしい方法で、存在感をアピールできると思う。自由奔放なのも、マリンちゃんの魅力《みりょく》でしょ？　知識は武器になるけど、その武器が勝利への絶対条件ではないと思うわ。マリンちゃんの自由奔放で天真爛漫《てんしんらんまん》な性格が武器になることも、きっとあるはずよ。そう信じて、思いきってモデルの世界に飛び込んでみるのもいいんじゃない？」

「ありがと、瑛ちゃん。マリンのために、真剣にアドバイスくれて――」

日葵がお礼を言いかけた瞬間、始業《しぎょう》のチャイムが鳴って教師が音楽室に入ってきた。そのあとは授業になり、授業後も続きを話すことはできなかったが、授業中にときおり見えた日葵の横顔には、以前のようにあたたかな微笑《ほほえ》みが戻っていた。


「――ってことがあったのよね」

音楽室での一件を、放課後のパズル部の部室で、蘭は男子たちに話して聞かせた。

パズル部の部長である一《いち》ノ《の》瀬《せ》究《きゅう》と、蘭たちの後輩である井《い》口《ぐち》透《とおる》の反応は薄《うす》めだが、パイプ椅子の上にあぐらをかいて話を聞いていた朝《あ》生《そう》奏《かなで》は、「へぇー」と興味ありげに上半身を乗り出している。

「連城先輩なら、僕も知ってますよ！　すごくきれいで、存在感ありますから。関西から越《こ》してきた、テニス部の桜《さくら》井《い》三《さん》姉《し》妹《まい》と同じくらい人気ありますよね。でも――」

「『でも』なぁに？　まさか奏はマリンちゃんのモデル活動に文句があるんじゃないでしょうね!?」

すかさず蘭が詰《つ》め寄《よ》ると、奏は「そうは言ってませんけど、ちょっと……」と、目をそらして唇をとがらせた。蘭も、本気で文句を言おうと思ったわけではないのだろう。「とにかく」と、あっさり矛《ほこ》先《さき》を収めてしまう。

「幼なじみのマリンちゃんのために、自《じ》分《ぶん》事《ごと》のように悩んだり心配したり、お礼を言ったり、ひまちゃんってホントいい子なのよ。マリンちゃんがこれからどうするのかはまだわからないけど、モデルとして楽しく活動してくれたらいいなって、あたしは思うよ」

「そうね。私も、もしマリンちゃんがモデルとして活動する道を選ぶのなら、応《おう》援《えん》したいわ」

瑛も、テーブルでお茶を飲みながら満足げな微笑みを浮かべる。

「なるほどねぇ」と、そこでようやく口を開いたのは、究だった。「よいしょ」と窓辺の定位置から億劫《おっくう》そうに腰を上げ、パズル部が私物化しているホワイトボードに歩み寄る。そして、書きやすいようにボードの向きを調整《ちょうせい》してから、空《あ》いているスペースに何かを走り書きした。

「朝生が言いたいことは、なんとなくわかったよ」

ホワイトボードからくるりと振《ふ》り返《かえ》った究が、マーカーで蘭を指す。

「これ、なんて書いてあるか読んで」

「左から、A、B、C。なんなの、これ?」

蘭の「イライラ顔」にも臆《おく》せず、究は「ふむ」とひとつうなずくと、ふたたびホワイトボードに向き直った。そして、キュッ、キュキュッと、何かをボード上《じょう》に書き加える。

「はい。じゃあ、これを縦《たて》に読むと?」

ふたたびホワイトボードを見た蘭が、くわえていたチュッパチャプスをガリッとかじった。

「数字の12、13、14ね……」

蘭の回答が希望どおりのものだったのだろう。それを聞いた究は、「模範《もはん》解答だよ、江東」

と皮肉な賞賛《しょうさん》を贈った。満足げな究に、蘭はムスッとした不満顔を向ける。

「何が言いたいのよ、一ノ瀬。あんたの字がヘタってことが証明されたって話？」

「字のうまい、ヘタでは、江東先輩だって負けてないと思いますよ」

「イグッチ、うるさい！　今はそんな話はしてない！」

「江東先輩、他人《ひと》には言うクセに……。一ノ瀬先輩は、『状況から勘違《かんちが》いすることもある』って言いたいんじゃないですか？」

「まぁ、そんなところだね」

マーカーにキャップをはめながら、究は飄々《ひょうひょう》とした笑顔で透に応じる。そして、キャップをはめたマーカーでホワイトボードをコツコツと叩いた。

「俺の字が汚《きたな》いかどうかはさておき、これはワザとこう書いたんだよ。横の流れで読めばアルファベットに、縦の流れで読めば数字に読めるようにね。こんなふうに、自然な流れの中にあれば、どっちにも受け取れてしまう。言い換《か》えれば、会話の流れの中で、先入観がもとで勘違いが起こってしまうことは、まぁ、よくあるってことだよ」

「つまり一ノ瀬は、あたしたちがひまちゃんの話を聞いて、何か勘違いしてるって言いたいの？　今の話のどこに、そんなポイントがあったってのよ？」

蘭のくわえたチュッパチャプスの棒が、小刻《こきざ》みに上下運動を繰り返す。蘭がイライラしている証拠だ。

「考えもしないで答えを知りたいなら、朝生に頭を下げたら、ヒントを教えてくれるかもしれないよ。そのうち真相《しんそう》がわかるでしょ」

そういう言い方をすれば、蘭は絶対に奏に聞けないことを究は知っている。

「かーっ！　相変わらず絶妙にイラッとくる言い方っ！」

それまで一連の様子を眺めていた瑛は、もわもわとした納《おさ》まりの悪さを胸に覚えていた。

──なんだろう。何か重要な判断材料が欠けているような気がする。

しかし、それがなんなのかはピンとこない。かといって、自分が日葵に対して、まるで的外《まとはず》れなアドバイスをしたという感覚もない。実際、日葵には感謝されたし、前向きに考えてみるというニュアンスのことも言っていた。けっして間違ったわけではないと思う。

──なのに、なんなんだろう、この違和感《いわかん》……。

簡単に正解を知りたいわけではないが、日葵に聞くよりほかにこの違和感を解消する方法はない気がする。タイミングが合うときに、その後どうなったかを日葵に聞いてみよう。そうすれば、きっとスッキリするだろう。そう思うことにして、瑛は胸の中の違和感を強引《ごういん》に収めた。

その翌週《よくしゅう》もB組と合同の音楽の授業はあったが、相談を受けてから1週間しか経っていないのにズケズケ尋ねるのもはばかられて、マリンの話題は持ち出さなかった。その次の週は日葵がB組のクラスメイトたちと盛り上がっていたので会話のタイミングがなく、さらにその次の週は日葵が病欠《びょうけつ》だった。

日葵が登校さえしていれば、隣のクラスまで行って会話することは可能だろうが、そうまでして聞き出そうとするのは図々《ずうずう》しいような気がして、なんとなく気が引ける。だから、蘭と2人で日葵と話ができたのは、あの相談をされてから一ヵ月後のこととなってしまった。

「ひまちゃん、もう風邪《かぜ》は治った？」

「あ、蘭ちゃん。もう大丈夫、ありがとー」

やはり、日葵の笑顔は「ひだまり系」だ。瑛は、さりげなさを装《よそお》って尋ねた。

「そういえば、あの件、あれからどうなったの？」

「え？　なぁに？」

「ほら。連城マリンちゃんのモデルの話だよ」

蘭が瑛の隣から援護《えんご》射撃をする。が、日葵は両目《りょうめ》を丸くして、「え？　なんだっけ？」と首をかしげた。

「ほら、一ヵ月くらい前にここで話したの、覚えてない？　マリンちゃんがモデルにスカウトされたんだけど、どうするか迷ってるって、ひまちゃん、自分のことみたいに悩んでたじゃん。あのあと、結局どうなったのかなぁって、瑛と話してたんだよ」

蘭の言葉を、たっぷり5秒かけて咀嚼《そしゃく》したあと——「ああっ！」と、ようやく重大な何かに思い至《いた》ったように、日葵は声を上げた。

「思い出した。あの話ね！　ごめん！」

そう言って、日葵はブレザーのポケットからスマホを取り出した。

「実はあのあと、マリン、モデルの仕事を受けたんだ。それで、こないだ、ポスターの撮影してきたの。写真の調整《ちょうせい》が終わったとかで、確認用のデータが送《おく》られてきたから……まだ、ほかの人には見せちゃいけないことになってるんだけど、見る？」

「見る！　ポスターなんて、すごいじゃん！」

真っ先に身を乗り出した蘭に、日葵は少しとまどう様子を見せてから、スマホの画面を向けた。その画面を、瑛と蘭は同時にのぞき込み——「おや？」と、首をかしげることになった。

写真だけ見ても、なんのポスターかはわからない。撮影場所は、青々《あおあお》とした芝生の公園かどこかだろう。中央にはゴールドの毛並みが美しい大型犬、ゴールデンレトリバーが舌を出して「おすわり」しており、そのゴールデンレトリバーに、子どもがそっと抱き着いている。そして、仲むつまじい子どもと大型犬を見守るように、夫婦然《ふうふぜん》とした男女も微笑んでいるが——連城マリンは、どこにも写っていない。

「え、マリンちゃんは？　写ってないけど」

「それが……マリンは、ここ」

どこか申し訳なさそうな口調で言った日葵が、スマホの中央をそっと指さす。

日葵の指先で愛くるしい表情を浮かべているのは——「おすわり」したゴールデンレトリバーだ。

「へ……えぇっ!?」

今度は蘭が奇怪《きかい》な大声を上げる番だった。

「えっ、待って？　モデルにスカウトされたマリンちゃんって、ウチの学校の連城マリンちゃんじゃなくて……？」

「わたしが言葉足《た》らずだったよね……。モデルにスカウトされたのは、うちで飼ってる、犬のマリンなの」

あんぐりと開《ひら》かれた蘭の口から、「ほへぇ……」と、吐息《といき》とも言葉ともつかない音がもれる。

一方、瑛の頭の中では、一ヵ月前の究の言葉がフラッシュバックしていた。

——会話の流れの中で、先入観がもとで勘違いが起こってしまうことは、まぁ、よくあるってことだよ。

その瞬間、あの日から瑛の胸《むね》の中をもわもわとただよっていた違和感の正体がわかった。

「私たち、日葵ちゃんの口から『マリン』っていう名前を聞いて、勝手《かって》に『連城マリン』さんを思い浮かべちゃってたの。犬の『マリン』ちゃんだったなんて、思いもしなかったわ……。たしかにあの日、日葵ちゃんは『幼なじみの連城マリン』さんだとは言ってなかったものね。完全に、私たちの勘違いだったわ」

「いやぁ、ぜんぜん考えもしなかったよ。これも先入観？　引っぱられちゃってたのは、あたしたちのほうみたいだね」

苦笑まじりに、しかし潔《いさぎよ》く「ミス」を認めた蘭は、もう一度、日葵のスマホをのぞき込んで、「マリンちゃん、かわいいね」と笑った。それを聞いた日葵は嬉しそうな、しかしどこか気まずそうな笑顔になる。

「わたしも、頭の中では完全に『愛犬のマリン』の話をしてるつもりで、2人が『連城マリン』と勘違いしてる可能性を考えもしなかったから、反省だよ……。そもそもわたし、ウチの犬のマリンのことを、2人に話したことなかったかも……。なのに、2人とも知ってる前提《ぜんてい》で話しちゃって、ほんとごめん！　でも、『マリン違い』だったにしろ、2人がしてくれたアドバイスで、わたしの背中が押されたことはたしかだから、アドバイスが間違《まちが》っていたわけじゃないよ。ありがと」

「思い込みって怖いねー。気をつけなきゃ」

蘭が頭のうしろで両手を組んでのけぞったところで、予鈴が鳴る。「マリンちゃん、モデルデビューおめでとう」とようやく伝えてから、瑛と蘭は席に座《すわ》り直《なお》した。

「――ということだったのよね、真相は。日葵ちゃんに『先入観をもつな』ってアドバイスしておいて、自分たちが先入観で勘違いするなんて、ほんと恥《は》ずかしいわ」

今日の音楽室での一件を、放課後のパズル部の部室で、瑛は1ヵ月前と同様に男子たちに話して聞かせた。

「そういえば、もしかして奏は気づいてたの？　あのとき、何かモゴモゴ言おうとしてたけど？」

「なんとなくですけどね。だって、連城先輩って、『中学のころからモデルみたいな仕事をしてる』って聞いたことがあったから、今さらそんな話になるかなって思ったんです」

奏がおずおずとそう言うと、蘭が責任転嫁《てんか》するように言った。

「だったら、あのとき、ハッキリそう言いなさいよ。今回の件、誰が悪いかって言ったら、奏かもね」

「えっ、そんな……」

「江東先輩……奏が何か言おうとしたとき、先輩がさえぎったんですよ。それに、一ノ瀬先輩も、『ヒントを聞きたいなら、朝生に頭を下げれば』とか言ってましたよね」

透がまたもや言わなくてもいい一言《ひとこと》を付け加えて、蘭に背中をドつかれた。

「だけど、あんな問題を出したっていうことは、イッキュウ先輩も『マリン違い』に気づいてたってことですよね？　どうしてですか？」

「たしかに、そこは気になるかも。一ノ瀬くん、同級生の名前もたいして知らなさそうだし、ましてや同級生が飼《か》っている犬の名前なんて、絶対に知っているはずないわよね？」

奏と瑛の言葉を聞いて、究は知恵の輪をいじる手を止めた。

「むしろ俺は、『マリン』っていったら、犬の名前だと思ってたよ。それも先入観だけど。たしか、安藤たちからあの話を聞く少し前に、堤防《ていぼう》を歩いてたときだったかな。大きな犬を連れてランニングしてる女子とすれ違って、その女子が東明稜《ウチ》のジャージを着て、連れてる犬に『行くよ、マリン』って声をかけてたのを見たんだ。それで、安藤たちの話してた『マリン』っていうのが、もしかしてあの犬のことだったりして……って思っただけだよ。確証《かくしょう》はなかったけど、本当にそうだったんだね。的外れなことを言ってなくて、よかったよ」

「だけど、よく覚えてましたね、『マリン』っていう名前。イッキュウ先輩、ひとの名前には興味ないけど、犬の名前には興味あるんですか？」

「いや、ぜんぜん。ただ、その犬を連れた女子とすれ違ったときは、堤防を歩いていたからね。川の近くでは記憶が少しだけ冴《さ》えるような気がするから、そのせいかな？」

なぜ、川の近くだと記憶が冴えるのか、珍《めずら》しく究の言葉には論理性が欠けていたが、そのことを気にとめる者は誰もいなかった。

「ジンクス」について考える

「さっきＰＣルームの前を通ったら、パソコン部が活動中だったんだけど、いつの間にか女子部員がずいぶん増えたんだね」

自分専用の実験デスクでチュッパチャプスをなめながら、江《え》東《とう》蘭《らん》はどこか感心したように、そんな感想を口にした。

パズル部が部室として使用している備品庫は、本校舎の片隅《かたすみ》にある。そのため、１日の授業が終わって部室へ移動する際には、いくつもの教室や特別教室の前を通り過ぎることになる。

その日、蘭は提出期限ぎりぎりまでやらなかった——本人曰く「熟成させておいた」英作文の課題を、職員室まで提出しに行った。そこからパズル部の部室へ向かう途中、情報の授業などで使用するＰＣルームの前を通りかかったとき、扉にはまったガラス窓から室内の様子が見えたのだ。

放課後のＰＣルームは、主にパソコン部が部活動で使用している。今日も活動中で、何気なくガラス窓から様子をうかがった蘭は、記憶にあるよりパソコン部の女子部員が増えていることに少し驚いたのだった。

「ウチのパソコン部って、昔は男子ばっかりだったらしいけど、いつからあんなに女子が増えたんだろ？　スタートは『パソコン同好会』だったたって聞いたし」

「パソコン同好会が部に昇格したのって、いつだったかしら？」

かつて「同好会」だったのに、現在は「部」になっているということは、どこかの段階で創部に必要な最低人数をクリアし、「同好会」から「部」への昇格が認められたことになる。

「ＰＣスキルは、今の世の中じゃ必須ですからね。入部希望者が増えるのは当然ですよ」

部室のパソコンのキーボードをブラインドタッチでリズミカルに叩《たた》きながら、たいした興味もなさそうに井口透《いぐちとおる》が言う。そんな透に向けて、蘭は「ふん」と鼻を鳴らした。

「『井口透語録』をちまちま更新する以外に、イグッチは、そのスキルを使ってるの？」

「これ一台が、世界中にアイデアを発信できるメディアになるんですよ？　それで十分です」

「ツールがあっても、中味がないじゃない！」

「そんなこと言ったら江東先輩の意味不明な実験のほうが、誰にも求められてないでしょ？」

売り言葉に買い言葉。早くもいつもの言い合いを始めそうな蘭と透の間に、「そういえば！」

と朝生奏《あそうかなで》が声を上げて割って入る。

「パソコン部っていったら、あのジンクスですよね！　『入部すれば恋人ができる』っていう」

「え、パソコン部にそんなジンクスあんの？　知らなかった」

「『ジンクス』って、もとは縁起の悪いことに対して使う言葉だから、この場合は単純に『ウワサ』って言うべきだと思いますけどね」

淡々とウンチクを口にした透に、一瞬だけ蘭が「つまんないヤツ」とでも言いたそうな表情を向け、すぐに奏に向き直った。

「そこに、どういう科学的根拠があるのか、それ、ちょっとおもしろそうな話じゃん。奏、詳しく聞かせなさいよ」

「僕も、クラスの女子が話してるのを聞いただけなんですけどね。なんか、去年も一昨年《おととし》も、その前の年も——まだ『同好会』だったときから——その年の部長だった人が、部内で恋人をゲットしたらしいんですよ。それ以外にも、何組もカップルができたみたいで、『パソコン部に入れば恋人ができる』っていうウワサが広まったみたいです。部長の恋の成就率はすごいらしくて、部長を務めれば間違いなく恋人ができるとか、窓際の一番うしろのパソコンを使うとご利益があるとか、そんな枝葉もついてるみたいです。とにかく、彼氏、彼女がほしいっていう生徒が、ジンクスだよりでパソコン部に次々入部してるんですって。僕のクラスの女子も、『彼氏ゲットするために転部しよっかなー』って言ってました」

「そんなの簡単に説明できますよ。同じパソコン好きなんだから、気が合って当然。カップルになりやすいってだけでしょ」

「つまんない意見しかないなら黙《だま》ってなさい、イグッチ。でも、そんな恋のジンクスがあるなら、女子部員が増えたのも納得だわ。あたしがさっき見た感じだと、20人ちょっと部員がいて、半分近くが女子だったもん。恋のジンクスの『引き寄せパワー』はすごいね」

「しかも、何年も続けてカップルが誕生しているっていうのがすごいわね」

「そうなんですよ、安藤先輩！　だからウワサには真実味がある、ジンクスは本物なんじゃないかって、期待して入部する人たちが多いみたいです」

「じゃあ、『恋愛部』って名前を変えればいいのに」

またしても、チクリと刺すような一言を透がこぼすが、今度の蘭は完全無視することに決めたらしい。「カップル成立の確率が高いって、統計学的にも興味深い結果ではあるね」と、白衣の腕を組んでおもしろそうに微笑んでいる。

「ジンクスの信憑性《しんぴょうせい》を科学的に探ってみるっていうのは、おもしろそうだね」

「心理学の範疇《はんちゅう》でもあるんじゃないかしら。たとえば、パソコン部に入部すれば恋人ができると信じていれば、どの部員が自分の恋人になるのか、気になってくるでしょ？　そんな状態で、ちょっと助けてもらったり、優しくされたりしたら、『この人が恋人になる相手かも』っていう思い込み状態になってしまうこともあるかもしれないわ」

「たしかに、瑛《あきら》の言うとおりかも」

「それは、プラシーボ効果に近いかもしれないですね。本当は恋人候補でもなんでもないのに、パソコン部員だからという理由だけで、『この人は恋人になる人かも』って思い込むなんて、短絡的なんですよ」

「透くんは辛口だなぁ。部活の時間が楽しくなるなら、僕は思い込みも悪くないと思うけどな。この中に未来の恋人がいるかも、なんていう状況、恋愛リアリティ番組みたいで、ドキドキして楽しいと思うよ。ちょっとしたことで誰かを意識したり、逆に、自分が意識されたりするのかなって思うと、自分の言動にも気をつけるようになるかも」

「それは、カラーバス効果に近いかな。特定のことを意識すると、それに関連する情報が以前よりたくさん目に飛び込んでくるようになるんだ。たとえば、『今日のラッキーカラーは赤』って言われたら、街中で赤いものがたくさん目につくようになったり、新しいカバンを買ったとたん、同じカバンを持っている人が街中に増えたような感覚になったりな。実際の街の状況は以前と何も変わってないのに、意識しだいで見え方がガラッと変わってしまうんだ。それと同じで、『この中の誰かと付き合うことになるかも』って意識してたら、ふだんなら流してしまうようなちょっとした言動でも相手のことを意識してしまう、なんてことも起こるかもしれないな。なんにせよ単純だよ。カラーバス効果はビジネスやマーケティングの分野でも活用されてて、広告なんかにもよく使われてるから、奏はあっさりターゲットになりそうだよな」

「あはは。否定できないなー」

奏がヘラヘラ笑いながら、頭をかく。

「否定しなさいよ、奏。『おまえは単純なヤツだ』って、まぁまぁバカにされてんのよ。……まぁ、一理あるけど」

「ちょっといいかな？」

これまで存在感を消すように沈黙《ちんもく》を守り通していた一ノ瀬究《いちのせきゅう》が、その沈黙を破った。蘭は「なんだ、いたの？」というような目を、窓際のパイプ椅子で軽く片手を挙げている究に向ける。

蘭の視線に応じるように、究は、軽く掲げていた右手の人差し指を除く4本の指を折って、「―」の形を作った。

Q

1から30までの数字が、10秒おきに読み上げられていくとする。

ただし、読み上げられる順番は1から順番ではなく完全にランダムで、しかも、30個の数字のうち、どれか1つだけ読み上げられない数字がある。

29個の数字の読み上げが終わったあとで、唯一「読み上げられなかった数字」が何だったのかを特定したいが、読み上げられた29個の数字をすべて暗記しておくことは難しい。

さらに、数字を書きとめる、録音するなど、記録する手段もない。また、複数人で手分けして覚えるという手段は認められない。

このような状況で、「30個のうちから1つだけ読み上げられなかった数字」を確実に特定するためには、どうすればよいか？


これまでの会話というか雑談の流れで、どうしてこのパズルを解く必要があるのか、という疑問が究以外の全員の脳裏《のうり》によぎったが、究に尋ねたところで「いいから、とりあえず解いてみてよ。解けばわかるから」と笑顔で言われるのが関の山だということも、全員が理解していた。

メガネのブリッジを押し上げて最初に発言したのは、透だった。

「人間の短期記憶の容量には限界があって、ランダム表示される数字や文字なんかを一時的に記憶する場合は、平均で、一度に7つまで記憶することができるといわれています。逆に言えば、8つ以上のランダムな数字を瞬間的に記憶するのは、かなり難しい。なので、ランダムに読み上げられる29個の数字をすべて記憶して、読み上げられなかった1つの数字を導き出すというのは、常人にはほぼ不可能でしょうね」

「それじゃあ答えになってないよ、透くん。イッキュウ先輩が出すパズルなんだから、正解があるはずだよ」

「とはいえ、メモも録音もできないとなると、記憶に頼るしかなさそうね。しかも、問題文では、複数人で手分けして覚える方法が禁止されてる。たとえば、3人で協力できれば、Aさんは1〜10、Bさんは11〜20、Cさんは21〜30の範囲《はんい》の数字が聞こえてきたときだけ、覚えておく。10個くらいなら、両手の指を折ったりして覚えておけるでしょ？　そうすれば、3人のうち一人だけ、自分の担当範囲で読み上げられなかった数字が一つあることに気づけるはずだけど……」

「複数人で手分けはできない……。となると、一人で正解を導き出すためには、『暗算』するしかないんじゃない？」

瑛の言葉を引き取って発言した蘭は、究に向かって「どう？」と尋ねるように、首を少しだけ倒してみせた。「説明してもらえるかな？」と、究が手の平を上にして蘭に続きをうながす。

蘭は口から引き抜いたチュッパチャプスを指揮棒のように振りながら、説明を始めた。

「ランダムに読み上げられる数字を、頭の中で全部足していくのよ。数字が読み上げられるのは10秒おきっていう条件があったから、それだけあれば落ち着いて暗算できるでしょ？で、数字が読み上げられるたびに暗算していくと、29個の数字が読み上げられた時点で合計値が出る。その合計値を、1から30までの数字を全部足した合計値である465から引くの」

「なるほど。1から30まで、30個の数字をすべて足すと、合計は465。でも実際には、30個の中のどれか1つの数字が読まれていないから、465という値と暗算結果に差が出る。そして、その差が、読み上げられなかった数字そのものになる、ということですね」

「んー、たしかに聞けば納得だけど……でも僕、途中で暗算をミスっちゃって、最後に465

から引いたときに、正解の数からズレてそうな気がする……」

「奏も、科学部のはしくれなんだから、そこはミスらないで。足し算が苦手なら、465から順次引いていく引き算でもいいわ」

奏の言葉を、その苦笑いとまとめて、蘭がピシャリと叩《たた》き落《お》とす。「できるかなぁ」と笑う奏は、これから暗算に挑戦するつもりでいるかのようだが、出題者は問題を実践する気まではないようだった。

「さすが理系の江東、数字には強いね。正解だよ」

パチパチと手を叩く究の言葉に、しかし蘭は満足した様子を見せない。本題はここからだということをわかっているからだ。

「で？　今のパズルがなんなの？　パソコン部のジンクスとの関わりは？」

「まぁまぁ、そんなにあわてないでよ。科学の実験でも、あわてていいことなんて何もないでしょ？　それに、パソコン部もあわててなかったから、この方法を選んだんだよ」

「どういうことですか？」

奏が素直に聞き返す。究はふたたび、右手の人差し指を「｜」のように立てた。

「今のパズルに真正面から挑もうと考えれば、読み上げられていく数字をすべて記憶しておいて、読み上げられなかった一つの数字を導き出そうとするのが、いわゆる正攻法だよね。でもそんなこと、ずば抜けた記憶力がなければ、なかなか実践できない。そこで、江東が説明したように、本来の合計値から暗算結果を引き算するという、ある種の『逆算』を利用すれば、効率的に解くことができる。正攻法で強引に答えを出そうとするのではなく、ときには『逆算』から、望む答えを引き寄せることが問題解決のカギになる。そういうことだよ」

「その『逆算』っていうのを、パソコン部が考えたって言いたいの？　何よ、『逆算』って」

「まぁまぁ、江東先輩。さっき『あわてないで』って言われたばっかりですよ」

じりじりと究に詰め寄る蘭を、奏がやんわりと制する。そのすきに、究は話を続けた。

「パソコン部のジンクスの話だよ。『パソコン部に入れば恋人ができる』っていうジンクスがあるから、恋人がほしい生徒たちが続々とパソコン部に入部してるんだって、朝生はそう言ったよね。その発想が、逆なんだ。パソコン同好会は、自分たちの目的から『逆算』して、手段を選んだ――つまり、『恋のジンクスがあるから部員が増えた』んじゃなくて、『部員を増やすために恋のジンクスを作った』んだ。朝生の話とは逆の流れだよ」

「ジンクスを作った？」

蘭の表情からイラ立ちが消え、メガネの奥の瞳に疑問の色が浮かぶ。

「数年前、今のパソコン部は所属人数が規定に足りていなくて、学校非公認のパソコン同好会だった。でも、当時の同好会会長は、同好会から部活に昇格したいと思っていたんだ。部活になれば学校から部費が支給されるからね。パソコン周りの機材なんかを、買い足したかったんだと思う。さらに当時の同好会メンバーはほとんど男子だったから、女子にも入ってもらいたいという気持ちがあった。『同好会から部活に昇格するために必要な人数集め』と、『女子部員の勧誘《かんゆう》』。この2つの希望――というか野望を同時に叶《かな》えるために、パソコン同好会は、デマを流すことにしたんだよ。『ウチに入れば恋人ができる』というデマをね」

「えぇっ！　あの話ってウソなんですか!?」

そんな悲壮感あふれる声を上げたのは、先ほどまで斜《しゃ》に構えた態度をとっていた透だった。

恋人ほしさにパズル部からの転部を考えていた、というわけではないだろうが、実は恋のジンクスに、甘い夢でも見ていたのかもしれない。

その夢を、究は躊躇《ちゅうちょ》なく笑顔で壊す。

「残念ながらね」

「でも、実際に毎年、パソコン部の部長になった人は部内で恋人を見つけてたって！」

「少なくとも、最初にカップル成立した同好会の会長――のちの初代部長はウソをついていたんだよ。ウソというか、演技というべきかな。ジンクスを本物だと思わせて入部希望者を増やすために、この作戦を思いついた初代部長は、部員の1人と付き合ったフリをしていたんだ。徹底してるよね。でも、そのおかげでジンクスを信じた生徒たちがたくさん入部してきて、見事、同好会から部に昇格できたんだから、作戦としては成功した……のかな？」

「じゃあ、そのあとの部長たちは？『部長の恋の成就率《じょうじゅりつ》はすごくて、部長になれば間違いなく恋人ができる』っていうウワサまであるって奏が言ってたけど？」

「本当に部員と付き合うことになったのかもしれないけど……もしかしたら、最初の部長から作戦の一部始終を聞いて、同じ手法を引き継いだのかもしれないね。『部を存続させるためだ』とかなんとか言われて。直近のことはわからないけど、少なくとも、わずか数名のパソコン同好会を、部員20名を超えるパソコン部に押し上げた初代パソコン部部長は、恋のジンクスに真実味をもたせるためにニセの交際関係を演出した――これが真実だよ」

「なんていうか、気の長い話ですね」

あきれ半分、感心半分といった声を透がこぼした。

「ウワサを流したところで、誰もが信じるわけじゃない。信じた人が全員、部員になってくれるわけでもない。もしかしたら1人も集まらない可能性だって十分あります。そうなったら、部に昇格できるまで何年もかかる可能性だってあったのに」

「それでも、人数を増やせる可能性にかけたのか……。ジンクスを考えた当時のパソコン同好会会長の執念を感じるよ」

腕を組んだ蘭が、妙に感情移入したような表情で、うんうんとうなずく。サイエンティストとして、ひとつの物事に固執する気持ちが多少理解できるのかもしれない。

しかし、同じくサイエンティストの頭脳をもつはずの瑛は、どこか腑に落ちない様子で究を見つめていた。

「恋のジンクスに現実味をもたせるために、当時の部長が部員と付き合ったフリをしたというのが真実だとして……どうして、一ノ瀬くんはそのことを知ってるの？　パソコン同好会がパソコン部に昇格したのは、私たちが入学する前のはずよ。さも見てきたように話してくれたけど、全部、一ノ瀬くんが明稜に入学する前の出来事でしょ？」

瑛の言葉を聞いた蘭、奏、透の３人は、「言われてみれば……」という表情になって、瑛と同様に究を見つめた。８つの瞳《ひとみ》に見つめられた究は、しかし、動揺するそぶりを見せず、ばかりか、いつものようににっこりと、つかみどころのない微笑みを浮かべるだけだ。

「ねぇ、一ノ瀬くん。あなた――」

瑛がさらに問い詰めようとした矢先、コンコンッと、パズル部のドアがノックされた。一瞬、そちらに気をとられた瑛たちに、「ほら」と究はあごをしゃくる。

「そんなこと、論理的に考えればすぐに導き出せることじゃないか。それより、お客さんみたいだよ」

そう言ったきり、究はポケットから取り出した複雑な知恵の輪に没頭《ぼっとう》すべく、窓際のパイプ椅子に全身を預けてしまう。コンコン、とふたたび催促《さいそく》するようにドアがノックされて、瑛も扉を開けに行かざるをえなかった。

扉へ歩みよる瑛と、窓際から動かない究。究と部員たちの距離は近いようで、まだ、近づききらない。

「可能性」について考える

その日の井口透《いぐちとおる》の表情は、いつになく真剣だった。その真剣な表情で、「俺、思うんですけど……」と、勢ぞろいしていたパズル部の面々を見回し、何を切り出すかと思えば――。

「やっぱり、部員を増やすべきですよ」

「なに、急に!?」

ガスバーナーの上でポコポコと泡《あわ》を立てる三角フラスコを観察していた江東蘭《えとうらん》が、ゼリー飲料をくわえたまま振り返る。蘭に言われるがまま、手もとのノートに実験記録をつけていた朝生奏《あそうかなで》も、「やぶへびにどうしたの、透くん」と声を上げ、「それを言うなら『やぶから棒』ね」と、安藤瑛《あんどうあきら》に訂正を受けた。一ノ瀬究《いちのせきゅう》はいつもの席から、ちらりと目だけを持ち上げたのみで、一言も発さない。

それぞれの反応を受け止めた透は、どこか疲れた様子でため息をついた。

「俺は安藤先輩に勧誘《かんゆう》されて、旧科学部に入りました。その後、部名がパズル部に変わったことは、まぁいいんです……。ただ、入部してからというもの、俺は自分のやりたいこと以上に、『やりたくもないこと』をやらされてます。江東先輩の実験台にされたり、江東先輩がため込んだゴミの処理をさせられたり、江東先輩のお菓子を盗《ぬす》み食《ぐ》いした犯人じゃないかと疑われたり、その他いろいろです」

「あー、そんなこともあったねー……って、全部あたしじゃん！　ほかの人への不満だって、あるでしょ!?」

透は、蘭のその態度にも眉《まゆ》ひとつ動かさずに主張を続けた。

「そもそも俺は、科学やパズルに興味があって、この部に入ったわけじゃありません。安藤先輩からは、『ウチは科学部だけど、科学にこだわらず、部員それぞれが自分の好きなことに挑戦してくれてかまわない。科学は知的好奇心や挑戦を肯定《こうてい》して背中を押すものだから』って勧《かん》誘《ゆう》されて入ったんです」

「そういえば、そうだったわね」

今度は瑛が、わずかに遠い目になって窓の外を見やった。

去る3月、瑛が部長を務めていた旧科学部は、部員の退部が相次いだことで、あわや廃部の危機に直面した。なんとか廃部をまぬがれようと、部員集めに奔《ほん》走《そう》した瑛が唯一勧誘に成功した生徒が、当時、まだ1年生で、どの部にも所属していなかった透である。究に、「俺が名前を貸してあげる」と言われなければ、科学部はあのまま廃部になっていたかもしれない。その意味で、究は科学部を救った。もっとも、究の名前を借りたことで「部長」の座を明け渡すことになり、そのうえ「科学部」から「パズル部」へと強引に部名まで変えられてしまった。その意味では、「科学部を存続させる」という瑛の本懐《ほんかい》がとげられたのかは、大きな疑問が残るところではある。

そして、そんな「パズル部」に大きな疑問を感じているのは、透も同じなのだろう。

「安藤先輩にああ言われたからこの部に入ったのに、俺、『自分の好きなこと』になかなか集中できてないいんですよね。最近はとくに江東先輩の人使いが荒くて、『語録』の作成が滞《とどこお》ってますよ」

「語録」というのは、透が書きためている「持論集」だ。透が気に入った言葉を集めた名言集のようなもので、部室内に設置されているパソコン内部に保存されている。透は、すきを見つけてはその「井口透語録」を更新しているのだが、最近は更新を行うタイミングが、なかなかない。その最大の原因が、蘭にコキ使われているから、というのが透の主張だった。

つまり、透の不満は究ではなく、むしろ蘭に向いており、「科学部」が「パズル部」になってしまったこととはまったく無関係だった。

「だから、部員を増やせば負担が分散できると思うんです。俺も自分のやりたいことに集中できるし、人数が増えれば、ここより広い部室に引っ越せるかもしれないじゃないですか」

透の提案する現状打開策は、まったく本質に目を向けたものではなかった。本質に目を向けても、叩《たた》きつぶされることがわかっているのだろう。そして事実、透がチラつかせた「部室の引っ越し」というキーワードは、蘭の興味を引いた。

「たしかに、それは一理あるかも。そもそもここ、『部室』じゃなくて『備品庫』だからね。やっぱりモノが多いから、正直言って、手狭だよ。あたしが実験するにも限界があるし」

「江東先輩的にも、広い部室に引っ越せれば、もっと規模の大きな実験ができるようになるかもしれませんよね。助手が増えることで、できることも広がるだろうし。そうなれば、ウィン・ウィンじゃないですか。奏だって、毎日毎日江東先輩の手伝いをしてるだけじゃ、自分のやりたいことができないだろ？」

奏に向けられた透の目には、「おまえなら、俺の気持ちがわかるだろ？　のってこいよ！」というニュアンスがあった。それをくみ取ったのか、それともただ本音を打ち明ける気になったただけなのか、奏は頰をかきながら苦笑を浮かべた。

「僕は将来的に、科捜研とか、警察関係の仕事に就けるように科学の知識を増やしておきたいなぁとは思ってるけど……でもたしかに、江東先輩の実験はちょっと怖かったり痛かったり、ドキドキすることは多いよねぇ……」

「ほら！　奏もこう言ってますし、パズル部、ひいては部員一人ひとりの今後の可能性を広げるためにも、新入部員の勧誘を今一度考えてみてもいいんじゃないでしょうか。『パズル部は、科学やパズルにこだわらず、自分のやりたいことに挑戦できる場所だ』とプレゼンすれば、魅力を感じる生徒はいると思います。新しく入ってくる部員たちにとっても、自分の新たな可能性を発見できる場になるんじゃないでしょうか」

まるで新たなビジネスプランをプレゼンするかのように、透は身振り手振りを交えて熱っぽく語った。聞いていた瑛は「そうね」と、まんざら捨てた話でもないと考えているかのように、真剣である。もともと科学部の部員を探していた瑛としては、部員が増えることに否定的な感情はまったくないのだ。ただし、入部した部員が長続きするかについては不安しかなかった。

と、そのとき。

「井口、きみは大事なことを忘れてるんじゃない？」

そう究が、静かに声を発した。

「大事なことって？」

全員の注目を集めるなか、一ノ瀬究は定位置に座ったまま、人差し指を立てる。

「この問題を解くことだよ」

Q

ここに、１秒ごとに２倍に増殖《ぞうしょく》する細胞がある。

この細胞を１つ、実験装置に入れて放置する実験を行ったところ、細胞は最初の１秒で２つ、２秒目には倍の４つ、３秒目にはさらに倍の８つ……というふうに倍々に増殖を繰り返し、実験開始からちょうど30分後に、装置の中は細胞でいっぱいになった。

では、最初に２個の細胞を同じ装置の中に入れて放置する実験を行うと、装置の中が細胞でいっぱいになるのは何分後だろうか？

「はいっ！」と威勢《いせい》のいい声が上がると同時に、手が挙《あ》がる。誰もが予想したとおり奏だった。

「15分だと思います！　細胞1つから実験をスタートして、装置の中がいっぱいになるまでにかかる時間が30分なら、倍の細胞2つから実験をスタートした場合は、半分の時間ですむと思います。1人で掃除をしたら30分かかる部屋でも、2人で掃除したら半分の15分で終わりますから」

そして、誰もが予想したとおりに「空振り」する。

「ブーッ！」

唇《くちびる》をめいっぱいとがらせた蘭が不正解を告げながら、奏の耳をつまんだ。「いててててっ」という少し大げさな奏の声を聞いても、蘭は手を離さない。

「あんたってホント、こういう問題にすぐひっかかるよね。詐欺にひっかかるんじゃないかって心配だよ。あたしが甘やかしたのがいけなかったたね」

「な、なんでですかぁ！　1つで30分なら、2つで15分じゃないんですか？」

「これは、そう単純な『かけ算』の問題じゃないんだよ、奏」

蘭に耳をつままれている奏を気の毒そうに、同時に、少しあきれたようなまなざしで見つめながら透が言った。その声は、至極《しごく》冷静だ。

「１秒ごとに倍々に増えていく細胞を１つ入れた状態から実験をスタートした場合、装置が細胞でいっぱいになるまで30分かかるなら……２つの細胞を入れた状態から実験をスタートして、装置がいっぱいになるまでかかる時間は、29分59秒だよ」

「えっ、なんで!?　なんでたったの１秒しか変わらないの？」

「奏の思考は、思い込みにとらわれた思考だよ。最初に装置に入れる細胞の数を倍にしたら、いっぱいになるまでの速度も倍になって、装置を満たすまでの時間が半分に短縮されると思ったんだろ？　でも、それは『そういう気がする』というだけで、実際は、そうはならない。落ち着いて考えればわかることだよ。問題の細胞は、１秒で倍の数に増殖する。ということは、スタートが細胞１つだけの場合でも、１秒後には２つになってるってことだ。それは、細胞２つで実験をスタートした場合と同じだろ？」

「たしかに!!　ということは……最初から細胞を２つ入れて実験をスタートしても、それは、細胞を１つだけ入れて実験をスタートした場合の、１秒後の世界を再現してるだけってこと？」

「そういうことだ。だから、実際にはたった１秒の差しか生まれない。けっして、増殖速度も倍になるということにはならないんだ。数に惑《まど》わされたらダメなんだよ。これ、かなり有名な問題だぞ」

それを聞いた究が微笑《ほほえ》みながら言った。

「そういうこと。なんだ、やっぱり井口も本当はわかってるんじゃない？　なのに何もわかってないフリして『部員を増やそう』なんて、どういうこと？」

もって回った究の言い方には、「どうやったらその論法で、この結論に至るんだ？」という、たっぷりの皮肉が込められている。それを肌で感じた透はそっと眉《まゆ》をひそめながら、「どういう意味ですか？」と尋ねた。

「部員を増やせば可能性が広がる。その考え方が間違っているとは思えませんが」

「本当にそうかな？　このパズルが示唆《しさ》しているのは、『一見、異なる条件のように見えても、実際にはわずかな差しか生まれない場合がある』ということだよ。このパズルの場合は、2つの細胞から実験を始めても、実際には1つの細胞から実験を始めた場合の1秒後を再現しているだけだから、もはや本質は同じとも言える。4つの細胞から始めた場合も、2秒の節約になるだけ。これですら大差がないよね。『新たな可能性』が生まれるほど大きな差じゃない」

ここで出てきた「新たな可能性」という言葉に、透がピクリとこめかみを震わせる。先ほど自分が使った言葉を引用されたことに気づいたのだ。

そして究は、「透が究の意図に気づいた」ことに気づいている。

「つまり俺が言いたいのは、部員を増やしたからといって可能性が広がるとは限らない。たとえ部員数が倍になったところで、生まれる成果が倍になるとは言えない、ってこと。今のパズルでたったの1秒しか違わなかったみたいに、部員を1人増やしたところで、朝生や井口みたいに、江東の実験の犠牲になる被害者を1人増やすだけじゃない？　たとえば、部員が5人増えれば、それだけ規模の大きな実験ができるようになるだろうから、5人ともが人手として駆り出されて終了だよ。下級生をいいように使える機会を、江東が逃すとは思えないからね」

「ちょっと！　さっきから黙って聞いてれば、あたしのことをブラック企業の社長みたいに言ってくれるじゃん、一ノ瀬！　……でもたしかに、助手が5人いれば、やれることは広がるなぁ。実証実験は実験回数が多いほうがより正確なデータをとれるし……人体の飛行の実験とか、肉体の限界仮説とか……。知ってる？　人間を人工的に冬眠状態にする研究ってのがあるんだよ」

部員が増えたあとの「可能性」に気づいたのか、蘭がブツブツとひとり言を口走りはじめる。

「今まであんまり真剣に考えたことなかったけど、たしかにいいね、新入部員……。あんなことやこんなことも実験可能かも……あぁ、あの実験をやるなら10人は必要だわ……」と、完全に自分の世界に浸りながら、泡立つ三角フラスコの中を見つめている。狂気さえも感じさせる目だ。

その姿を目撃した透は、「新入部員の勧誘」を主張することには、あきらめがついたらしい。

「部員を増やすことは私の望みでもあるけど、たしかに、蘭の実験で怖い思いをする部員を増やすだけに終わる可能性も、十分考えられるかも……。とはいえ、部員が増えるのは魅力的だから、みんなが納得のいく結果になる方法は考えていきたいわね」

瑛がそうまとめたところで、透も「そうですね……」とあごを引いた。

「まずは、江東先輩に人道的な態度を約束してもらうところからですね。『パズル部には人権意識がない』なんてウワサになったら、もう二度と部員を増やすことはできなくなるかもしれませんし、最悪、即廃部《そくはいぶ》にさせられますよ」

「そんなことよりもさぁ」

究がおもむろに声を発する。

「井口は自分のライフワークである、愉快《ゆかい》な語録の充実度を増すことを一番に考えたほうがいいんじゃない？　内容が充実して魅力的《みりょくてき》なものになれば、自然と読者が増えて、共感した人たちが入部してくれるかもしれないよ。そうすれば、パズル部から独立したっていいんだしさ。手当たりしだいに勧誘したり、江東を手なずける方法を模索《もさく》したりするよりは、そっちのほうが可能性としては高いかもしれないよ。目先のことにとらわれて選択肢《せんたくし》を自らつぶすのはもったいないなぁ」

それが本心だとは、とても思えなかったが、透には、究に返す言葉が見つけられなかった。

その後、透はひっそりと、語録に書き加えることになる。

――人間には、自由をつかむための２本の手がある。誰かと……いや、何人《なんにん》と手をつないでも、自由をつかむための手が、それ以上に増えることはない。自分の両手がふさがってしまうことはあっても。

#「恋の順番」について考える

安藤《あんどう》瑛《あきら》と江東《えとう》蘭《らん》がパズル部の部室の扉を開くと、そこにはすでに「先客《せんきゃく》」がいた。

「――で、いっちーはどう思う？」

そう発言したポニーテールの女子が、窓辺のパイプ椅子で知恵の輪をいじっている一ノ瀬《いちのせ》究《きゅう》に向かって、身を乗り出している。究が女子生徒と一緒にいるのは、かなり珍しい。しかも、親しげに「いっちー」呼びされている。

「なになに、一ノ瀬の友だち？」

蘭が声をかけると、先にポニーテールの女子生徒が視線を向けてきた。目がくりっと大きく、人なつっこい印象だ。その目に微笑が浮かんだかと思うと、「お邪魔《じゃま》してます」と、女子は蘭と瑛に向かって会釈《えしゃく》をした。

「いっちー……一ノ瀬くんのクラスメイトの、葉山《はやま》紗依《さえ》です」

「あ、あたしはパズル部というか、科学課の江東蘭。3年A組。で、こっちが――」

「同じくA組で、副部長の安藤瑛です」

蘭と瑛が短い自己紹介を終えるなり、「ちょうどよかった」と、究は2人の注目を集めるように軽く手を振った。

「2人とも、俺のかわりに、彼女の話を聞いてくれないかな。俺からアドバイスできることなんて、何もないからさ」

見栄《みえ》もプライドもないようで、究は「お手上げ」と言わんばかりに軽くホールドアップしてみせる。それを見た紗依は、取り合ってもらえなかったのが不満なのか、「もー」と頬を膨《ふく》らませた。究が連れてきたというより、紗依がついてきたというのが実情だろうと、瑛は察した。

「葉山さん。私たちでよければ話を聞かせてもらうけど……」

「とりあえず、座ったら？

瑛と蘭の言葉を聞いた紗依は、「ありがと」と軽く返事をして、手近《てぢか》なイスに腰を下ろした。ふだん透《とおる》が「井口《いぐち》透語録」を更新する目的でパソコンを操作する際に座るイスだが、瑛も蘭も、まったく気にしなかった。

「それで、何かパズル部に相談ごとでもあったの？」

「相談ごとっていうか、グチみたいなものかな。いっちーって、ひとまず黙って話を聞いてくれるから、話し続けてたら、ここに来てたの。お邪魔してごめんね」

「それはぜんぜんかまわないけど、一ノ瀬が聞き上手《じょうず》なんて、思ったことなかったな。そもそも、ちゃんと話を聞いてるか聞いてないかもわからないでしょ?」

蘭の皮肉に、紗依は笑いながら「たしかに」とうなずいた。究は気を悪くした様子もなく、窓際で知恵の輪いじりに没頭《ぼっとう》している。今のやり取りも、聞いていたのかいなかったのか、女子たちにはわからない。

蘭が淹《い》れた紅茶を、「ビーカーで紅茶飲むんだ。ウケる」と、おもしろそうに受け取った紗依は、「いっちーに話してたのはね……」と話を切り出した。

「わたし、クラスに好きな男子がいるんだ」

単刀直入《たんとうちょくにゅう》な話しぶりに、「ほぅ」と蘭が目を丸くする。驚きと、それ以上の好奇心が瞳《ひとみ》に浮かんでいたのだが、それは瑛も同じだった。

「3年で初めて同じクラスになった辻《つじ》くんっていう男子で、席が近くてよく話すようになって、気づいたら……っていう感じなの。最近は、放課後に2人で寄り道して帰ったり、土日も2人で出かけたりしてるんだ。こないだは、辻くんちで試験勉強もしたよ。わたし、数学が苦手なんだけど、辻くんは得意だから、いろいろ教えてもらったりしてさ。しかもそのときは、わざわざわたしの家まで送ってくれて、それに……手も、つないだんだよね」

「えっと……好きな男子の話っていうより、彼氏の話？」

確認するような蘭の質問に、紗依は眉根《まゆね》を寄せて、「うぅーん……」とうなった。悩んでいるから出た声なのか、それとも「NO」という意味の返事なのか、どっちつかずなうめき声だ。

「それが、よくわからないんだよね……。辻くんから『好き』とか『付き合ってほしい』とか言われたことは一度もないんだけど……でも、2人だけで遊びに行ったり、手をつないだり、カップルみたいなことはしてる」

「話を聞くかぎりは、すでにカップルっていう感じがするけど……。むしろ、その辻くんっていう男子、その状況から『好きじゃない』とか、『付き合うつもりはない』なんてこと、あるのかな？」

瑛の感想に、「だよねー」と蘭も同意する。

「てゆーか、辻くんはもう葉山さんと付き合ってるつもりなんじゃないの？　まぁ、そういうのは、ちゃんと言ったほうがいいと思うけど……。恋愛にだって、順番っていうものがあるでしょ？　好きになったら告白して、返事がOKだったらカップル成立《せいりつ》。付き合う前に2人で出かけることはあるかもしれないけど、相手の家で2人きりになるシチュエーションとか、手をつなぐのとかは、かなり距離が近い感じがするし、フツーは付き合ってからじゃない？　……まぁ、あたしにはよくわかんないけどさ」

蘭の最後の一言は取ってつけたようだったが、おおむね瑛も同意見だ。

「少なくとも、葉山さんに対する好意はありそうだけど、『付き合おう』っていう話にはならないの？　それに、葉山さんから辻くんに聞いたりはしないの？」

「まぁ……辻くんは何も言わないし、わたしから聞いたこともないな……。今の関係性がイヤなわけじゃないから、辻くんの言葉を聞いた結果、それがどんな言葉であれ、今の関係性が変わるのは、ちょっと怖いかも。辻くんって、気まぐれな猫《ねこ》みたいな男子だから、よくわからないんだ」

「猫か」と、紗依の言葉を聞いた蘭が、あごをつかんでつぶやいた。

「葉山さん、『シュレディンガーの猫』って知ってる？」

唐突な話題転換《てんかん》に、紗依が「え？」とまばたきを繰り返す。蘭は自分専用の実験スペースをがさごそやって、一《ひと》抱《かか》えほどの大きさの段ボール箱を持ち出し、部室の中央の机に置いた。

Q

ここに、中の見えない箱がある。この箱に、毒ガスが噴出《ふんしゅつ》される装置と、1匹の猫を入れる。「毒ガスが噴出される装置」は、1時間以内に50%の確率で毒ガスを噴出する。ガスが噴出されれば、箱の中に入れられた猫は死んでしまう。

猫を入れて1時間後に箱を開け、猫の状態を確認するのだが、毒ガスが噴出されていれば死んだ猫が、噴出されていなければ生きたままの猫が現れる。いずれにせよ、1時間後に箱の中を確認するまでは猫の生死は断定できない。

この場合、猫の生死を確認するまで、猫は「死んだ状態」と「生きている状態」が50%ずつ重なった状態であると言える。

はたして、この理論は正しいだろうか?

「それ、聞いたことある! 有名なやつだよね」

手ごろな段ボール箱を実験装置《そうち》に見立てながら蘭が出した問題を聞いて、紗依はそう声を上げた。紗依の反応を見た蘭が、科学者のスイッチを入れるかのようにメガネを押し上げる。

「この問題が、『シュレディンガーの猫』。オーストリアの物理学者、エルヴィン・シュレディンガーが提唱《ていしょう》した思考実験だよ。この問題、葉山さんはどう考える？」

意見を求められた紗依は、生真面目《きまじめ》に考える表情になった。

「うーん……。1時間後に箱を開けたときに猫が生きている確率は50％だっていうことは、前提条件から理解できるけど……それを、『死んだ状態の猫と生きている状態の猫が、50％ずつ重なった状態』って表現するのは、正しいのかなぁ。なんだか、結論としては落ち着かない感じがする。箱を開けても開けなくても、箱の中の猫は死んでいるか生きているかのどっちかに確定してるはずだよね？」

紗依の考えを聞いた蘭と瑛、2人の理系女子は、顔を見合わせてうなずいた。

「葉山さんの考え方は、ある意味、正しいよ。そもそもこの『シュレディンガーの猫』という思考実験は、『箱の中には死んだ状態の猫と生きている状態の猫が半分ずつ存在している』ことを証明しようとするものじゃないの」

「そうなの？」

「もともとは、『ミクロの世界の物質は常に状態が移り変わっていて、観測《かんそく》者によって観測された瞬間に、いずれかの状態に決定される』と説いた、コペンハーゲン解釈《かいしゃく》というものがあったの。私たちが観測する前の物質や事象《じしょう》はさまざまな状態で複数存在していて、観測することで初めて、複数の可能性がひとつの事実に収束《しゅうそく》されるということなんだけど、うまく説明できなくて、ごめんね。簡単に言うと、グルグル回り続けるルーレットを止めて目視した瞬間、出目《でめ》が一つに決定される、といったところかしら」

瑛が蘭から引き継いだ説明に、紗依がわかったような、わからなかったような微妙な表情になる。それを見てとった蘭が続けた。

「ややこしいよね。それに、現実に起こる事象のすべてが、高速回転するルーレットにたとえられるわけじゃない。そこで提唱された異論が、『シュレディンガーの猫』っていう思考実験なの。仮に、コペンハーゲン解釈が正しいなら、観測者が猫の生死を確認するまで、死んだ猫と生きている猫が同時に箱の中に存在することになる。でも、実際にはそうじゃなくて、葉山さんの言ったように、猫の生死は見えない箱の中ですでに確定しているはずだよね。猫の生死は『未確定』なわけではなくて、『未確認』なだけってこと。『コペンハーゲン解釈が正しいなら、生きていると同時に死んでもいる猫がこの世に存在することになる。そんなことは現実にはあり得ない。おまえの言ってることは矛盾《むじゅん》してる！』って指摘するための、たとえ話だったんだね」

「なるほど……。じゃあやっぱり、箱の中を見る前から、猫が生きてるか死んでるかは決まってるっていう考え方で合ってるんだ。うん、そのほうが考え方としては落ち着く感じ」

「そう。最初に葉山さんが『落ち着かない感じがする』って言ったのが、そのまま、葉山さんの本音《ほんね》なんだと思うよ」

蘭の口調が「解説口調」から変わった意味を紗依はきちんと理解したらしく、続きを待つ姿《し》勢《せい》になった。

「今の葉山さんと辻くんの関係性って、言ってみれば、付き合っているようでもあって付き合っていないようでもあるっていう感じじゃない？　これって、死んだ猫と生きてる猫が同時に存在してるって主張するのと同じようなことでしょ？　だから葉山さんは、その状態が『落ち着かない』んだよ。だったら、箱を開けて猫の生死を確認するのと同じように、辻くんとの関係性をハッキリさせたほうが『落ち着く』んじゃない？　あたしは、そうするべきだと思う」

「ハッキリって、どうやって……」

「それは、葉山さんもさっき言ってたじゃない」

もごもごと応じた紗依に、瑛がキッパリと言う。

「関係を壊したくない気持ちもわかるけど、やっぱり辻くん本人に聞くしかないんじゃないかな。猫が死んでいるんだとしたら、その目で確かめるのはイヤかもしれない。だけど、ずっと箱を開けないままじゃ、たとえ猫が生きていたとしても、触《ふ》れることも抱き上げることもできない。それと一緒で、葉山さんと辻くんの関係も、今のままじゃ前には進まないと思うわ。それに、『シュレディンガーの猫』の思考実験で言えば、最初の1時間では猫が生きていたとしても、さらに1時間経《た》てば、今度こそ猫は死んでしまうかもしれない。葉山さんの状況も、それと似《に》てるんじゃないかしら。どっちつかずな状況のままにしておいたら、いつか決定的に、辻くんか、葉山さんの心が離れてしまうかもしれないよ」

「あたしも、瑛の意見に賛成。葉山さんから辻くんに、ストレートに確かめるべきだと思う」

「簡単に言わないでよ」

瑛と蘭の言葉に紗依が返した声は、震えながらも強張《こわば》っていた。不安定さと、かたくなさ。正反対の色が、そのときは同時に、紗依の声にまといついていたのだ。

「安藤さんも江東さんも、他人事《ひとごと》だからそんなふうに簡単に正論を言えるのかもしんないけど……わたしにとっては、めちゃめちゃ大きくて難しい問題なの。『わたしたちって付き合ってるの？』って辻くんに聞いて、『そんなつもりはなかった』って言われたら、傷つくのはわたしなんだよ？」

「葉山さん……」

「『別に好きじゃない。勘違《かん》いさせてごめん。もう2人きりで会うのはやめよう』なんて、わたし、辻くんから言われたくない！　そんなふうに言われたらって想像しただけで、悲しくなるし、怖くなるの。高望《たかのぞ》みして今の関係が壊れるくらいなら、今のままがいい。猫の生死なんて確認しなくていい！　死んでしまったのをこの目で確認しないかぎりは、生きてる可能性にすがっていられるんだから」

投げつけるようにそう言うと、紗依はガタンッと音を立ててイスから立ち上がった。そのまつかつかと扉に近づき、取《と》っ手《て》をつかんだところで一度手を止める。

「江東さん。その『シュレディンガーの猫』の実験に使われた箱が『パンドラの箱』だったらどうするの？」

「え？」

「だったら、好奇心や欲望に任《まか》せて箱を開けたあとで、やっぱり開けなきゃよかったって後悔することもあるよ」

それだけ言うと紗依は、今度こそ扉を開いて、パズル部の部室を出ていった。

紗依の足音が完全に聞こえなくなってから、瑛と蘭は目配《めくば》せをすると、同時に息を吐いた。あきれているのではない。「自分たちは言葉を間違っただろうか」という不安と自責《じせき》の念によるため息だった。

「あの……大丈夫《だいじょうぶ》でしたか？」

そこに、おずおずと扉を開けて入ってきたのは、朝生奏と井口透の２人だった。

「『傷つくのはわたしなんだよ』っていうあたりから聞こえてたんですけど、緊迫《きんぱく》した雰囲気だったんで、入れなくなっちゃって……」

「猫の生死がどうとか、パンドラの箱とか、『シュレディンガーの猫』なんてワードが出てましたけど、大丈夫ですか？　出ていった人、だいぶエキサイトしてる様子でしたし」

「あー……まぁ、なるようになるでしょ」

ふだんからスタイリングに無頓着《むとんちゃく》な髪を、さらに無頓着にわしわしと手でかき乱して、蘭は実験用のデスクの引き出しを開けた。そこからチュッパチャプスを取り出し、包装をはがそうとして、フィルムを途中でちぎってしまう。瑛には、それが蘭の動揺《どうよう》の表れなのだと、手にとるようにわかった。

「仕方ないわ、蘭。私たち、他人に自慢できるような恋愛経験もないのに、わかったようなことを言いすぎたかも。それに、恋愛のことは結局、当人同士にしかわからないし、当人同士にしか決められないと思う」

「……うん。それもそうだね。よしっ、イグッチも奏も来たことだし実験の続きでもやろう！

ほら、２人とも！　こっちきて実験台——……手伝って！」

「今、絶対『実験台になれ』って言いかけましたよね!?　まさか、『シュレディンガーの人間』実験なんて考えてないですよね？」

「俺も、ほかにやることがあるから、パスで。前にも言いましたけど、俺は江東先輩の無意味な実験に付き合うために、ここにいるわけじゃ——」

「うるさい！　つべこべ言わずに手伝う!!」

蘭にキッとにらまれて、奏はなかば、悟《さと》りの境地《きょうち》に達したような「諦観《ていかん》」の表情を浮かべる。

透は対照的に「嫌悪《けんお》」のまなざしを蘭に向け続けていたが、そんなものなど意にも介《かい》さない蘭の手により、奏とひとまとめに捕らえられてしまった。その光景を見て究はあくびをひとつこぼし、瑛はそっと笑みをこぼす。

少しだけ波乱はあったものの、パズル部に日常が戻るのは早い。

＊　＊　＊

「安藤さん、江東さん。お客さんだよー」と、クラスメイトに声をかけられて顔を上げた2人は、教室の入口に葉山紗依が立っていることに気づいて、軽く息をのんだ。究と同じ3年D組から、昼休みに合わせて訪ねてきたのだろう。紗依と顔を合わせるのは、彼女がパズル部に来たとき以来なので、2週間ぶりだ。

「葉山さん、久しぶり……。どうしたの？」

「昼休みに、ごめんね。ちょっといい？　ちょっとだけだから」

2週間前の別れ際が別れ際だったので、ややギクシャクとしながら、瑛と蘭は紗依に誘われるまま廊下に出た。やはり、紗依はまだ怒っているのだろうか。そう思って身構《みがま》えた2人だったが、相対《あいたい》した紗依は、どこかソワソワとしている。

そして、ソワソワしたまま、2人とは目も合わさず、紗依は小声でこう言った。

「実は……あのあと、辻くんと正式に、付き合うことになったんだ」

「えっ――」

「ええぇぇっ!?」

瑛の分まで仰天《ぎょうてん》した蘭の目玉がこぼれ落ちそうになる。ざわっと周囲の空気が動いたことに気づいた瑛が、「蘭、声大きい！」とたしなめてから、紗依に視線を戻した。

「えっと、まずは、おめでとう。葉山さんの気持ちが届いたっていうことだよね？」

「ありがとう。でも、『気持ちが届いた』っていうと、ちょっと違うかも」

「えっ、えっ、どういうこと？　辻くんに直接聞いて確かめたんじゃないのっ？」

蘭が前のめりになって尋ねる。紗依は少しだけ照れくさそうに、両手の指を顔の前で組み合わせて話しはじめた。

「あのあと、一度じっくり考えてみたの。それで、江東さんから聞いた『シュレディンガーの猫』の話で、毒ガスが出る箱の中に猫を閉じ込めるっていう実験方法にヒントをもらって、試してみたの」

「試したって、何を？　まさか、『シュレディンガーの猫』のリアル実験をしたわけじゃないよね？」

「違う違う！　辻くんを、初めてウチに呼んだの。今まではわたしが辻くんちに行くばっかりだったんだけど、『今度はウチにも遊びにきてよ』って誘ってみたんだ。お母さんとお姉ちゃんがウチにいるタイミングでね」

「お母さんと、お姉さん？」

「そ。そしたら思ったとおり、ウチのお母さんとお姉ちゃん、辻くんを見るなり2人がかりで質問攻め。『えっ、紗依の彼氏？　お名前は？　いつから付き合ってるの？　わざわざ挨拶《あいさつ》に来てくれたってことは、真剣なお付き合いなのよね？』って、もうマシンガンみたいにね。それで辻くんが何かを言う機会もなく、葉山家公認のお付き合い成立ということになりました―」

絡《から》み合《あ》わせていた指をほどき、一方をピースサインの形にして紗依が笑う。嬉しそうで幸せそうで、同時に、どこか策士《さくし》めいた微笑みだった。

「ウチのお母さんとお姉ちゃん、恋バナが大好物でさ。辻くんを2人に会わせたら絶対こうなるって思ったんだよね。作戦大成功！」

「なるほど……。気まぐれな猫みたいな辻くんを、葉山さんの家という『箱』に閉じ込めてみたというわけね」

「で、お母さんとお姉さんの質問攻めという『毒ガス』を利用して、『猫』の生死をコントロールしたってことか。シュレディンガーより上手《うわて》なんじゃないの、葉山さん」

家族を「毒ガス」扱いする蘭の物言《ものい》いはたしなめるべきかと思った瑛だったが、言われた紗依が「えへへー」と満足げに笑っているので、おとがめなしの判定を下《くだ》す。

そこで紗依は満足げな笑いをひっこめ、殊勝《しゅしょう》な顔つきになった。

「あのときは、意見をくれた2人に逆ギレしちゃって、本当にごめんなさい。2人がくれたヒントのおかげで、ちゃんと辻くんと付き合うことになったから、報告しなきゃと思ったの。本当に、ありがとう」

そう言って、紗依が頬を紅潮《こうちょう》させながら、満面の笑みを浮かべる。それを見て、あの日から瑛と蘭の胸の中につっかえていた小さなしこりは、完全になくなった。

「私たちも、葉山さんの複雑な心境《しんきょう》を無視したことを言っちゃったかなって気になってたんだけど……でも、ちょっとでも力になれたんだったら、よかったわ」

「うん！　あの日、いっちーにくっついてパズル部まで行って、ほんとよかったよ！　ありがとう。また何か悩んだときには、相談させてもらっちゃおっかな」

冗談めかしてそう言った紗依が、「それじゃ」と身を翻《ひるがえ》しかけたところに、「そういえば……」と、蘭が何かを思い出したように声をかけた。

「あのとき葉山さん、『シュレディンガーの猫』の実験に使った箱は、『パンドラの箱』なんじゃないかって言ったよね。あのときはとっさに何も言えなかったけど、今なら、うまいたとえだったって言えるよ」

紗依が、「え？」と不思議そうに首をかしげる。紗依を見つめ返す蘭の瞳には、期待感《きたい》のうかがえる光が浮かんでいた。

「パンドラの箱を開けて世界に解き放たれたのは不幸や災厄《さいやく》だけど、唯一、箱の中に残ったものがあるの。それが『希望』。これには解釈がいくつかあるんだけど、あたしは、『人間の手もとには希望が残された。だから人間は希望をもって生きることができる』っていう解釈を信じたい。葉山さんと辻くんの手もとには、きっとたくさんの『希望』があるよ」

瑛は蘭の言葉に少しだけ驚いて、けれどすぐに、その言葉に含まれる思いやりと優しさに胸をあたため、微笑んだ。きっと、紗依も気づいてくれたはずだ。

「ありがとう、江東さん。やっぱり、また何か困ったことがあったら、相談させてもらうね」

けっしてお世辞《せじ》ではなさそうな口調でそう言って、今度こそ、紗依は廊下を小走りに、D組の教室があるほうへ戻っていった。

去っていく背中を見送ってから、隣の親友がくすぐったそうな微笑みを浮かべているのに気づいた瑛は、その小さな背中に軽くひじを当てて、「よかったね」とねぎらった。「なによ?」と、蘭はかすかににらむような目線を送ってきたが、むずがゆそうな気配《けはい》は隠せていない。

「だって、よかったじゃない?」と、念を押すように瑛は言う。今度は「ま、そうだね」と、少しだけ素直な返事が返ってきた。

「前提条件」について考える

月曜日、パズル部の活動を終え――といっても、今日も各々《おのおの》やりたいことをやって過ごしていただけだが――連《つ》れ立《だ》って昇降口《しょうこうぐち》に向かった安藤《あんどう》瑛《あきら》と江東《えとう》蘭《らん》は、そこで廊下の反対側から歩いてきたクラスメイトとばったり出会った。

「あ、彩音《あやね》。吹奏楽部の練習、終わったの？」

「瑛、蘭。今帰り？　お疲れさまー」

何気《なにげ》ない言葉を交わして、ともに校舎を出る。何もなければ、そのまま正門を出て「また明日ね」と別れるところだが、隣《となり》を歩く坂木《さかき》彩音の横顔がどこか浮かない様子だったのが、瑛は気になった。

「彩音、何かあった？」

「え、どうして？」

「考えごとがありそうな表情してる。私たちでよければ、相談にのるよ？」

「よし、どこか寄ってこー。今日の実験、ハードだったから、あたし小腹《こばら》すいちゃった」

蘭も、あえて軽い調子でのっかる。すると彩音は、少し考えてから「うん……」と小さくうなずいた。こうして、女子3人は、東明稜高等学校から一番近い駅前にある、コーヒーチェーン店に入った。開放感を求めて、テラス席を選ぶ。

「小腹がすいた」と主張していた蘭は、ドリンクにスコーンをつけた。

「今日も実験でカロリー使ったから、甘いものを補給《ほきゅう》しないと、だよ。あたしとしたことが、お菓子もブドウ糖《とう》のタブレットも切らしちゃっててさ。実験中に十分な糖分補給ができなかったから、ここに来られて助かったわ」

言っているそばから、スコーンが秒速《びょうそく》でなくなる。ドリンクをゴクゴクと飲み、ようやく蘭は気がすんだ表情になった。

「彩音は、ドリンクだけでよかったの？　甘いもの食べれば、気持ちが落ち着くかもよ」

穏《おだ》やかに話を振られた彩音は、「今は、そんな気分じゃないかな……」と苦笑しながらドリンクのカップを両手で包み込んだ。そして、彼女なりのタイミングをはかっていたのだろう間を置いてから、こう切り出した。

「実はちょっと、冬夜《とうや》のことでヘンなウワサを聞いちゃったんだ。それで落ち込んでたっていいうか、わたしもまだ本当のことはわからないんだけど……」

冬夜というのは、彩音の彼氏だ。隣のB組の生徒で、彩音とは同じ吹奏学部で、やはり同じクラリネットを担当していると聞いた。すらりと線は細いが活発《かっぱつ》そうな印象の男子である。休み時間にB組の前を通ると、だいたいいつもクラスメイトたちとにぎやかに会話していて、友人が多いんだろうなと瑛は思った。

「人気者」という言葉が似合《にあ》う彼に「ヘンなウワサ」というのは、たしかに気がかりだろう。

「何があったの？」

今度は瑛が、そっと尋ねる。すると、カップを包む彩音の手にギュッと力が入り、その唇がへの字にゆがんだ。

「実は……今日、吹奏楽部の友だちから言われたの。『昨日、冬夜をショッピングモールで見かけたんだけど、女の子と一緒にいたよ』って。『すごく仲がよさそうで、楽しそうな雰囲気だったんだけど、彩音も一緒にいたの？』って……」

瑛と蘭の空気が、同時に少しだけ張りつめる。彩音は一気《いっき》に話してしまおうというつもりなのか、深呼吸をひとつ挟《はさ》んでから続けた。

「昨日の日曜日は、わたし、友だちと約束があって……冬夜からは、何も聞いてないの。ショッピングモールで冬夜を見たって言った子の話だと、一緒にいた女の子はA組の女子じゃないかって」

「同じクラスの？」

「うん。……長谷部《はせべ》さんぽかったんだって」

長谷部凛《りん》は、たしかにA組の生徒であり、3人のクラスメイトだ。目立つタイプの女子なので、ほかのクラスにも知られているのかもしれない。

吹奏楽部の友人に言われたことを思い出したのか、彩音の肩《かた》が目に見えて下がった。

「『冬夜と一緒にいたのは、たぶん、A組の長谷部さんだと思う。ちょっと派手《はで》めな格好で、めっちゃ気合い入ってる感じだった。冬夜との距離も近くて、なんかデートっぽかった』って、吹奏楽部の友だちが教えてくれたんだよね」

「教えてくれた」と言いながら、「そんなことは知りたくなかった」と言わんばかりの表情で、彩音はテーブルの上の両手をギュッと握りしめる。カンッと、紙製のカップを音高《おとたか》くテーブルに置いたのは蘭だった。

「よし、別れよう！　そして、報復《ほうふく》よ!!」

「ちょっと蘭、勝手に決めつけないで。それに『報復』って、何するつもりよ？」

制止をかける瑛とはうらはらに、彩音は、心なしか潤《うる》んだ瞳で蘭を見つめた。

「わたし、浮気されるようなことしたかなぁ……。長谷部さんって、わたしとはぜんぜんタイプが違うもん。冬夜、わたしなんて、最初からタイプじゃなかったのかな？　たしかに、告白はわたしからだったから、本当はわたしのこと、そんなに好きじゃないのかな？　だけど、浮気はひどいよね？　好きじゃなくなったんなら……ううん、好きじゃなかったんなら、そう言ってくれればいいのに。わたしもう、何を信じたらいいのかわからないよ……」

苦悩のループに陥《おちい》ったらしい彩音が、深い深いため息をつく。それを聞いてテーブル越《ご》しに身を乗り出した蘭は、不安げに握り合わされていた彩音の両手をガッとつかんで、メガネの奥の瞳を光らせた。

「彩音が苦しむ必要ないよ。彩音がこんなにため息をつくってことは、それだけ二酸化炭素が排出《はいしゅつ》されてるってことだから、温暖化の原因にもなるの。彼氏に地球温暖化の罪《つみ》をつぐなってもらうわ！」

「ちょっと、蘭。それ、ふざけて言ってるの？　それとも彩音の気持ちをなごませようとしてるの？　だとしたら、見当違《けんとう》いよ」

これだけ長く付き合っていても、いまだに瑛には蘭の行動が読みきれないときがある。あの一ノ瀬究とは違う意味で予測不能な人間の一人であることを噛みしめながら、瑛は蘭を彩音からべりっと引きはがす。

「まずは2人ともちょっとクールダウンして。そうだ、この問題を解いてみて」

そう言って、瑛はテーブルの上のスタンドから紙ナプキンを一枚抜き取ると、ブレザーの胸ポケットからボールペンを取り出し、ナプキンに簡単な絵を描きはじめた。

Q　あるビルのエレベーターは、1階から5階まで行くのに5秒かかる。では、このエレベーターが1階から25階まで行くのに何秒かかるだろう？

瑛が紙ナプキンに描いたのは、簡略《かんりゃく》化したビルの絵だった。途中が省略された「25F」建てのビルに見立てた四角形の一番下に、エレベーターらしき小さな箱が描かれていて、そこから「5F」と書かれた層《そう》まで、矢印《やじるし》が引っぱられている。矢印の隣には「5秒」と書き込まれていた。さらに、その隣には、1階から最上階まで引っぱられた矢印があり、そこには「○秒？」

と書き込まれている。

それを見た彩音は、「どうしてこんな問題を?」という疑問《ぎもん》を浮かべた表情で答えた。

「これって、小学校の算数の問題だよね? 問題を解かせて、落ち着かせようとしてくれるのはありがたいけど、気分転換するには問題が簡単すぎだよ。1階から5階まで5秒なら、25階までは25秒でしょ? そんなことより――」

「本当に、それでいいと思う?」

「えっ、どういうこと? 冬夜のこと?」

「違うわ。エレベーターの問題よ。もう一度考えてみて。1階から5階まで上がるということは、移動するフロアは何階《なんかい》分?」

「だから、それは5階――あ」

そこで「トリック」に気づいたのか、彩音が軽く目をみはる。

「そっか! 5階分じゃなくて、4階分なんだ! 1階から2階へ上がれば1階分、1階から3階へ上がれば2階分、上がったことになるんだもんね。ということは、5階まで上がっても、移動したのは4階分なんだ」

「そういうこと。つまり、25階まで上がった場合、移動しているのは24階分になる。スタート位置が1階だと、目的とするフロアの階数から1を引かないといけないの。1階から5階までの4階分で5秒かかるなら、24階分の移動には、4階分の6倍──つまり、5秒の6倍の30秒かかることになるの。これが正解」

瑛の解説《かいせつ》に、彩音は「そっか、そうだね」と、素直に納得した様子でうなずいた。が、その表情はすぐに曇ってしまう。

「でも、それがどうしたの？」

「彩音は、計算間違いをしたんじゃなくて、前提を間違えていたってこと。最初の前提を間違えて設定してしまうと、そのあとのプロセスや、答えも間違ってしまう。物事を考えるうえで重要なのは、『前提を間違えないこと』。冬夜くんのことに関しても、彩音が前提を間違えている可能性はない？」

「……瑛は、彩音の彼氏が『浮気』したとは限《かぎ》らないって言いたいの？」

確認をとるような蘭の言葉に、瑛は「えぇ」とうなずいてみせた。

「だって彩音、今も悩んでるってことは、冬夜くんや長谷部さんに直接確かめたわけじゃないんでしょ？　だったら、長谷部さんが冬夜くんの浮気相手だと決めつけるのは早すぎるんじゃない？　見た目のイメージだけで決めつけるんじゃなくて、まずはちゃんと事実関係を把握《はあく》するべきだと思う。前提を間違えたまま行動すれば、それこそ、取り返しのつかない悲劇を招くことになるかもしれないわ」

「それは……」

彩音が何かを言おうとして、しかし、やはり何を言うべきかを迷うように、口を閉じる。そうして、結局何も言えずにいる彩音をじっと見ていた蘭だったが、やがてキッと目尻《めじり》を吊り上げたかと思うと、通学カバンからスマホを取り出した。

何をするのかと見守る瑛の前で、蘭はスマホを操作《そうさ》し、テーブルの真ん中に置く。ディスプレイには、「はせりん」――長谷部凛のニックネームが表示されている。そして、スピーカーから呼び出し音が聞こえてくるということは、今、スピーカーモードで発信しているということだ。

彩音が「ちょっ、蘭……！」と、あわてて身を乗り出したのと、「はいはーい」と蘭のスマホから陽気《ようき》な声が聞こえてきたのは、ほぼ同時だった。瞬間的に、彩音が息を止《と》める。

「あ、長谷部さん？　急にごめんね。今、大丈夫？」

『大丈夫《だいじょうぶ》だよー。江東さんからかかってくるの珍《めずら》しいー。初めてじゃない？　なに、なに？どうしたの？』

スピーカーモードなので、長谷部凛の声は瑛と彩音にもはっきりと聞こえる。ときおり間延《まの》びする、軽やかな声だ。周囲に人がいないテラス席ということもあって、蘭はこのまま、瑛と彩音にも聞こえるように長谷部凛とのやり取りを続けるつもりなのだろう。「ちょっと教えてほしいんだけどさぁ……」と、スマホに口を寄せて蘭は言った。

「長谷部さん、昨日、ショッピングモールでB組の九鬼《くき》冬夜くんと一緒にいた？」

彩音が両手で口を覆《おお》い、息を殺しているのが瑛にはわかった。「あー」と、長谷部凛の間延びした声がスマホから聞こえてくる。

『うん、いたいたー。昨日、一緒に遊んだよ』

彩音の目がショックで見開かれた。スマホに向かう蘭も勢いづく。

「それって、デートしてたってこと!?」

『えっ、なんで？』

「昨日、長谷部さんと冬夜くんがショッピングモールに2人でいるのを見たっていう子がいてね。もしかして2人はデートしてたんじゃないかっていうウワサを小耳《こみみ》に挟んだものだから、ちょっと気になっちゃって」

『へー、もしかして江東さん、冬夜くんのこと、気になってるの？　江東さん、そういうの、あんまり興味ないと思ってたから、ちょっといがーい』

スマホの向こうの声が笑う。蘭は苦笑を浮かべつつも、会話の主導権《しゅどう》は譲《ゆず》らなかった。

「それで、実際どうなの？　冬夜くんとはデートだったの？」

それに対する凛の答えは、最初に通話に出たときの「はいはーい」と同じくらいに軽かった。

『まさかぁ、違う違う。昨日は、同じ中学出身の男子3人、女子3人の、6人で遊んでたの』

ふたたび彩音が目をむく。しかし、先ほどの反応と理由が違うのは明白《めいはく》だった。

「6人？　冬夜くんと2人じゃなかったんだ？」

『そうだよー。中学で仲のよかったメンバーでさぁ。6人で会うの久しぶりだったから、超楽しかった。あたしが、冬夜くんと2人でいるのを見たって子がいるんだっけ？　なんかのタイミングで2人だけになったことはあったかもしんないけど、ほかにも近くに4人いたよー。だからデートじゃないない！　それに、あたしの彼氏も昨日のグループの中にいたし、冬夜くんはうちのクラスの坂木さんと付き合ってるんだよ。知らなかった？』

「あ、そうだっけ？　なーんだ、そっか了解。急に電話してごめんね。ありがと、長谷部さん」

『はいはーい。なんかよくわかんないけど、じゃねー』

細かいことにはこだわらない性格なのか、凛はそれだけ言うと、あっさり通話を切ってしまった。凛の声の向こうからにぎやかな喧騒《けんそう》と、「ー42番でお待ちのお客さまー」というファストフード店の店員らしき声が聞こえたから、今も友人か、彼氏といたのかもしれない。

蘭がスマホをしまう間、彩音はぼーっとテーブルを見つめていた。

「……だってさ。冬夜くんの浮気じゃなかったんだね。よかったじゃん、彩音!」

「『ちょっと派手めな格好で、気合いが入ってる感じだった』っていうのも、仲のいいグループで会うのが久しぶりだったからかもね。グループの中に、長谷部さんの彼氏もいたってことだし。冬夜くんとの距離が近いように見えたのも、中学からの気心《きごころ》が知れた友だちだったからなんじゃない?」

蘭と瑛の言葉に、彩音が「うん……」とうなずく。心ここにあらず。彼氏の浮気疑惑《ぎわく》が晴れて、放心状態なのかもしれない。

「とにかく、誤解が解けてよかったわ。浮気だと思って行動してたら、取り返しのつかないことになってたかもしれないし」

そう言いながら、瑛が彩音の背中をさする。ふたたび「うん……」とうなずきながらも、彩音はまだどこか上《うわ》の空《そら》だ。もとの彼女に戻《もど》るには、もう少し時間が必要かもしれない。

友人から、「あなたの彼氏がほかの女子とデートしてた」と聞かされたときの衝撃《しょうげき》。「彼氏が浮気してるかもしれない」という不安。それがすべて思い違いだったという安堵《あんど》。彼氏を疑ってしまった自分への嫌悪感。ずっと感情がジェットコースター状態だったはずだから、疲弊《ひへい》しても無理はない。

「とにかく、彩音の彼氏は浮気してなかったんだから、めでたしめでたし！ ……ってことでいいかな、彩音？」

「……え？ あ、うん！ なんか2人を心配させちゃってごめんね！」

蘭にポンと肩を叩かれて我《われ》に返ったのか、彩音が軽く拝《おが》むように手を合わせて謝る。彩音が傷つかずにすんだのなら、何よりだ。

「これからも、冬夜くんのこと信じてあげてね」

「……うん。そうだね」

蘭の言葉に、彩音は少し困ったような微笑みを浮かべてうなずいた。

——それから数日。

「瑛、蘭。ちょっといい？」

夕方のホームルームが終わって、部室に向かおうとしていた瑛と蘭に声をかけてきたのは彩音だった。肩に通学バッグをかけ、手には、クラリネットの入っているであろう楽器ケースを持っている。彩音も、これから部活に向かうのだろう。

「私たちはいいけど、どうしたの？」

瑛が尋ねると、彩音はスッキリとした笑顔になって、こう言った。

「実は――わたし、冬夜と別れたんだ」

「えぇっ!?」と、蘭が遠慮《えんりょ》なく驚きの声を上げる。瑛は声こそ上げなかったものの、その表情で心底《しんそこ》からの驚きを訴《うった》えていた。

そんな2人の反応にも、彩音はどこか憑《つ》き物の落ちたような表情を浮かべて、言葉を続けた。

「2人に相談にのってもらったあとで、わたし、気づいちゃったんだよね。わたし、冬夜のことが好きだから冬夜の浮気を疑って、不安になって、腹も立ったんだと思ったんだけど、そうじゃなかったんだよ。噂《うわさ》話は簡単に信じたのに、『冬夜は浮気なんかしない』って信じられなかった時点で、わたしはもう冬夜のことを好きじゃなくなってたんだって気づいたの。好きな人だったら、無条件で信じられるはずでしょ？　だけど今回のことで、いつの間にか、信じることができない関係になってたことに気づいたの。だから別れたんだ。瑛も言ってたでしょ？『最初の前提を間違えて設定してしまうと、そのあとのプロセスや答えも間違ってしまう』『ちゃんと事実関係を把握してから行動しないと、取り返しのつかない悲劇を招くことになるかもしれない』って」

「たしかに、言ったけど……」

「だからわたし、『彼のことが好きだ』『だから浮気を疑ってしまう』っていう、自分の中にある『前提』を取《と》り払《はら》って考えてみたんだ。わたしなりに『事実関係を把握』して、『悲劇』を生まないプロセスを選んだつもりだよ。だって、信じることができなくなっちゃった相手と付き合い続けたって、何かあるたびにまた疑っちゃうだけ。そんなの、お互いにとっていい関係とはいえないなと思って、だから別れたんだ。相談にのってもらった2人には、ちゃんと報告したいと思って。あのときは、ありがとうね」

話し終えた彩音は、「じゃあ、部活行くね！」と快《かい》活《かつ》に手を振って、軽やかな足どりで教室を出ていった。

残された瑛と蘭は、すぐに教室を出ることができなかった。やがて蘭は、苦いものが口の中に広がったような表情を、ゆっくりと瑛に向ける。

「あの場で長谷部さんに確認とったの、もしかして早まったかな……？」

コーヒーショップで彩音の話を聞いて、事実をハッキリさせたほうがいいという思いからとった行動だったが、それが彩音と冬夜の破局《はきょく》を招いたのだとしたら。自分の反射的な行動が、2人を別れさせる決定打《けっていだ》になったのではないかと、蘭はとっさに考えたのだ。

しかし、瑛は明確な口調で、「そんなことはないんじゃない?」と応じた。

「あの場で蘭が長谷部さんに確認しなかったら、彩音はずっと自分からは冬夜くんにも長谷部さんにも事情を聞けないまま、事実がなんなのかわからなくてモヤモヤし続けていたと思う。そうなってたら、冬夜くんとの関係がギクシャクして、もっと気まずい雰囲気になっていた可能性もあると思うわ。2人は同じ部活だから、そっちでも居心地《いごこち》が悪くなってしまうだろうし……早めに判断できたのは、むしろ、よかったんじゃないかしら。もちろん、別れたら別れたで影響はあるのかもしれないけど……でも、少なくとも彩音はスッキリしてるみたいだったから、あながち悪いことばかりでもないと思うよ。蘭が彩音のことを思って行動したという『前提』は、彩音もわかってるはずだしね」

そう言って、瑛は蘭の背中を軽く叩いた。蘭の小さな体が前に揺《ゆ》れる。その拍子《ひょうし》に、自分が起こした行動に対する不安感は抜け落ちたらしい。

「彩音にピッタリな恋がまた見つかるって、あたしも信じてるよ」

信じる気持ちが友情の証《あかし》になることを、瑛も蘭も信じている。

「図書未返却問題」について考える

　とっさに名前は出てこなかったが、安藤《あんどう》瑛《あきら》と江東《えとう》蘭《らん》が部室に連れてきた女子生徒の顔に、一《いち》ノ瀬《のせ》究《きゅう》はぼんやりとした見覚えがあった。

「えーっと……どこかで会ったっけ？」

「真木《まき》柚香《ゆずか》ちゃんよ」

「前に連れてきたことあったでしょ？　夏目《なつめ》漱石《そうせき》がキッカケで、とある男子と仲よくなったけど、告白したのに返事をくれなくて悩《なや》んでるって。一ノ瀬がその問題を解決したんだけど？

……っていうか、あたしたちと同じクラスの友だちだって紹介したよね!?」

手に提《さ》げていたコンビニ袋《ぶくろ》を——中身は大量のお菓子だ——実験用のデスクにどさっと置いて、蘭が言う。そこまで言われて、ようやく究はかつての記憶を探り当てた。

「あぁ、思い出した。大好きな漱石にちなんで、気になる男子に『月がきれいですね』って告白したんだっけ？」

究の言葉に顔を赤らめた柚香が、「その節はお世話になりました」と――おそらく、照《て》れ隠《かく》しだろう――しゃちほこばった挨拶《あいさつ》をして、顔を伏《ふ》せるように頭を下げた。

「その後、『背伸び』クンとは、どう?」

「は、はい! あれから、杉野《すぎの》くんには改めて、自分の言葉で気持ちを伝えて……おかげさまで、仲よくできている……と思います」

ぷしゅう、と頭のてっぺんから立ち上る湯気が見えそうなほど、柚香は顔を真っ赤にして、究の問いかけに答えた。そんな柚香の両隣《りょうどなり》で、瑛はにこにこと、蘭はにやにやと笑顔になっている。すれ違いから始まったひとつの恋は、どうやら、うまく噛《か》み合《あ》って動きはじめたらしい。

究がそう判断する間にも、瑛と蘭が柚香に空いているイスを勧《すす》める。

「もしかして、また別な相談?」

「あ、はい。実は、そうなんです」

ピンときて尋《たず》ねた究に、柚香は困ったような微笑みを返した。

「また的確なアドバイスをもらえるかなって……。今度は、図書委員としての相談なんですけど、いいですか?」

「もちろんだよ! 今、紅茶を淹《い》れるから、ゆっくり聞かせて!」

究より先に蘭が大きな声と動きで応じ、瑛は柚香の隣に腰《こし》を下ろした。究は女子たちとの間合いを測るように室内を移動し、結局いつもどおり、窓辺の定位置に体を落ち着かせる。

蘭が紅茶を淹《い》れるべく、ビーカーやフラスコの準備を始める。その、カチャカチャという音を聞きながら、柚香はそっと唇を動かした。

「わたし、本が好きで図書委員になったんだけど、委員の仕事を始めてみたら、未返却の本が想像以上に多いことがわかって、びっくりしたの。図書室から借りた本は、原則2週間以内に返却しないといけないっていう決まりで、貸し出すときには、返却期限の書かれた紙を一緒に渡して『この日までに返却してください』って伝えるんだけど……それでも、守ってくれない人が結構いるんだ」

「ごめん！　あたしも前に3日くらい過ぎて返したことある……」

紅茶を淹れる手を一瞬止めた蘭が、気まずそうに「罪《つみ》」を認めた。しかし柚香は「大丈夫」というように微笑《ほほえ》み、首を小さく横に倒《たお》してみせた。

「数日くらいの遅れなら、次に読みたいっていう人の予約が入っていなければ、『次は気をつけてください』って伝える程度ですませてるから、2、3日なら平気。でも、それが1週間とか10日以上も期限を過ぎるようなら、まずは『あなたが借りている本は返却期限を過ぎているので、早急に返却してください』っていう書面を作成して、届《とど》けることになってるの。まだその本が必要な場合は、次の予約がないかぎりは、貸し出しの延長手続きもできるから。でも、その書面にも応じてもらえない場合は、その人に直接取り立てに行ったりしないといけなくて……」

「へー、そこまでするんだ？ 図書委員も大変だね……」

蘭が、フラスコからビーカーに移した紅茶を柚香の前に置きながら、いたわるように言う。

柚香は礼を言って「ビーカー紅茶」を両手で包むように持ったが、すぐに口に運ぶことはしなかった。そして、角砂糖のかわりに悲しげなため息をひとつ、紅茶の中に落とす。

「書面を無視して、一ヵ月とか、それ以上も返却期限を破る人って、そもそも本を借りたことさえ忘れてる場合がほとんどなの。探すのが面倒なのか、『なくしました』とか言われることもあるし、運よく見つかっても、本が汚れてたり破れてたりすることもあるの」

「ひどいわね。自分の本じゃないのに」

瑛が憤慨《ふんがい》して眉《まゆ》をゆがめる。蘭も、同じような表情だが、それはすすった紅茶が渋《しぶ》かったからだ。紅茶を淹れてもらえなかった究は、そのことに文句を言うこともなく、柚香に尋ねた。

「そういうときは、借りていた人に弁償《べんしょう》させられるんじゃない？」

「あ、はい。本をその人に貸し出したというデータは残っているので、紛失《ふんしつ》や汚損《おそん》した場合は、基本的にその人に弁償してもらうことになってます。素直に応じてくれればまだいいんですけど、『自分が借りたときにはもう破れてた』とか、『なくしたんじゃなくて誰かに盗《と》られたから自分は悪くない』とか、『こんな中古本、１円くらいの価値でしょ？　１円を払えばいい？』とか言って、弁償を拒否する人もいて……。ときには、こちらが悪者扱いです」

「なにそれ！　非常識すぎる！」

怒声を張り上げた蘭に続いて、失望の色を浮かべた瑛が額を押さえる。そんな２人をちらりと見やって、究が感慨《かんがい》深そうにつぶやいた。

「価値観とか考え方とかって、人それぞれだからね」

「わたしは本が大好きで図書委員になったたし、みんなにも、もっとたくさん本を読んでほしい、本のおもしろさを知ってほしいって思ってるから、本をぞんざいに扱う人を見ると、胸が痛みます。それに……早く返却するように取り立てに行ったり、弁償するよう交渉《こうしょう》したりっていうのは、正直、苦手で……」

そして、意を決したように柚香は顔を上げて言った。

「わたし、本は大切に扱ってもらいたい。学校の備品っていうだけじゃなくて、１冊の本には、作家さんや、ほかにも、その本を作った人たちの想いが詰まってると思うから。だから、返却期限もしっかり守ってもらいたい。そうすれば、みんなに気持ちよく図書室を使ってもらえるでしょ？　だから弁償とか、そういう話になる前に確実に本を返してもらえる方法があったらいいなって」

「そうねぇ」と、最初に考えるそぶりを見せたのは瑛だった。

「返却期限を守るように訴えるポスターや注意書きは、もうあるもんね。図書室だけじゃなくて、校内のあちこちの掲示板に貼ってあるから、けっこう目に入るもの」

「うん。あれは図書委員会が作って貼り出してるよ。ポスターも、ずっと同じデザインだと見慣れちゃって効果が薄くなるから、毎年デザインを変えて貼り直してるの」

「そういうのって、何気《なにげ》に手間がかかるよねー。でも、もともと期限を守らないようなヤツは、ポスターや注意事項なんて目に入らないんじゃない？　だとすれば、もっと強力な対処法が必要だよねぇ」

悪だくみをするような表情で、蘭が腕《うで》を組む。瑛はイヤな予感を覚えたが、柚香は希望の光を見るようなまなざしで、「『強力な対処法』って、どんな？」と、蘭のほうに身を乗り出した。

「たとえば、悪質な生徒に対しては『図書未返却者リスト』を作って、校内中の掲示板で名前を公開するとか、放送委員会に頼んで実名で呼び出してもらうとか。本が返却されるまで、それを延々と続けるの。いい薬になると思わない？」

「それ、『いい薬』じゃなくて、『劇薬《げきやく》』ね。個人名をさらすなんて、さすがにやりすぎだと思う。それに、柚香たち図書委員が反感を買って嫌がらせをされるかもしれないでしょ？」

蘭の意見に、瑛が嘆息《たんそく》まじりに反対する。

「だったら、本を返さない生徒の親に連絡するとか？『おたくのお子さんが……』って」

「親が子どもに注意してくれればいいけど、学校側に意見してくるタイプの親だったら、よけいにこじれそうじゃない？そういう生徒の親なんだから、その可能性は高いかもよ。リスキーだわ。すぐに実現できそうなのは、全校集会で校長先生から全校生徒に向けて注意してもらうとか、各クラスのホームルームで現状を再確認するとか」

「それじゃあ生ぬるいよ、瑛！そうだ、やっぱりマスメディアの力を利用すべきだよ。新聞部に協力を依頼して、本を返していない生徒たちの似顔絵《にがおえ》公開に踏み切るの！江戸時代の瓦《かわら》版《ばん》みたいにさ。似顔絵の作成は、美術部かマン研に頼むのがいいかな。掲示板で実名を公開するよりは、手加減してるでしょ？新聞部には号外を発行してもらったほうが、インパクトあるかも。手配書みたいで！」

「江東は、そういうのが好きだなぁ。そういえば、江戸時代の平賀源内《ひらがげんない》は、『土用《どよう》の丑《うし》の日《ひ》に鰻《うなぎ》を食べるべし』って貼《は》り紙《がみ》の力を使って世間に広めたらしいよ。さすが有名な科学者は考えることが似《に》てるね」

「おっ、一ノ瀬わかってるじゃん！」

「まぁでも、平賀源内は、最後には殺人容疑で捕まって獄死《ごくし》したみたいだけどね」

窓辺でけらけらと笑いはじめた究に、蘭は、夕陽のせいで赤く光る瞳《ひとみ》をギラリと向けた。

「つまんないこと言ってないで、アンタもアイデア出しなさいよ！　他人が困《こま》ってるってのに、窓辺でたそがれてんじゃないわよ！」

噛《か》みついてきた蘭には言葉を返さず、かわりに、究は制服の胸ポケットから取り出した手帳を開き、さらさらと何かを書きはじめた。やがて、そのページをビリっと手帳から破り取り、柚香に差し出す。

「俺が考えたのは、これだよ」

しかし、究が柚香に手渡したメモを横からのぞき込んだ蘭と瑛は、「なにこれ！」と声をそろえた。

Q

左の3体のオバケを、５００円玉を2枚使って完全に見えなくせよ。

柚香の指先から引き抜いたメモを、蘭は究の鼻先に突きつけた。

「これのどこが『アイデア』なの!?　パズルを考えてるヒマがあるなら、柚香を助ける方法を考えなよっ!」

「ま、待って、蘭ちゃん！」

蘭を制止したのは柚香だった。「えっ？」と言葉をのみ込んだ蘭の手からそっとメモを取り返し、柚香は究に微笑みを向ける。

「きっと前みたいに、このパズルがわたしへの助言になってるんですよね？」

「どうかな。助言になるかどうかは、きみしだいなんじゃない？」

柚香はオバケのイラストが描かれたメモを机に置くと、通学カバンから財布を取り出した。

しかし、中をのぞいて「あ……」と、失敗したようなつぶやきをこぼす。

「500円玉、1枚しかなかった……」

柚香がそうつぶやいた数秒後、パチンと将棋《しょうぎ》の駒《こま》を指すように、小さめの手がメモの横に500円玉を1枚置いた。不承不承《ふしょうぶしょう》といった様子の蘭が面倒《めんどう》くさそうに言う。

「もー仕方ないな。ほら、さっさと解いちゃうよ！」

「うん！」と笑顔でうなずいて、柚香は究から手渡されたメモと向かい合った。

「こうかな……？　だめだ、一番下のオバケがはみ出しちゃう」

「でも、下のオバケを隠そうとすると、今度は上のオバケがはみ出しちゃうね。ビミョーに収まりきらない」

柚香と蘭が2人がかりで、2枚の500円玉をあちらこちらへ動かし、「あーでもない、こーでもない」と正解を探る。瑛はじっと見守って、ときに「こうしてみたら?」と知恵を貸すが、それでもどこかに、オバケの一部がはみ出してしまう。

やがて、蘭が1枚の500円玉を手に、カツカツカツカツ……と机を小突《こづ》きはじめた。明らかに、イライラしている。

「ねぇ、どうやってもムリなんだけど。一ノ瀬、ちゃんと500円玉のサイズわかってる? このイラストも、テキトーな手描きだしさ」

「俺に文句を言う前に、自分の発想が貧困《ひんこん》なのかもしれないって、もう少し疑ってほしいものだね。『暗いと不平を言うよりも、すすんで明かりをつけましょう』って、たしかマザー・テレサって人が言ったって、井口の『語録』に書いてあったよ」

しれっと究がのたまったセリフに、蘭の「イライラ」が「ムカムカッ」へとレベルアップする。しかし究は、火に油をそそいだ自覚もない表情で、柚香たちのもとへとやってきた。

「ある方向にばかり気をとられていたら、問題は解決しないんだよ。このパズルは、その例だ。もっと抜本的《ばっぽんてき》な発想の転換を試みるべきだね」

そう言うと究は、メモの横に放置された2枚の500円玉を、左右の手に1枚ずつ持った。

それぞれの手の親指と人差し指でつまんだ硬貨をゆっくりと持ち上げ――メガネのレンズにでも見立てるように、2枚の500円玉で自分の両目をふさぐ。

「ほら。こうすれば、オバケは1匹も見えなくなる」

鈍《にぶ》い銀色の――厳密にはニッケル黄銅製の――目玉をはめ込んだ究が、口もとだけで笑うというシュールな絵面に、しばらく、瑛も蘭も柚香も反応することができない。

ぷっ……と、やがてこらえきれなくなったように噴《ふ》き出《だ》した柚香が、そのままクスクスと肩を震《ふる》わせて笑いはじめた。

「そういうことかぁ。たしかにそれなら、オバケが何匹いても見えなくすることができますね。紙に描かれた3匹のオバケが、500円玉2枚でなんとか覆《おお》い隠《かく》せるかもっていうくらいのサイズだったのは、ひっかけかぁ」

「わたしたち、ひっかかっちゃったね」と、柚香が蘭に笑顔を向ける。そんな顔をされたら何も言えないということなのか、蘭は「むぅん……」と、閉じたままの口から奇妙《きみょう》な音をもらした。

500円玉をポケットに戻した究が、突然目に入ってきた光に、まぶしそうに何度かまばたきをする。

「500円玉をオバケの上に直接置いて隠《かく》そうとすると、『こっちは隠せるけど、こっちは隠せない』という状態になったでしょ？　まさに、目の前に散らばっている『問題』を消せないってことだよね。それじゃあ、たとえひとつの問題を解決しても、また別の問題が目についてしまって、イタチごっこだよ。でも、『オバケじゃなくて、オバケを見ている目』に視点を移せば違う解決法が見えてくるんじゃない？」

「一ノ瀬、それってまさか、『本を返さないことに目をつぶれば解決する』ってことじゃないでしょうね？　そんな『発想の転換』だったら、あたしが許してもあたしの拳《こぶし》が許さないよ！それに、ポケットにしまった500円、それ、あんたのものじゃないから！」

柚香が苦笑いしながら、少し間をおいてから「なるほど」とつぶやいた。

「『コンビニ袋のほどき方のコツ』に似《に》てるかも。蘭ちゃん。そのコンビニの袋、ちょっといい？」

実験デスクにあるコンビニの袋《ふくろ》には、蘭が買ってきた大量のお菓子が詰まっている。

「コンビニ袋をゴミ袋のかわりにするとき、中身が出てこないように持ち手同士を縛ったりするでしょ？　そういうときって、ギュッと固結びにするよね」

言うが早いか、柚香はビニール袋についている2本の持ち手同士を素早く2回絡《から》めて、固結《かたむす》びした。

「だけど、袋を縛《しば》ったあとに、『これも捨てたかったのに！』っていうものが出てきて、まだ縛らなきゃよかったって思ったことない？」

柚香の問いかけに、瑛と蘭は同時に、身に覚えのある顔になった。「あるよねー」と、柚香も経験ずみなのだろう苦笑を浮かべて、ふたたび袋に視線を落とす。

「そういうとき、この固結びをほどくのって、けっこう大変でしょ？　でも、実は簡単にほどく裏ワザがあるの。まず、結び目を作ってあまったビニールの片方の持ち手をつまむの。そしたらそれを、クルクルねじります」

言いながら柚香は、つまんだ持ち手をクルクル、クルクルとねじっていく。すると、ビニール袋の持ち手が、まるで「こより」をより合わせたようにねじれて細くなった。

「あとは、これを結び目のほうにぐっと押し込むだけ。……ほら！」

柚香が、細くねじった持ち手を結び目のほうに押し込むと、あれだけ固く締まっていた結び目を、持ち手がするっと後退するようにくぐり抜けた。一度ゆるんだ結び目は、あとは手で簡単にほどけてしまう。ふたたび口を開いたビニール袋の中から、青いチュッパチャプスがころりと転がり出た。

「へー、すごい！　めっちゃ便利なライフハックじゃん」

拾ったチュッパチャプスを、そのまま流れるような手つきでむいて口へ放り込むと、蘭は自分でも、今の「裏ワザ」を試しはじめた。

「あー、なるほど。何度かねじることで持ち手部分が細くなって、その分、結び目に隙間《すきま》ができるんだ。もともとビニール素材は滑《すべ》りやすい材質だから、あとは押すだけでするっと抜けちゃうんだね。ねじったことで持ち手が固くなってるのも、一役買ってる。こりゃ便利だ」

結び目が簡単にほどける感覚が気に入ったのか、蘭が何度も「裏ワザ」を繰《く》り返《かえ》す。そんな蘭から究へと、柚香は視線を向けた。

「一ノ瀬さんの言いたいことって、この固結びをほどくコツとも通じるのかなって思いました。結び目を無理にほどこうとするんじゃなくて、むしろビニールを1本の固いヒモ状にすることに着目するってところ。本を返してもらうためのアプローチって、いろいろあるかもしれない」

どこか希望を得たような表情の柚香に、究は何も言葉を返さなかった。ただ、その顔には肯定の微笑みらしきものが浮かんでいて、柚香はそれを的確に読み取ったらしい。

「図書委員会のみんなと考えてみます」と、ハリのある声で礼を言ってパズル部を出ていった柚香の背中は、活力に満ちあふれていた。

＊　＊　＊

——一週間後。

パズル部の部室に入った瑛と蘭は、意外な光景を目にして、思わず部室の入口に立《た》ち尽《つ》くした。

「どしたの。３人そろって本なんか読んじゃって」

究と奏と透の３人が、思い思いの場所で本を開いて読みふけっていたのだ。透はよく、どこで見つけてきたのかもわからない自己啓発本を読んでいるが、究と奏が読書する姿を見るのは、瑛も蘭も初めてだ。

「奏。あんた、本って読めるんだっけ？」

「いえ。ふだんはマンガばっかりなんですけど、図書委員会の企画がおもしろそうだったから、ちょっと読んでみようかなって思って」

「図書委員会の企画」という言葉で、瑛と蘭は瞬間的《しゅんかんてき》に、柚香の顔を思い出した。

「ねぇ。それって、どういう企画なの？」

重ねて尋ねた蘭に、「これですよー」と、奏がスラックスのポケットから何かを取り出す。

それは、名刺サイズのスタンプカードだった。押印欄《おういんらん》は、10個のスタンプを押せるよう格子状《こうしじょう》に区切られ、すでに5つの「済」スタンプが押されている。カードを裏返すと「図書返却ポイントカード」なる名称と、奏の名前が記入されていた。

「なにこれ？」

「そのカードを持ってると、図書室に本を返却したときに、スタンプを1つ押してもらえるんです。10個たまると、学食の食券と交換してもらえるんですよ！　すごくないですか!?」

キラキラと瞳を輝かせる奏を見て、「ほう、そうきたのか」と、蘭は感心したように目をみはった。しかし、やや皮肉な表情を浮かべて、質問する。「まさか、スタンプ目当てで、読みもしない本を何度も借りてるんじゃないでしょうね」

「まさか!?　スタンプのために本を借りて、本の感想も言えなかったら、カッコ悪すぎじゃないですか。そんなリスクは冒せませんよ。それに、返却するときに読書感想文をつければ、一気に5個、スタンプを押してくれるんです！　それなら2回で、スタンプカードがいっぱいになるんですよ！」

なるほど。奏のスタンプカードにすでに5つのスタンプが押されているのは、早くも一度、読書感想文をつけて本を返却したからなのだろう。

「柚香、おもしろいことを考えたわね」

そうつぶやいた瑛の顔にも、楽しそうな微笑みが浮かんでいた。

東明稜高等学校の学食メニューは、どれもかなりリーズナブルで――外食すれば倍ほどの値段になるだろう――高校生の財布には優しいが、それでも毎日のように利用していれば、まとまった額になる。限られたこづかいやアルバイト代でやりくりしている多くの生徒にとって、「タダで食券がもらえる」というのは、かなりおいしい話だ。とくに、たくさん食べる男子にとっては。

「たしかに、『本を返却したときにスタンプを押す』っていうルールなら、みんな、早く本を返却しようとするよね」

「そのためにはまず、本を借りなくちゃいけないし、ポイント5倍を狙って読書感想文を書こうとする生徒も出てくる。未返却図書を減らすと同時に、『もっとみんなに本を読んでほしい』という思いも叶《かな》えようとしたのね、柚香」

おとなしくも大胆《だいたん》な柚香の「作戦」にまんまとはまっている男子3人を見回してから、瑛と蘭はクスクスと顔を見合わせた。

「選抜方法」について考える

「商店街のイベントへの出演者を決めたい？」

相談者の言葉をなぞるように繰り返した安藤《あんどう》瑛《あきら》に、やってきた２人の相談者は、真剣な面持《おも》ちでこくりとうなずいた。

２人とも広報委員の生徒である。メガネをかけた短髪の男子生徒は、３年生で同委員長の有《あり》賀《が》竜生《りゅうせい》。小柄な江東《えとう》蘭《らん》よりさらに背が低いロングヘアの女子生徒は、２年生の新谷《しんたに》羽美《うみ》と名乗った。

東明稜高等学校の広報委員が担《にな》う主な役割は、校内行事の様子を撮影したり、大会やコンクールで好成績を収《おさ》めた部や生徒を取材したりして、それらの情報をまとめた校内広報誌を、年３回作成することである。

ほかにも、保護者や地域住民を校内に招く文化祭などのイベント前には、宣伝ポスターを地域の各所に掲示《けいじ》してもらう交渉《こうしょう》をしたり、東明稜高等学校のＨＰ《ホームページ》の一部——東明稜高等学校の受験を考えている中学生に向けた、在校生主体のコンテンツ——の更新《こうしん》を行ったり、さまざまな業務を担う。かつては、「東明稜のゆるキャラを作ろう！」という企画も推進《すいしん》していた。

要《よう》は、「東明稜高等学校の魅力を内外に発信すること」全般が、広報委員会の役割といえる。

だからこそ、パズル部に相談を持ち込んだ広報委員の2人は、いたって真剣だった。

「学校を出てちょっと行ったところに、『しののめ商店街』ってあるだろ？」

「あぁ。あの商店街なら、俺も通学路だよ。精肉店のコロッケがおいしい」

有賀の言葉に応じたのは一《いち》ノ《の》瀬《せ》究《きゅう》だった。有賀と新谷が、またしてもうなずきをそろえる。

「スタンプラリーとか福引とか、よくイベントをやってるんだ。季節感のある飾《かざ》りつけなんかもマメだし。その『しののめ商店街』が、来年で50周年を迎えるらしいんだ。それで、来年のゴールデンウィーク中に周年イベントを企画していて、東明稜《ウチ》の生徒に、何かのイベントに出演して盛り上げてくれないかって依頼《いらい》がきたんだ。ウチは毎年『しののめ商店街』に明稜祭《めいりょうさい》の協賛をお願いしたり、ポスターを貼らせてもらったりしてるから、なんとか協力できないかって思ってるんだ」

「当校のPRにもなりますし、中学生たちがイベントを見て『東明稜を受験したい』と思ってくれれば、さらにプラスになります」

有賀と新谷の発言を聞いて腕を組んだ井口透《いぐちとおる》が、「なるほど」とわけ知り顔になる。

「これは両者《りょうしゃ》にメリットのあるアライアンス。イベントを通して生徒が実戦的なPDCAサイクルを学ぶチャンスにもなりますね。……いや、今回はSTPDサイクルのほうが適切かな」

「透くん、何を言ってるのか、ぜんぜんわかんないよ？」

「アライアンスは『協業《きょうぎょう》』って意味。PDCAのPは計画《Plan》、Dは実行《Do》、Cは評価《Check》、Aは改善《Action》を意味するんだ。業務改善に向けたフレームワーク——つまり、生産性や品質の向上を目指すうえで有益《ゆうえき》な手法のひとつだよ。最後の『改善』まで終わったら、最初の『計画』に戻るサイクルだから、1回きりじゃなくて継続《けいぞく》的な事業計画の場合にはマストな手法。STPDっていうのは、どちらかというと短期的なマネジメント手法で——」

「ハイハイ、ストップ！　説明しなきゃいけないなら、はじめから日本語で話して」

筒状に丸めた紙の束でスコンと透の背中を叩き、蘭が強引に話を止める。話の腰を折られた透はムッとした表情を肩越《かたご》しに蘭に向けたが、抗議の声をもらす前に、究が有賀たちの話に場を引き戻した。

「だけど、その件で、どうしてパズル部に？　PRにつながるイベント事に関しては、はるかに広報委員のほうがノウハウがあるでしょ」

「そうなんだけど、実は委員会内で意見が割れててさ……。そしたら、文実《ぶんじつ》――文化祭実行委員会の手塚《てづか》から、前にパズル部に相談にのってもらったって聞いたんだよ。図書委員のポイントカード制度も、パズル部のアドバイスを参考にしたっていうじゃん。それで俺らも、何かアイデアをもらえないかなーと思って」

東明稜高等学校には「生徒会」を頂点とし、各委員会が組織立《そしきだ》っている。生徒会と委員会の活動は生徒たちの学校生活や校内規律《きりつ》にも深く関わるため、これらの委員会は横のつながりも密で、全委員会長が一堂に会する月一回の「報告会議」を主な場として、情報交換が盛《さか》んだ。広報委員会が文化祭実行委員や図書委員からパズル部の話を聞いていたとしても、なんら不思議はない。

「パズル部って、だんだん『相談室』みたいになってますよね」

朝生奏《あそうかなで》のつぶやきに対しては、肯定《こうてい》の声も否定の声も上がらなかった。それがある種の「答え」でもあった。

「とりあえず、聞くだけ聞いてみてもいいんじゃない。あたし、実験が一段落《いちだんらく》して、今日はヒマだし」

広報委員会の「相談」を「ヒマつぶし」程度にしかとらえていない蘭が、実験用デスクの引き出しからキャラメルの小箱を取り出しながら言う。

しかし蘭のことをよく知らないのか、有賀は不快《ふかい》もイラ立ちも見せることなく、「ありがとう。じゃあ、いいか？」と前のめりになった。

こうして、パズル部は広報委員の「相談」を聞くことになった。

「ひとまず、商店街からイベント出演依頼があったことに関しては、先月の報告会議で全委員会と生徒会に共有して、参加する方向で決定した。そのうえで、具体的にどういう形で参加するかは広報委員会主導《しゅどう》で考えることになったんだけど……問題は、その『具体的に』っていう部分なんだ」

「会場は、屋外駐車場の一画《いっかく》に設けられるステージです。ウチの体育館にある舞台より、少し小さいくらいの大きさになりそうです」

「ってことは、まぁまぁの大きさだね。いろいろできそう」

立て続けに2個のキャラメルを口に放り込んだ蘭が言う。それにうなずいて、広報委員の新谷が続けた。

「その特設ステージをメイン会場として、タイムテーブルを組むそうです。地元のフラダンス教室の生徒さんや、和太鼓《わだいこ》愛好会の人たちが発表したり、カラオケ大会をしたり、マジシャンや芸人さんも呼ぶそうですよ」

「へー、なかなか気合い入ってんね。さすがイベント好きの『しののめ商店街』。で、東明稜《ウチ》の生徒にも、そのステージで何かやってくれってこと？」

尋《たず》ねた蘭に、有賀が「そういうこと」とうなずいた。

「持ち時間は40分。広報としては、地域貢献《こうけん》もしたうえで、この学校のＰＲもしたい。そのためには印象的な『出しもの』が必要だってことで、委員会内でも一通りの意見は出たんだ。こういうイベントだったら、やっぱり吹奏楽部が演奏するのがいいんじゃないかとか、ダンス部のパフォーマンスが華《はな》やかで盛り上がるんじゃないかとか」

「たしかにそうね。私も真っ先に吹奏楽部が浮かんだわ」

「僕は、合唱部もいいんじゃないかと思います！　子どもたちも一緒に歌えるし、親しみやすくて地域貢献になるんじゃないですか？　透くんは、どう思う？」

「ステージがまずまず広いなら、思いきって、演劇《えんげき》部が演劇をやってもいいんじゃないかと、俺は思いますよ。持ち時間が40分あれば、できないことはないですよね」

「合唱部も演劇部も候補に上がったよ。ほかにも、茶道部が簡易《かんい》的なお茶会を開くとか、書道部が大きな書《しょ》を書くパフォーマンスをするとか、派手ではないかもしれないけど文化的な一面を押し出すっていう案もあった」

「なるほど。それもよさそうね」

有賀の話に、瑛が感心の色を浮《う》かべる。さすが広報委員長なだけあって、ひと通りは考えているようだ。逆に、いろいろな案が委員会内で出たからこそ悩んでいるということだろう。案《あん》の定《じょう》、有賀は首のうしろに手をやって、表情と態度にかすかなイラ立ちをにじませた。

「やるからには、地域貢献と学校のPR、この両輪《りょうりん》はマスト。PRのためには、やっぱり『東明稜らしさ』を打ち出すべきだと思うんだ。出てもらう部には学校を代表してもらうことになるわけだから、慎重《しんちょう》に決めないと……。でも、どんな基準で決めても、絶対に不満の声が上がると思うんだ」

有賀のイラ立ちを隣から見てとった後輩の新谷が、少し疲れたような微笑《びしょう》をこぼした。

「実は何日か前に、どこで情報を聞きつけたのか、軽音部の部員が『自分たちに演奏させてくれ！』って、直談判《じかだんぱん》に来たんです。そのときは『まだ方針を決めているところだから』って、有賀先輩が対応して収めたんですけど……」

「あー、そうなるかぁ。軽音部だけじゃなくて、基本はどの部も発表の場を求めてるからね。とくに今回の条件は、運動部系よりも文化部系が向いてる。発表のチャンスって考える文化部は多いだろうね。だけど、ステージはひとつ。与えられた時間は40分。部活同士の間で、代表の座を奪《うば》い合うデス・ゲームが始まっちゃうかも……！」

ドス黒い笑顔を浮かべながら、不気味な「予告」をする蘭。それに対して「やめなさい」と、自分の子どもに言い聞かせるように注意する瑛。「ここはやっぱりSTPDを念頭《ねんとう》に――」と、自分の知識をひけらかしたいだけに見える透と、その混乱に困っているようにふるまいながらも、実は楽しんでいる奏。

広報委員の2人の顔に、「ここに相談にきたのは間違いだったのでは……？」という不安が、ありありと浮かんでくる。

そして、彼らが今にも「やっぱりいいです」と、相談を切り上げて身を翻《ひるがえ》しそうになったとき、部室の奥の窓際で、細い腕が音もなく上がった。

全員の視線を集めた一ノ瀬究は、腕を下ろすかわりにパイプ椅子からゆっくりと立ち上がる。そうしてホワイトボードに歩み寄ると、問題を書きはじめた。

Q

ここに、A、B、C、D、Eの5つのビンがある。

それぞれのビンの中には、キャンディが10個ずつ入っている。このうち、4つのビンの中に入っているキャンディはすべておいしいキャンディだが、残る1つのビンの中に入っているキャンディは、10個すべて毒入りのキャンディである。

毒の入っていないキャンディは1個10グラム、毒入りのキャンディは1個11グラムだ。しかし、見た目の色や大きさには違いがなく、目視《もくし》では見分けることができない。

そこで、ミリグラム単位で正確に重さを量《はか》ることのできるデジタル式重量秤《じゅうりょうばかり》を使うことにした。

この重量秤を使って毒入りのキャンディが入った

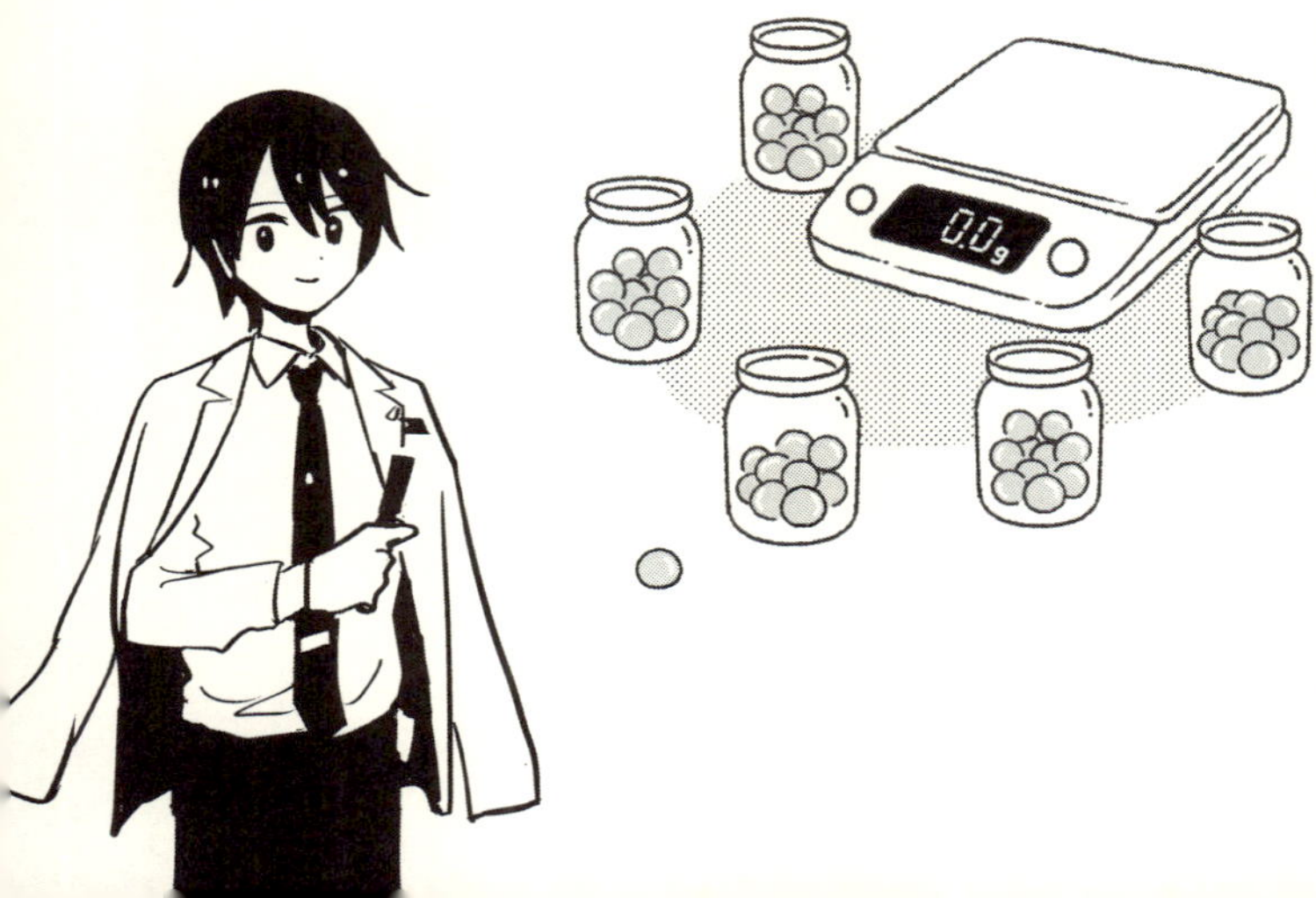

ビンを見つけるためには、最低何回、重量秤を使わないといけないだろう？

なお、ビンごと秤《はかり》にのせると重すぎて測定不能となってしまうため、秤にのせられるのはキャンディのみ。キャンディのみであれば、のせられる個数に制限はない。


唐突に提示《ていじ》された問題を前に、有賀は、これが報告会議のときにみんなが言っていた「パズル問答」かと、奇妙《きみょう》な納得感を覚えていた。

マーカーのキャップをしめた究が、「俺からアドバイスできることはこれくらいかな」と、したり顔で振り返る。何が「これくらい」なのか有賀にはさっぱりだが、この問題の解答に、悩みを解決するヒントが含まれているのだろうと察《さっ》する。ただし、「なんでこんな回りくどいことをするんだろう」という疑問は解けなかった。

淡々《たんたん》と語り終えた究は、ふたたび窓際のパイプ椅子に戻った。入れ替わるようにパズル部のメンバーがホワイトボードに近づき、先ほどとは打って変わって、全員がそれぞれの意見に耳をかたむけはじめた。

「んー……見た目じゃ判断できないなら、全部のビンから１個ずつキャンディを取り出して、順番に量って11グラムのキャンディを探し出すしかないんじゃないですか？　だから、秤を使う回数は最大で５回――あ、待って、今のなし！　４回でいいですね！　A、B、C、Dのビンから１個ずつ取り出したキャンディを順番に量って、４個すべてが10グラムだったら、残るEのキャンディは量らなくても11グラムの毒入りに確定します！」

蘭がふたたび丸めた紙の束で、奏の背中《せなか》をスコンッと叩く。

「バカ奏。その方法、単なる『なりゆき』じゃない。一ノ瀬が出す問題で、『最低何回』って聞いてるんだから、答えは間違いなく『１回』なのよ。問題は、１回量るだけで、どうやって毒入りキャンディを見つけるかってことよ」

「いやいや、江東先輩、一ノ瀬先輩のことですから、その『１回』を疑うことも必要ですよ。順番にキャンディをなめていけば、１回も秤を使わなくてすみます。毒入りキャンディをなめて苦しんじゃいけないなんて条件、書かれてませんから」

「じゃあ、透くん自身は、その解決法《かいけつ》をとるの？」

「似たようなこと、俺たちはいつも、江東先輩にやらされてるだろ⁉　今さら、なんだ」

「そうね。なかなかチャレンジングな解決法だけど、問題には、『この秤を使って毒入りのキャンディが入ったビンを見つける』とあるから、最低1回は秤を使わないとダメでしょうね」

話がどんどん関係のない方向へ向《む》かっているのを感じた究は、「仕方ない……」と吐息《といき》をこぼして口を開いた。

「それじゃあ、ヒント——というか、答えの一部を言ってしまうと、さっき江東が言ったように、重量秤を使う回数は1回だ。たった1回の計量で、毒入りキャンディの入ったビンが5つのビンのうちどれかを見分けるには、どういう量り方をすればいいか、論理的に考えて」

「論理的に」という部分に、究が力を込める。瑛と蘭は真剣に考えている様子だったが、奏は、

「毒入りだったら、なんか苦そうですよね。ちょっとなめるだけなら、味はわかるし、身体《からだ》にも害はないんじゃないですか」と、「毒入りキャンディをなめる」から離れられなくなってしまったようだ。

「『苦《にが》い』のは、良薬の専売特許《せんばいとっきょ》で、『毒』の真逆だろ」と、透も、正解より、「ツッコミ」のほうに気が向いてしまっている。

広報委員の有賀も、「さっぱりわからない」という表情で、なす術《すべ》もなくその場に突っ立っていた。すると、有賀のブレザーのすそを、後輩の新谷が引っぱった。

「どうした？」

有賀が尋ねると、新谷は有賀の耳に口もとを近づけ、「わたし、わかったかもしれません」とつぶやいた。

「ウチの新谷がわかったみたいなんで、聞いてもらえるか？」

「聞かせてくれるかな？」と、究からもうながされた新谷は、小さめの声で話しはじめた。

「たぶんなんですけど……Aのビンからはキャンディを1個、Bのビンからは2個、Cのビンからは3個、Dのビンからは4個、Eのビンからは5個っていうふうに、1個ずつ増やしていく形でキャンディを取り出して、全部いっぺんに秤にのせるんじゃないでしょうか。そうすると、キャンディは全部で15個です。仮《かり》に、毒入りのキャンディが存在しない場合、ふつうのキャンディは1個10グラムなので、秤に15個のせた場合は150グラムになります。でも、実際には1個11グラムの毒入りキャンディが混ざっているので、150グラムから1グラム以上の誤《ご》差《さ》が出ます。ここで、最初にそれぞれのビンから取り出すキャンディの数に差をつけたことが役に立ちます。

仮にAのビンのキャンディが毒入りだった場合、Aのビンから取り出したキャンディは15個中、1個だけなので、すべてがふつうのキャンディである場合の150グラムより、1グラム重くなって、合計が１５１グラムなります。こんなふうに、基準の１５０グラムより、何グラム重くなっているかで、どのビンの中にあったキャンディが毒入りかがわかります。この方法なら、秤を１回使うだけで特定できるんじゃないでしょうか」

説明を終えても新谷は不安げだったが、聞いていた瑛や蘭は目をみはっていた。透は「なるほど……」と、自分の中でシミュレーションしているらしく、奏にいたっては「ん？　……え？」とのみ込めていない様子だが、最終的なジャッジは究によってもたらされた。

「素晴《すば》らしい。大正解だよ」

それを聞いた新谷が、ほうっと大きく息を吐きながら、強張《こわば》っていた小さな肩を下げた。よほど緊張していたのか、その顔に初めて笑みが宿《やど》る。

「広報委員には、優秀な生徒がいるようだね。そのとおり、ビンごとに取り出すキャンディの数に差をつければ、全部一緒に秤にのせて重さを量ったときに、基準の１５０グラムから何グラムの誤差が出るかで、毒入りキャンディのビンを特定することができる。よって、秤の使用回数は１回でいいというわけだね」

そこまで言うと、究はイスから立ち上がり、問題を描《えが》いたホワイトボードのもとにゆっくりと歩み寄った。

「この問題みたいに、ビンごとに分けられていると、ついビンごとに一つ一つ調べようとする心理が働く。分けられていることに意味がある、という思い込みも起こりがちだ。でも、そうじゃなくて、思いきって枠《わく》を取り払って、全部一緒くたにしてしまえば、意外とスマートに解決できることもあると俺は思う」

「えっと……それは、つまり？」

真意《しんい》をつかめなかったらしい有賀竜生が、申し訳なさそうな気配《けはい》をにじませながら究に尋ねる。究は不快な顔ひとつせず、「つまり」と有賀の言葉を繰り返してから、その先を続けた。

「『部活』というのも、いわば大きなビンみたいなものだと思うんだ。『部活』というビンの中に、『部員』というキャンディがたくさん詰まっている。商店街のイベントにどの部活を出演させるか、というビン単位で考えるんじゃなくていいんじゃないかってことだよ」

「つまり、『いろんな部活を一緒に』ってことか？」

「なるほど！　だとすれば、たとえばですけど、吹奏楽部と演劇部と合唱部が一緒になれば、ミュージカルやオペラができるかもしれません。書道部が大きな書を書くうしろで軽音楽が流れるとか、まわりでダンスをするっていうのも、本来なら混じり合うことのないもの同士が混じることで、化学反応が起こるはずですよ。いろいろと考える選択肢が増えると思います！」

「複数の部を同時にステージに上げるのか……。それは考えてなかったな」

新谷の頭の中にはすでにアイデアが浮かんでいるのか、明らかに興奮《こうふん》口調で言った。

「ほかにも、親和《しんわ》性のある部活動ってありますよね！　うまく噛み合えば、独創的で楽しいステージになるかも……！」

パズル部のメンバーには、顔を見合わせる2人を、希望の光が包んでいるように見えた。

「それってなんだか、めっちゃ東明稜っぽいですね。やっぱり、せっかくやるなら、東明稜っぽさのある印象的なステージにしてほしいです！」

胸の前でギュッと両手を拳《こぶし》にした奏が、うずうずしながら瞳を輝かせる。

「なんか、実現できそうな気がしてきたな……」とつぶやく有賀に、「はい！」と新谷が声を弾ませる。悩みごとが解決されたようなスッキリとした顔を見合わせていた2人は、やがて究たちに向き直って会釈《えしゃく》した。

「ありがとな。おかげで道筋《みちすじ》が見えた気がする。パズル部に相談したら知恵を授《さず》けてもらえるっていうのは、本当だったんだな。助かったよ。ただ一つ疑問なんだけど、なんで、あんなまわりくどいアドバイスなんだ？　もっとストレートにわかりやすく話したほうが、もっと伝わりやすいんじゃないか？」

「うーん……」

究は、一瞬だけ困ったような表情をしたが、すぐさま静かに微笑むと、こう言った。

「俺は、『答え』を教えたいわけじゃないんだ。うまく説明できないけど、問題に直面《ちょくめん》して、困ったり悩んだりしたときに、それを解決するプロセスそのものを楽しんだらいいのにって思うんだよね。パズルって答えを暗記しても、ぜんぜんおもしろくないでしょ？　新しい問題に出会って、新しい解き方を見つけるときが、一番おもしろい。だから、俺が出す問題自体には『答え』はあるけど、その解き方を、どういうふうに自分の困りごとに活《い》かすかは、人それぞれだと思う。俺はただ、その補助線《ほじょせん》がわりに問題を出しているだけさ。さっきの問題だって、俺が言ったのは『枠を取り払う』ってことだけで、その先、『ミュージカル』とかってアイデアに結びつけたのは、彼女の能力や情熱だと思う。今だから言うけど、『図書委員のポイントカード』だって、俺がそのアイデアを出したわけじゃなく、あれは1人の女子生徒のアイデアだよ。パズル部がやったのは、問題に補助線を引いて、いろいろな可能性があることを教えただけだよ」

それを聞いて、一番驚《おどろ》いた表情をしていたのは、ほかでもないパズル部の部員たちであった。

「方針が決まったらまた報告する」と約束をして、広報委員の2人はパズル部を出ていった。

すかさず、奏が究に輝く瞳を向ける。

「すごいです、イッキュウ先輩！　そんな考えがあったなんて！　パズルの正解率《せいかいりつ》が低い僕も、議論に参加することで、ちゃんと役に立っていたことがわかりました！」

「まぁ、奏の場合は、もっぱら、『その方向性はない』という、選択肢を減らす役割だけどな」

すかさずツッコミを入れた透の言葉を聞く様子もなく、究は知恵の輪をいじりはじめる。

その様子を、蘭は目を細めて眺《なが》めて言った。

「なんか今日はオイシイとこ全部、一ノ瀬がもってった感じだね」

＊　＊　＊

案《あん》の定《じょう》というべきか、有賀竜生と新谷羽美のコンビが再度パズル部を訪れたときには、究は2人の名前をきれいに忘れていた。そのことについてかわりに謝った瑛に、有賀と新谷は「ぜんぜんいいんです、そんなことは……」と、まるで覇気《はき》のない表情で、覇気のない声を返すばかりであった。活力をみなぎらせてパズル部の部室から去っていった先日とは、雲泥《うんでい》の差だ。

「なになに？　2人とも、どんよりしちゃって。お葬式《そうしき》帰りみたいな雰囲気じゃん」

「あの件、うまくいかなかったの？」

蘭と瑛が尋ねると、有賀が「はぁ……」と、深い深いため息をこぼした。

「ここで相談にのってもらったあと、委員会に持ち帰って、いろいろ検討したんだ。それで、吹奏楽部と合唱部と演劇部に、40分間でミュージカルができないか持ちかけた。セット作りは美術部に、衣装作りは手芸部にも協力を求めた。最初はうまくいきそうだったんだけど……話を進めるにつれて、いろいろ支障《ししょう》が出てきてさ……」

「支障って？」

「それが……ミュージカルに対する考え方が、部活によってぜんぜん違ったんです」

答えづらそうにしている有賀にかわって、新谷が続ける。

「『ミュージカルでもっとも重要な要素は、演劇の部分だ』って演劇部は主張して、吹奏楽部は『演奏が一番大事に決まってる』って譲《ゆず》らず、合唱部は『歌がうまい自分たちがメインキャストを務める』って言いはじめ、美術部もコンセプトが固まっていなきゃセットの方向性も決められないと……あとは、ご想像にお任せします」

唇を真一文字《まいちもんじ》に引き結んだ蘭と瑛が黙然《もくぜん》と顔を見合わせ、どう反応すべきかを探り合う空気が流れた。

つまり、ミュージカルにおいて大事なのは、「演技」か「演奏」か「歌唱」かで意見が割れた。

「こりゃダメかもってことで、軽音部と書道部にも打診《だしん》したんだ。軽音部の生演奏にのせて、書道部がライブで巨大な書を書くっていうのもインパクトありそうだなと思って。そしたらこれがまた、っていう感じで……」

「軽音部のみなさんが、どうしても、書道部のみなさんより前に出たがってしまうんですよね……。書を書いている最中《さいちゅう》の動きをお客さんに見てほしいから、軽音部には後方での演奏をお願いしたんですけど、演奏している間に気持ちが高まってくるのか、どんどん前に出てこられちゃって。最終的には書道部から『あれじゃあ邪魔《じゃま》で書が書けない』って言われちゃいました」

今度は有賀と新谷が、そろって重たいため息をつく。イベントまでまだ時間があるとはいえ、希望を打《う》ち砕《くだ》かれたような気持ちになっているのかもしれない。

「一ノ瀬、あんたの責任ね。なんか新しいアドバイスしなさい」

見ていられなくなった蘭が、窓を振り返って声を張る。しかし、今日もそこに陣取《じんど》っていた究は、しれっとこう言うだけだった。

「やれやれ……。東明稜の生徒は、キャンディにたとえるほど甘くないってことか……。毒も使い方によっては薬になると思ったんだけどな。昔の中国に、たくさんの毒虫を壺《つぼ》の中に入れて、勝ち残った最強の毒虫を祀《まつ》る、『蠱毒《こどく》』っていう呪術があるんだけど、そんな感じになりそうだね」

「組み合わせ」について考える

「今日は友だちを連《つ》れてきたの！」と、パズル部の部室の入口で、葉山紗依《はやまさえ》はどこか得意げに胸を張った。紗依は一ノ瀬究《いちのせきゅう》のクラスメイトで、少し前にパズル部に恋愛相談を持ち込んだ女子生徒だ。

「こないだはわたしの話を聞いてもらって、すごく助かったからさ！　だから、友だちの相談にものってあげてほしいんだ。いっちー、いいかな？」

「俺は何もアドバイスできなくて、安藤《あんどう》たちに丸投《まるな》げした記憶があるけど？　今度も、それでよければどうぞ」

紗依は細かいことにこだわらないのか、本当に究にはまったく期待していないのか、究の返答内容にムッとした様子もなく「ありがと！」と笑うと、パズル部の部室に入ってきた。そのうしろから、紗依より少し小柄《こがら》なショートヘアーの女子生徒が、きょろきょろと様子をうかがいながら続いた。

「ほら、伊緒《いお》ちゃん。この人が、さっき話した、『いっちー』ことパズル部の部長の一ノ瀬くんだよ。それから、こっちが安藤さんと江東《えとう》さん。あ、2人とも、こないだはありがとね！またちょっと困ったことがあったから、遠慮《えんりょ》なく相談させてもらいにきたよー」

ぱっぱと手を振る紗依に、安藤瑛《あきら》と江東蘭《らん》は、やや気圧《けお》された表情で手を振り返した。まわりを巻き込んで物事を進めるのは、紗依の得意技らしい。とはいえ、その強引さにイヤミはなく、ただただ素直で天真爛漫《てんしんらんまん》さを感じるだけだ。それは、紗依の長所だろう。だからこそ、その勢いに気圧されはしたものの、瑛も蘭も嫌な気分にはならなかった。たとえ井口透《いぐちとおる》が、あきれたように「パズル部って、どんどん相談室化してますよね」とつぶやいていたとしても。

パズル部から「許可」めいた反応を得た紗依は、「改めて！」と、自分のうしろに立っていた女子生徒を手で指《さ》し示《しめ》した。

「今日は、この若狭《わかさ》伊緒ちゃんの悩みを解決してほしいんだ。伊緒ちゃんは、園芸《えんげい》部の部長なんだよ」

紗依からそう紹介された女子生徒は、この状況に少しとまどいながらも、「お邪魔します」と会釈《えしゃく》した。

「若狭伊緒です。ちょっと、部活のことで紗依ちゃんに相談したら、『パズル部の人たちが、パパッと解決してくれるよ』って教えてくれて……」

「内容にもよると思うけど、まぁせっかく来たんだし、話してみてよ。ちょうど実験が一段落《いちだんらく》したところで、ヒマだったし」

そう言って、蘭は壁《かべ》に立てかけてあったパイプ椅子を広げた。遠慮がちにそれに腰かけた若狭伊緒の肩に、「ほらほら、話しちゃいな」と、笑顔の紗依が手をかける。うながされるままに、伊緒は口を開いた。

「さっきもちょっと話したとおり、私が部長を務めてる園芸部のことで、ちょっと悩んでるの。校庭の花壇《かだん》に花を植えたり……あとは、第二体育館裏《うら》に畑があるでしょ？　あそこで主に活動してるんだけど」

「あぁ、体育館から見える畑だよね？　何か育ててるなーとは思ってたけど、でも、使われていないスペースもあるよね」

「そうなの。園芸部は部員数が少ないから、スペースをフル活用《かつよう》できてないんだ。本当は、あまってるスペースもうまく活用して、いろんな野菜を育ててみたいねって、みんなで話してるんだけど……。でも、時間も人手《ひとで》も限られてるから、育てるのに手間のかかるものには、なかなか手が出せないの。それで結局、『やっぱり育てるのが簡単なものじゃないと難しいよね』っていう話になって、毎年同じ野菜を育てることになるの。要《よう》するに、人手不足なんだよね。私としては、園芸部をもっと盛り立てて、部員のみんなにいろんな園芸活動を楽しんでほしいんだ。同じ野菜や花ばかり育ててると、飽《あ》きてきちゃう人もいるし、『つまんない』って退部しちゃった人もいて……」

「このごろ、どこの部活でも、『部員が足りない』って話ばっかりですね。『部活』って、もう古いんじゃないですか？　上下関係がキツくて、部活に希望をもてない人間の気持ちなら、俺、誰よりもわかる気がしますよ」

透の言葉を聞いた伊緒は、透が誰《だれ》に向けて言っているのかわからず、苦笑を浮かべてみせた。

「うち、上下関係はぜんぜん厳しくないよ。それに、園芸って、『対人間』じゃなくて、『対自然』なんだよ。植物にじかに触れられるのが魅力なんだ。ぐんぐん育っていくのを見てると毎日驚《おどろ》きがあるし、花が咲いたときや野菜が実ったときは、すごく達成感《たっせいかん》があるの。手間をかけると、植物はちゃんとこたえてくれるんだよ。『勉強よりも確実に成果が出る』って言う部員もいるくらい。植物に囲《かこ》まれてるとリラックス効果もあるし、自分たちで育てた野菜はおいしい気がするし、そういう園芸のおもしろさや価値を、もっと広めたいんだよね。園芸部の活動に『飽きた』とか『退屈《たいくつ》だ』とかって、部員のみんなに思ってほしくないし、次の新入生には

『園芸部の活動、楽しそう!』って思ってもらいたい。だから、園芸部を活発化《かっぱつか》させるアイデアを、何かもらえたらと思って……」

そう言って、伊緒は近くに座っていた瑛と蘭の顔を交互《こうご》に見た。

そして、顔を見合わせた2人は、同時にまばたきする。

「ねぇ、瑛。あたし思うんだけど、これってもしかしたら昨日のさ……」

「そうね。たぶん私も同じことを考えてると思う」

そんな言葉を小声《こごえ》で交わすと、瑛は部室の隅《すみ》に置いてあった通学バッグに手を伸ばし、中からスマホを取り出した。一方、蘭は伊緒に向き直ると、白衣のえりを直しながら言った。

「ちょっと待ち時間ができそうだから、その間に、この問題を考えてみてくれない?」

「問題?」と、伊緒が反復《はんぷく》する。蘭は壁際のホワイトボードに手を伸ばすと、キュポンとキャップを外した黒のマーカーで、ホワイトボードに豪快《ごうかい》な渦巻《うずま》きを描いた。

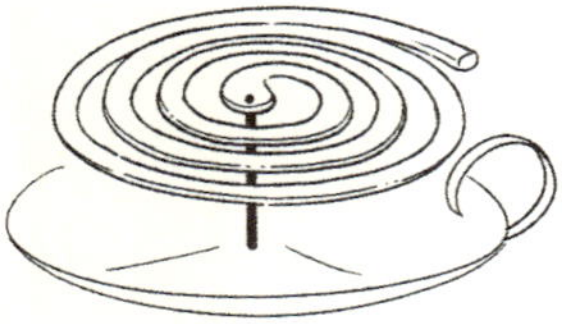

意外な結末
大賞
「5分後」
5分後に意外な結末
黒いユーモア
通称：「5分後」大賞
赤い箱
作品募集
5分後に意外な
白い恐怖
部門 1
募集部門
白い恐怖
「5分後に意外な
また、そのような
賞の趣旨
Gakken

桃戸ハル 編著
usi 絵
5分後に意外な結末
増補改訂版
黄色い悲喜劇
「5分後に意外な結末」シリーズ
5秒後に意外な結末
ミノタウロスの青い迷宮
桃戸ハル 編著
usi 絵
Gakken

Q ここに、ちょうど1時間で燃え尽きる、渦巻き型の蚊取り線香《せんこう》がある。この蚊取り線香を使って45分を計るには、どうすればいいだろう？　なお、蚊取り線香が燃えるスピードは常に一定で、変わらないものとする。また、蚊取り線香は同じ条件のものを何個使ってもかまわない。

問題を聞いて「きたー！」と声を上げたのは紗依だった。自分が恋愛相談を持ちかけたときにも、問題を出されたことを思い出したのだろう。

「わたしのときは、『シュレディンガーの猫』の話だったけど、この問題は数学かな？」

「そうだね、数学の範囲内かな。ま、少しひねりが必要だけどね」

そう言って、蘭はホワイトボードに描いた渦巻きの隣《となり》を、キャップをはめ直したマーカーの先でコツコツと叩《たた》いた。

「この渦巻きが蚊取り線香だと思って、考えてみて」

「蚊取り線香かぁ。おばあちゃんちで使ってたなー。この渦巻き型がクセモノだね？　フツーの棒状《ぼうじょう》の線香なら、長さを測《はか》ったりして真ん中を割り出せるから、細かい時間も測定しやすそうなのに」

「葉山さん、いいところに気がついたね。この問題は、使うのが渦巻き型の蚊取り線香だからこそ、おもしろい問題になるんだよ。渦巻き状の蚊取り線香だと、長い線香と違って、どこが真ん中なのかパッと見《み》じゃわかんないから、決められた時間を計《はか》るのは難しそうに感じるかもね。だけど、キッチリ45分、計ることができるんだなー」

腕を組んだ蘭が、楽しそうな笑みを浮かべる。「うーん……」と、伊緒と紗依は同時に首を横に倒して、ホワイトボードの渦巻きを見つめた。

「蚊取り線香は一つ60分で燃え尽きるんでしょ？　45分なんて中途半端《はんぱ》な時間、計れないんじゃない？」

「待って、紗依ちゃん。『蚊取り線香は同じ条件のものを何個《なんこ》使ってもかまわない』っていう条件があるから、もしかしたら、蚊取り線香を何個か使えば45分が計れるってことじゃないかな？」

「でも……どうやって？」

紗依から尋ねられて、伊緒はふたたび「うーん……」と首をひねった。それを見ていた蘭が、「それじゃあ、ヒントその1」と、白衣のポケットから取り出したチュッパチャプスで、ホワイトボードの渦巻きを指《さ》し示《しめ》した。

「長い線香と同じように、蚊取り線香にも、はしっこは2つあるよね。一般的に火を着《つ》けるのは、渦巻きの外側にあるこっちのはしっこだけど、スタンドに立てるための穴があいてる中心部分も、はしっこだよね。やろうと思えば、ここにも火を着けることはできるよ。そして、中心部分から火を着けた場合も、燃える速度は変わらない」

「……あっ、もしかして！　外側のはしっこと、中心部分のはしっこ、両方から同時に火を着けたら、蚊取り線香は1つ30分で燃え尽きちゃうってことだよね？」

自分に言い聞かせるようにして、伊緒が声を大きくする。対して蘭は、にっこりと微笑むことで、伊緒の疑問に肯定を返した。

「1つ60分で燃え尽きる蚊取り線香……。両端《りょうたん》から火を着ければ、燃え尽きるまでにかかる時間は、半分の30分になる。45分を計るためには、あと15分が必要で、それって30分のさらに半分だから……なんだか、もう一工夫《ひとくふう》すればできそうな雰囲気じゃない？　紗依ちゃん」

「でも、30分は計れたとして、あと15分はどうやって計るの？」

紗依の疑問《ぎもん》を受けて口もとに手をそえた伊緒は、「使ってもいい？」と、蘭に顔を向けてホワイトボードを指さした。「もち！」と蘭がうなずいたのを見て、ホワイトボード用のマーカーを手に取る。そうして、蘭が描いた渦巻きの隣に、もう1つ、新しい渦巻きを描いた。

「1つの蚊取り線香で45分を計るのは、たぶんムリだと思う。だから、同じ蚊取り線香をもう1つ使ったらどうかな？　1つ燃え尽きるのに60分、両端から火を着ければ半分の30分……さらにその半分の15分を、2つの蚊取り線香を使えば計れそうな気がする」

「どうするの？」

紗依の問いかけを聞きながら、しばらく、伊緒が考える表情《ひょうじょう》になる。それから、2つ並んだ渦巻きの下に、それぞれ、「A」と「B」と書き加えた。

「試《ため》しにやってみよう！　まず、『A』の蚊取り線香の外側のはしっこに火を着けるでしょ。それとまったく同じタイミングで、『B』の蚊取り線香の両方のはしっこにも火を着ける。渦巻きの外側のはしっこと、中心部分のはしっこの両方にね。そうすると、『B』の蚊取り線香は両端から燃えて、本来の半分の時間の30分で燃え尽きることになるよね」

「うんうん」

「このとき、外側のはしっこにだけ火を着けた『A』の蚊取り線香も、30分、つまり外側からちょうど半分、燃えた状態になってる。この時《じ》点《てん》で、残り30分ぶん。だから、『B』の蚊取り線香が30分で燃え尽きるのと同時に、半分だけ残っている『A』の蚊取り線香の、火を着けていなかった中心部分にも火を着けるの！　残り30分ぶんになっていた蚊取り線香が両端から燃えれば、半分の時間の15分で燃え尽きることになるんじゃない？　『B』の蚊取り線香が燃え尽きるのにかかった30分と、そこから『B』の蚊取り線香が燃え尽きるまでにかかる15分を足して、合計45分！　計れた！」

　達成感のある笑顔で、伊緒がホワイトボードから振り返る。そんな伊緒と目の合った紗依

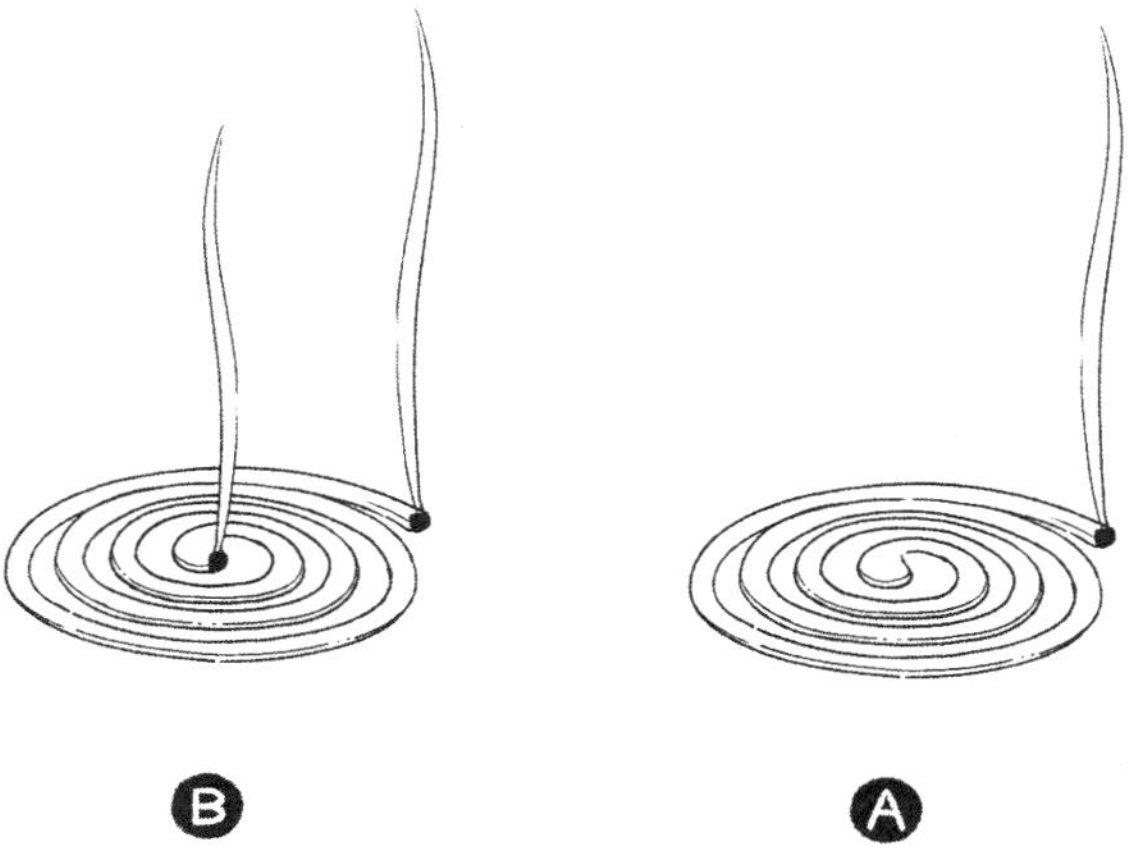

は、すぐには伊緒の主張を把握《はあく》できなかったようで目を細めていたが、「えぇっと……。半分、プラス、半分の半分で……？　あぁ、そっか！　そういうことか！」と、時間差で瞳《ひとみ》を輝《かがや》かせた。

「解けたよ、江東さん！　伊緒ちゃんの答えで正解じゃない!?」

パイプ椅子から勢いよく立ち上がった紗依が、自分のことのように満足そうな笑顔を蘭に向ける。蘭もつられたように、満足げな微笑みを返した。

「正解！　若狭さん、頭がやわらかいねー。ここにいないけど、ウチの後輩《こうはい》なんて、ヒント出してもぜんぜん解けなかったのに」

「たまたま、ひらめいただけだよ。そういえば紗依ちゃんが、パズル部でクイズみたいなものが出されて、それが悩みの解決につながったって言ってたけど、このこと？」

伊緒が、蘭と紗依の顔を交互《こうご》に見やったとき、コンコンッと、パズル部の部室の扉がノックされた。一番近くにいた瑛が扉を開けて、「来てくれたのね」とつぶやいている。

扉の外に立っていたのは、１人の男子生徒だった。少し長めの髪を頭のうしろで大ざっぱに束《たば》ねていて、短いしっぽができている。制服のシャツはひじまでまくられ、本来なら垂れ下がっているはずのネクタイの先は、シャツの左胸にあるポケットの中だ。少し息が弾《はず》んでいるのは、

容疑者たちの物語
が8エピソード
犯人捜しの
になる謎解

の中の嘘つきは、誰だ

九条紫乃《くじょうしの》
隣町の高校2年生
[成神総合病院に入院。空と出会う]

藍沢和泉《あいざわいずみ》
成神高校美術教師
[空の幽霊に怯える]

立野青斗《たてのあおと》
成神高校2年生
[俳優を目指し演劇部に所属]

©Sui Ishida

▼ご購入はこちら

容疑者は7人。

赤《あか》間《ま》要《かなめ》

成神高校英語教師

［お調子者だが生徒思い］

遠山《とおやま》橙子《とうこ》

成神高校2年生

［青斗に恋をする］

黄本《きもと》王《おう》賀《が》

フリーランスのWEBライタ

［徹底的な取材がとりえ］

「公式ライバルシリーズ」に自分が執筆していることに驚き！

自分も何本か執筆させていただいているので、「自分ボメ」になってしまうかもしれませんが（いや、「『５分後に意外な結末』の公式ライバルシリーズ」とあるので、「敵に塩を送る」かもしれませんが）、「芸が細かい」という印象の本です。冒頭のマンガのラスト、「鏡台の前に座るナビゲーター」が、だまし絵的に「ドクロ」に見えたり、カバーのイラストがサナギから脱皮している少女だったりと、随所に「変貌する」というキーワードが散りばめられています。内容も、ページをめくると「変貌する」物語集で、「５分後～」シリーズだと、『５秒後に意外な結末』と同じ立ち位置の本ですね。

Gakken
本書のご購入で
石田スイ氏描き下ろし
カバーイラスト
特製ポストカードプレゼント!!
10

何かの作業中に急いでやってきたのだろう。

そんな男子生徒を見た究が、「なるほど」と、すべてを看破《かんぱ》したかのように微笑んで腕を組んだ。

「つまり江東は、さっきの蚊取り線香のパズルで、こう伝えたかったわけだね。１つではできないことも、２つ使うことで解決できる。２つの物事をうまく組み合わせることで選択肢《せんたくし》が広がって、不可能を可能にすることもある、って」

「それ、ちょっと言葉足《た》らず！ そりゃ、１人でやるより、２人でやれば倍のスピードで終わるわよ。でも、部員の数が足りなくて、それができないんだから。だから、あんたのそのあいまいな答えじゃ、『ブブー』よ」

蘭が究の鼻先《はなさき》にチュッパチャプスを突《つ》きつける。究はこたえた様子も反省した様子もなく、笑顔のままで「そっか」と軽く応じただけだった。

どういう状況か理解できていない伊緒と紗依だけが、パズル部のメンバーと、そして不意《ふい》に飛び込んできた男子生徒の顔をうかがっている。それにいち早く気づいた瑛が口を開いた。

「ごめんね、ちゃんと説明するわ。まず、若狭さんの悩みを聞いてすぐ、蘭と私は同じことを考えたの。だから、私がこれで連絡して、彼に来てもらったの」

そう言って、瑛は持っていたスマホを見せた。

「彼は久世《くぜ》くん。料理部《りょうりぶ》の部長よ」

「料理部？」と目を丸くしてつぶやいた伊緒に、久世と紹介された男子生徒が会釈する。

「ども。料理部部長の久世新《あらた》です。実は俺も、昨日、パズル部に相談に来てたんだ」

「えっ？　どういうこと？」

忙《いそが》しく視線をさまよわせる紗依と、ぽかんと久世を見つめる伊緒のほうを向いて、パンと、瑛は手の平を打《う》ち鳴《な》らした。

「若狭さん。私と蘭から、園芸部には、料理部との『協業《きょうぎょう》』あるいは『合併《がっぺい》』を提案させてもらうわ」


——話は、昨日の放課後にさかのぼる。


「安藤、『料理は科学』って聞いたことあるだろ？　料理部と科学部は、きょうだいみたいなもんなんだから、力を貸《か》してくれよー」

「残念だけど、私たち、もう『科学部』じゃないの。今はここ、『パズル部』なのよ」

パズル部を訪れていた料理部の部長・久世新は、一瞬だけ気まずそうな表情を見せたが、ひるまずに言った。

「じゃあ、『料理はパズル』でもいいよ。とにかく助けてほしいんだ。俺たち料理部は、これまでいろんな料理を作ってきた。オーソドックスな料理はもちろん、各地の郷土《きょうど》料理や外国の食事を調べて再現してみたりとかな。ただ、部活動ってどうしても、いろんな制限があるだろ？　食材は予算内で準備しないといけないから、使える材料がどうしてもかたよる。おまけに、放課後の時間内に作って食べて後片《あとかた》づけまでしなきゃいけないってなると、作れるものって、実はけっこう限られるんだよ……。もちろん、『時短《じたん》料理』もあるけど、俺たち、料理が好きだから、そこで時間を節約したいわけじゃないんだ。もっといろんな料理に挑戦したいんだよ。だけど最近は、いろんな制約の中で、作るものがマンネリ化してるのが実際なんだ。『またそれ？』みたいな感じで、料理に身《み》が入《はい》らないヤツもいる。俺としては、部内にもう少し刺激があれば、みんなも料理に身が入るようになるかなって思うんだけど……そのために、何かいい方法ないかな？　頼む、知恵《ちえ》を貸してくれ！」

そう言って新は、合わせた手の向こうでぺこりと頭を下げた。

たしかに、「料理は科学」という言葉は、瑛も聞いたことがある。とくにお菓子作りでは、少し分量を間違《まちが》えただけでも生地が膨《ふく》らまないとか、固まらないとか……。そういうことを聞くと、「たしかに科学実験と近いんだろうな」という気もする。しかし……。

「ごめんなさい、久世くん……。力になってあげたいけど、私、料理はぜんぜんで……」

――「料理は科学」と聞いたことはあるが、「料理は愛情《あいじょう》」とも聞いたことがある。料理にさしたる愛情をもっておらず、その本質を理解していない自分に、アイデアが出せるとは思えない。

「どうやらここには、料理に疎《うと》い人間しかいないみたいだね」

窓辺で知恵の輪をいじっていた究が、手も止めずにあっさりと言う。「ここには」と言うくらいだからつまりは究自身も、「料理に疎い人間」だという自白《じはく》に違いなかった。

「イグッチはどうなの、料理」

「料理って、どういう道具を使って、どういう段取《だんど》りで作るのかのプランが重要だし、片づけまで含《ふく》めて、『マルチタスク』の典型だから、すごくビジネスのトレーニングになると思うんですよね？」

「じゃあ、料理は得意ってこと？」

「いえ、それがぜんぜん……」

「なにそれ。三段論法《さんだんろんぽう》で言うと、あんたがエラそうに語っているビジネスもぜんぜんダメってことだよね」

そのあとは、醜い言い争いが勃発《ぼっぱつ》し、よいアイデアどころではなくなった。

「ごめんね、久世くん。あまり実用的なアドバイスは、私たちにはできないみたい……」

「いや、こっちこそ急に来たし、困らせて悪かったな。聞いてくれてサンキュ」

結局、久世新はそう言って、パズル部の部室を出ていったのだ。


——昨日、そんな経緯で帰《かえ》してしまった久世新を、今日、瑛は若狭伊緒と引き合わせた。

「久世くん。こちら、園芸部の部長の若狭伊緒ちゃん。彼女も、園芸部を活発化させたいって悩んでるの。私たち、料理部と園芸部が共同で何かをしたらいいんじゃないかと思って、それで久世くんに来てもらったのよ」

「共同で？　料理部と、園芸部が？」

「どういうこと？」

互いをちらりと確認しながら、新と伊緒が瑛に尋ねる。「つまりね」と、瑛に代《か》わって、蘭がチュッパチャプスを掲《かか》げた。

「あたしと瑛は、こう考えたの。たとえば園芸部と料理部が合併してひとつの部になって、それぞれ、園芸部門と料理部門を担《にな》うの。園芸部門は、いろんな野菜やハーブを育てる。一方、料理部門は、園芸部門の作った野菜やハーブを使って料理を作る。園芸部門は、料理部門に納得してもらえるだけの野菜を作るってなると、活動に張《は》り合《あ》いが出るんじゃない？　自分たちが育てた野菜がおいしい料理になるっていう体験も、貴重だと思うよ」

「料理部門は、校内で育った野菜を料理に活《い》かすことができるわ。食材づくりから取り組むという体験も、立派な食育だと思わない？　それに、人手が必要なときは相互間《そうごかん》で協力し合うこともできるし、調理過程でどうしても出てしまう生ゴミを菜園の肥料として循環《じゅんかん》させることもできる。たぶん、双方にとって、予算の削減にもつながるんじゃないかしら」

蘭と瑛の説明を聞いた新は「なるほど……」と腕を組み、伊緒は「考えもしなかった」と感心した様子でつぶやいた。その様子を横から見ていた透が、メガネのブリッジを中指で押し上げる。

「つまり、シェアリングエコノミーによる、シナジー効果を狙《ねら》うんですね」

「イグッチ、エラそうなセリフは、目玉焼きくらい作れるようになってから言って」

得意げに放《はな》った言葉を蘭に一瞬で叩き落とされた透は、奇妙なうめき声をノドの奥からこぼすと、今度は親指と薬指でメガネの両サイドを挟むようにして持ち上げた。

「俺は、ビジネスを成功させてとんでもない金を稼《かせ》いで、自分専用の料理人を雇《やと》いますから、ご心配なく。それだって、立派な役割分担《ぶんたん》です。要するに、それぞれの足りない部分を補って、相乗《そうじょう》効果を狙えばいいんですよ。園芸部は料理部に自作野菜を有効活用してもらえるし、ときには農作業に必要な人手も借りられる。料理部は安心安全な野菜を提供してもらえて、予算も浮く。お互《たが》いがお互いのためになるという関係が、自信ややりがいにつながることもあるかもしれません。そういうことですよ」

透の言葉を聞いて、伊緒と新はふたたび、互いの様子を確認する。

「私、ちょっとおもしろそうかもって、思います」

「俺も、めちゃくちゃ納得した。いいアイデアだと思うよ。料理部にも、食材を作ることに興《きょう》味《み》あるヤツがいたはずだし」

「だったら、前向きに考えてみない？　久世くん、ちょっと話し合って生徒会にも相談してみよ？」

「もちろん。俺からもお願いするよ」

こうして、伊緒と新は互いに差し出した手を握《にぎ》り合った。発案者《はつあん》である瑛と蘭も、2つの問題が同時に解決へ向かいそうな気配を感じて、安堵《あんど》と満足の混じり合った微笑みを浮かべる。

植物が生長《せいちょう》するためには水や日光やさまざまな要素が必要であるように――そして、いろんな食材や調味料が合わさっておいしい料理ができるように、人と人とが出会い、関わり合うことで育ち、完成する何かもきっとある。

＊　＊　＊

3ヵ月後。若狭伊緒と久世新の2人がそろって、パズル部を訪れた。手土産《てみやげ》は、校内の菜園で採れた野菜を使った料理の数々だ。

「んー、おいしい！　さすが、サラダの野菜がめちゃくちゃ新鮮だね。かかってるドレッシングも絶品！」

「野菜がとれたてだからね。やっぱり鮮度《せんど》は大切だって、園芸部門のおかげでよくわかったよ。もしかしたら、『野菜って、採れたてのものを生で食べるのが一番おいしいんじゃないか』って思うときがあって、そのときには料理部門の存在意義に疑問を感じちゃうこともあるけど……」

「園芸部門も、できるだけいいものを作ろうって気合いが入ってるからだよ。料理部門が作ってほしい野菜を提案してくれると、やってやろうっていう気持ちになるしね。菜園の作業を手伝ってもらえるのも、すごく助かってる」

あれから、園芸部と料理部は各部員たちの合意《ごうい》を得て合併する運びとなり、「園芸料理部」として生まれ変わった。そして、「園芸部門」のリーダーを伊緒が、「料理部門」のリーダーを新が務め、必要に応じて協力し合って活動している。今のところ、部員の誰からも不満の声は上がっていないと報告を受け、瑛も蘭も一安心《ひとあんしん》だ。

「ほんと、合併して正解だった。全部、パズル部のおかげだよ」

料理の差し入れと感謝の言葉を残して、伊緒と新はパズル部を出ていった。蘭も、今日ばかりは科学実験を横へ置いて、キャロットマフィンを頬ばっている。究も、シチューの入った器を手放そうとしないので、今日は、その口からパズルが出題されることはなさそうだ。

「そういえば、聞きました？」

特製《とくせい》バーニャカウダソースをたっぷりつけた野菜スティックをパリポリかじりながら、奏が言う。

「僕のクラスに、園芸料理部の女子がいて、その子から聞いたんですけど——若狭先輩と久世先輩、合併のあと、付き合いはじめたらしいですよ」

「えっ、そうなの⁉」

食べかけのキャロットマフィンを持ったまま、葉っぱの形をしたカラフルなクッキーにも手を伸ばしかけていた蘭が、そのままの姿勢で目を見開《みひら》いた。野菜のお菓子で膨らんだ頬も欲張《よくば》りな手も、まるで、食いだめようとするリスのようだ。

「部の合併からカップルが誕生するなんて思わなかったなぁ」

「じゃあ、パズル部もテニス部とかバスケ部あたりと合併して、パズルテニス部とか、パズルバスケ部になりますか？　科学オタクの先輩2人にも春がやってくるかもしれませんよ」

調子にのった井口透が、そんな軽口《かるくち》を叩く。

その後、1週間にわたって井口透が蘭の実験のための強制労働に従事《じゅうじ》させられたことは言うまでもない。瑛もそのことについては、黙認《もくにん》したという。

PUZZLE

「ムダ」について考える

はあ……と、深々《ふかぶか》とため息をつく井口透《いぐちとおる》の両手には、パンパンに膨《ふく》れ上がったゴミ袋が一つずつ提《さ》げられている。

「なんで俺が、江東《えとう》先輩の出したゴミを捨てに行かなきゃいけないんだ……」

「ごめんね、井口《いぐち》くん。私一人じゃ持ちきれなくて」

「まさか、俺まで駆《か》り出されるとは思わなかったよ」

透に謝った安藤瑛《あんどうあきら》の横で、同じようにゴミ袋を持たされた一ノ瀬究《いちのせきゅう》が、気《け》だるげにつぶやいた。「同じように」とは言っても、究が両手に持っているゴミ袋の大きさは、透が持っているものの半分くらいだ。ちゃっかり、大きなゴミ袋は後輩に押しつけている。

「よくこれだけのゴミをため込めますよね、江東先輩は」

「蘭《らん》、実験に没頭《ぼっとう》すると、ほかのことが見えなくなるから……。なのに、甘いものの消費は増えるから、パッケージとか空き箱とか、ゴミが大量に出るのよね。そこに、実験関連のゴミも加わるから。まあ、空き袋なんかが多いから、カサのわりには軽いことだけが助かるわ」

「時代錯誤《さくご》もはなはだしいですよ。エコロジカルとサステナブルが基本理念となっている今の時代を、あの人は真《ま》っ向《こう》から否定している感じですよ。ゼロ・ウェイストなんて、夢のまた夢ですね。ムダが多すぎるんですよ。今だって奏《かなで》が無理やりムダな実験に付き合わされてますけど、あれ、れっきとしたハラスメントですよ。『偉大な発明には犠牲《ぎせい》はつきものだ』とか、完全にマッドサイエンティストの発想ですから」

あまり肩をもちすぎることに抵抗感があるのか、瑛は透の言葉を否定も肯定《こうてい》もしないかわりに、少し困った表情を浮かべて言った。

「蘭にも、いいところがあるのよ。一応これでもゴミの分別はしてるの」

「そんなの、当たり前でしょ！」とつっこみたかった透だったが、そこしか長所が見出《みいだ》せなかった瑛の切なさを察して、言葉を飲み込むことにした。

本校舎裏のゴミの集積所《しゅうせきじょ》にゴミを出した3人が、パズル部の部室に戻ろうとしたときである。

「何それ、どういう意味!?」

ヒステリックな声が、昇降口から聞こえてきた。声が聞こえてきたほうに目を向けると、一組の男女が不穏《ふおん》な空気をまといながらにらみ合っていた。それを見た透が、「海老名《えびな》」とつぶやく。

「井口くん、知り合い？」

「2人とも、同じクラスです。男子のほうは海老名結人《ゆいと》。女子のほうは、たしか立花《たちばな》……下の名前までは、わかんないですけど」

「ほっといていいの？　ただならぬ雰囲気《ふんいき》って感じだけど」

究の口ぶりはたいして興味なさそうなものではあったが、たしかに、昇降口でにらみ合う2人の様子からは、一触即発《いっしょくそくはつ》にも近いものを感じる。下校時間というタイミングと場所もあり、通りすがりの生徒たちが何人も、2人のことをチラチラと気にしている様子も見てとれた。このまま放っておけば、野次馬《やじうま》が増えることにもなりかねない。

「仕方ないな……」

ため息まじりにこぼした透は、長身を活かした大股《おおまた》でクラスメイトの2人に近づいていった。

「海老名、立花。どうしたんだ、こんなとこで」

声をかけた透のほうに同時に目を向けた2人が、「井口」「井口くん」と、これまた同時につぶやいた。

「だって結人がひどいんだよ！」

「聞いてくれよ、穂香《ほのか》がさぁ……」

さらに同時に相手を指さして、怒りのにじむ不満げな表情を作る。

「話を聞くのはいいけど、せめてもう少し人目がないところにしないか？」

透の言葉を聞いた海老名結人と立花穂香の2人は、素直にこくりとうなずいた。

瑛と究は、先にパズル部の部室に戻っていようかと提案したが、「よかったら先輩も聞いてください！」と、穂香に言われ、立ち去れなくなった。どうやら穂香は、学年成績トップグループの常連《じょうれん》である瑛のことを「優秀な先輩」として以前から認識していたらしい。それだけでなく、穂香の瞳からは「女子として味方になってください！」という強い圧《あつ》が感じられた。

「それで、何があったんだ？」

昇降口の端《はし》に移動したところで透が改めて尋ねると、最初に口火《くちび》を切ったのは穂香だった。

「結人が文句ばっかり言うの！」

「だから、『文句』じゃなくて『アドバイス』だろ？　穂香がムダづかいばっかしようとするから――」

「ほら、また『ムダ』って言った！」

「待って待って。順を追って話してくれる？」

思わず瑛が仲裁《ちゅうさい》に入ると、2人ともすぐに口を閉じる。ふたたび口を開いた穂香の声には、少しだけ冷静さが戻っていた。

『週末、映画を観《み》に行かない？』って、結人を誘ったんです。一緒に観たい映画があって。そしたら結人、『この映画は評価が低いし、チケット代を払って観るだけ、お金と時間のムダだよ』って！」

「言ったのか？」

透が確認するように尋ねると、結人は「まぁ言ったけど……」と、やや歯切《はぎ》れ悪くも肯定《こうてい》した。

「だってネットの評価、5点満点中、1・9だよ？ 千円以上するチケット代を払って、2時間もかけて観た映画がビミョーだったら、井口だってムダな時間と金を使ったなって気分になるだろ？ それに、映画代をケチってるわけじゃないんだ。どうせ観るなら、もっと評価が高い映画を観たいって話だよ」

「だから、その『どうせ観るなら』ってなんなの!? 観たくないなら、『評価がどうの』なんて評論家みたいなこと言ってないで、はっきりそう言えばいいじゃん。それに、映画だけじゃないでしょ、結人は！」

結人の言葉をさえぎるように声を上げた穂香が、キッと結人をにらみつけた。

「あたしが旅行のお土産《みやげ》を渡したときも、『わざわざこんなムダなもの買わなくてよかったのに』って言ったよね！　もらったものにヘンなケチなんかつけないで、それが『石ころ』だっとしても『ありがとう、嬉《うれ》しい』って言えばいいだけじゃない」

それを聞いた透は、我慢《がまん》できずに尋ねた。

「立花、お土産は『石ころ』だったのか？」

「はぁ？　井口くん、今、そんなこと、どうだっていいでしょ！」

スポーツの世界では、フィールドの上では審判《しんぱん》は「石ころ」と同じ、と言われるが、結人と穂香の目には透が石ころのように見えているのか、その存在を無視して言う。

「俺が言ったのは、『気をつかわなくていい』って意味だろ？」

「デート中にあたしが写真とか動画とか撮ってると、それも『ムダ』って言うじゃん！」

「あんなふうになんでもかんでも撮ってたら、すぐにメモリーがいっぱいになるだろ……。それに、取捨《しゅしゃ》選択して動かないと、時間がムダになるって言ってんの。効率を考えないと」

「効率、効率って、結人はそればっかかじゃん！」

「『ムダが多い』か……。俺たちもついさっき、同じような言葉を聞いた気がするね。井口はやっぱり、男子のほうに共感するの？」

　ここで立場を鮮明にすることは得策《とくさく》ではないと考えたのか、透が、ただ「ハハ……」と乾いた笑いをこぼす。一方、瑛は口もとに細い指先をあてて何かを考えていたが、思い立ったように顔を上げて透の背中をつついた。

「井口くん、今、タブレット持ってる？」

「タブレット？　持ってますけど」

　答えた透が、ジャケットの内側からタブレットを取り出す。そこそこのサイズ感のタブレットをするりと取り出した透を見て、究が少しだけ驚いた表情を見せた。

「井口は、ゴミを捨てに行くときにもタブレットを持ち歩くの？」

「どこで、どんなネタを拾えるかわかりませんから」

　その間、タブレットを操作《そうさ》していた瑛が、タブレットを結人と穂香に向けながら言った。

「海老名くんと、立花さん。２人とも、ちょっとこれを見てくれない？」

Q

図のように等《とう》間《かん》隔《かく》で並ぶ9つの点を、4本の直線を描くことで、すべてつなげ。
ただし、4本の直線は一筆書きし、すべてつながっていなければならない。

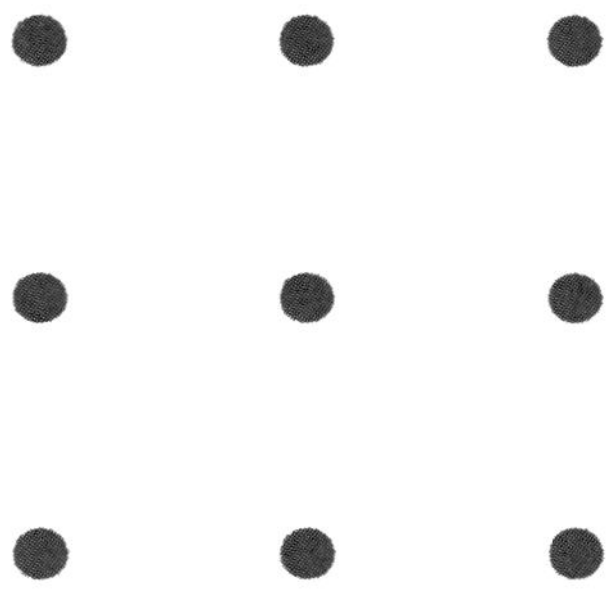

NG例

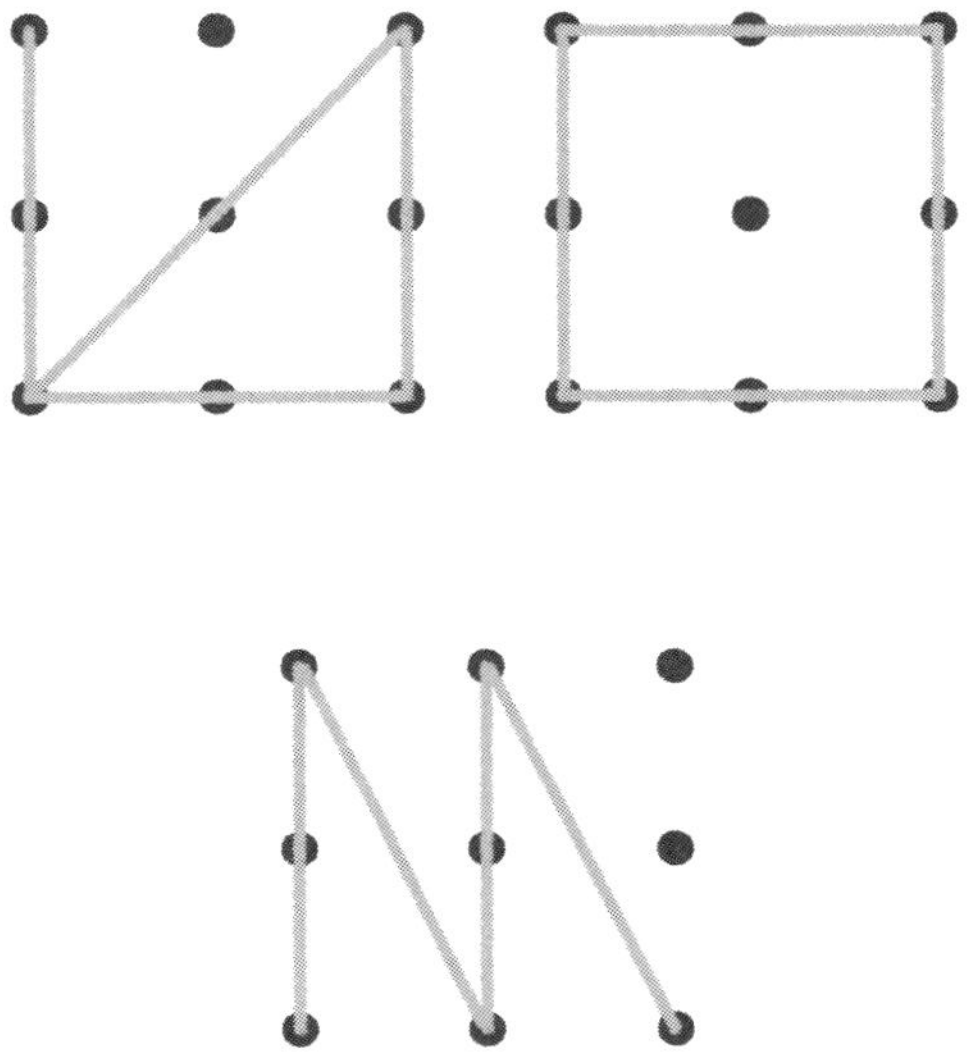

作図《さくず》アプリを使って画面上に描いた図を指さしながら、瑛は説明を続ける。

「たとえば、このNG例でいうと、どれも赤い直線が4本、一筆書《ひとふでが》きできる配置で描かれているけど、ひとつめのNG例は中央の点にだけ、どの直線も触れていないから、不正解。ふたつめの例は、上の列の真ん中の点が、みっつめの例は右列の上2つの点が、どの直線にも触《ふ》れていないから不正解。どうすれば、すべての点を4本の直線で、一筆書きで結ぶことができると思う？」

「そんな、急に言われても……」

「どのNG例も、もう1本直線が引ければ、すべての点をつなげるけど……」

とまどう様子を見せながらも、結人と穂香は、瑛のタブレットに顔を近づけて考えはじめた。

実際に指で線を引き、「違うな……」と首をひねっては線を消し、また描いては消し……どれほど、同じ操作を繰り返しただろう。やがて万策《ばんさく》尽《つ》きたのか、穂香は指先をタブレットから完全に離して、「うーん……」とうなった。

「やっぱり、9つの点を一筆書きで全部つなげるには、最低5本の直線を描く必要があるんじゃない？」

「そうだよな。――っていうか、この問題を解いたらなんだっていうんですか？　こんなときに、こんな問題、考えるだけ時間のムダじゃないですか？」

　吐き捨てるように、結人が言う。瑛は、その言葉を待っていた。

「このパズルは、ムダがなくて、とても美しいと私は思ってるの。見てて」

　そう言うと瑛は、右手の指先をタブレットの一点に置いた。９つ並んだ中の、一番左上の点を押さえるように。そこから指先をするすると動かし、迷《まよ》いなく直線を引いていく。

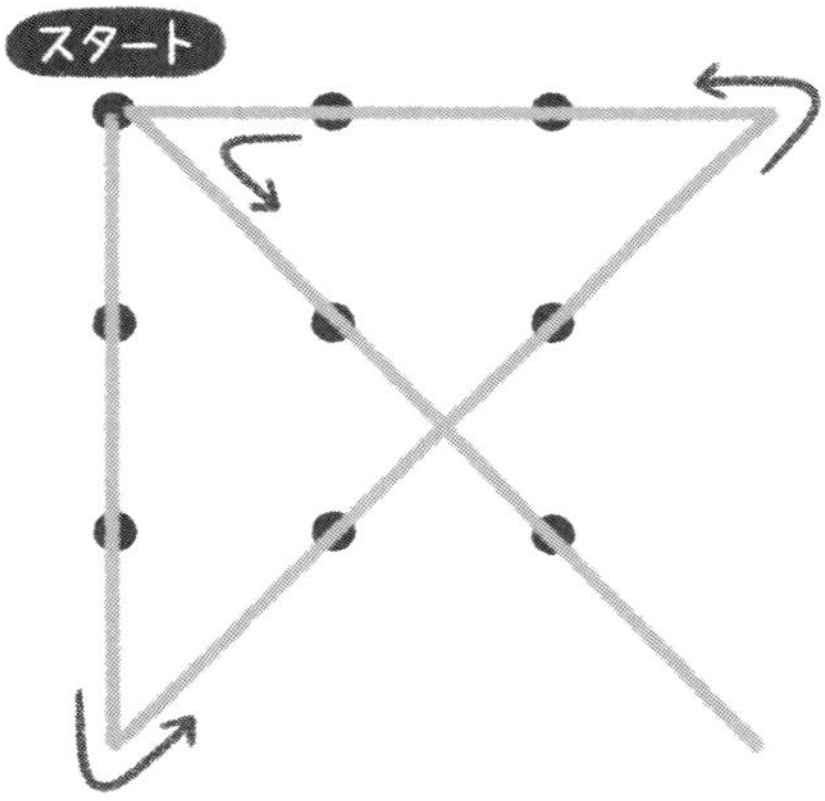

左上の点から引きはじめた１本目の直線は、下の２つの点を通って、さらに先まで延《の》び、鋭《えい》角《かく》に折り返して右上方向の２つの点を通る２本目の直線につながる。２本目の直線は右上の余《よ》白《はく》に十分はみ出してから左へ鋭角に折れ、最初の点に到達するまでに上辺《じょうへん》２つの点を貫《つらぬ》いた。そして最後の４本目の直線で、中央と右下に残っていた未通過の点を２つ、ななめに通る。

描かれた直線は、一筆書きで４本。すべての点の上をいずれかの線が通る形だ。

「ほら。これが正解よ」

「なるほど」とつぶやいたのは、透だった。

「あえて余白にはみ出すように長めの直線を引けば、４本の直線で９つの点をすべて通ることができるんですね」

「余白にまではみ出すなんて、思いもしなかった……」

ささやくように口にした穂香に、瑛は「そうよね」と微笑みを向けた。

「不必要に思える余白の部分こそが、問題を解決する重要なポイントになるの。ねぇ、海老名くん？」

タブレットをまじまじと見つめていた海老名結人は、ふいに先輩に名指《なざ》しされて「はいっ！」と半分裏返《うらがえ》った声で返事をした。瑛はそれを指摘するでもなく、ただ淡々と言葉を続ける。

「これは私の推測《すいそく》だけど……立花さんは、たぶん、海老名くんと『効率的に』付き合いたいわけじゃないと思うの。映画に誘ったのだって、『その作品を観たい』んじゃなくて、あなたと一緒に映画を観るという時間を共有したり、たとえその映画がおもしろくなかったとしても、いろいろと感想を言い合ったりしたいんじゃないかな。そういうのに向いている作品だったんじゃない？　お土産も、そのモノ自体に感謝するというより、『その人が自分のことを想《おも》いながら選んでくれた』ということに感謝するものなんじゃないかしら？『石ころ』がどういうものかわからないけど、立花さんが時間をかけて、『結人なら喜んでくれるかな』っていう気持ちで選んでくれたものなら、すごく嬉《うれ》しいお土産じゃない？　立花さんも、そういう時間が楽しいんだと思うわ。きっと立花さんにとっては、何ひとつ『ムダ』じゃないの。恋愛って、そういうふうに、会っていない時間や、一見《いっけん》ムダに思えることにも意味とかキラキラした想いがのせられるからとっても幸せなんだと思うわ。立花さんの言動の一つひとつをムダなものにしてしまうか、輝いたものにできるかは、あなたしだいだと思うよ」

はっとした様子で、海老名結人が立花穂香に目を向ける。結人に目を向けられる前から――瑛の言葉を聞きながら――穂香は顔を赤くしてうつむいていた。

「穂香、そうなの？」

ストレートに尋ねられて、穂香は「あー、まぁ、なんていうか、そこまでではないかもしれないし……あの石ころの置き物は、ウケねらいなところもあって、ツッコミを入れてもらって、一緒に笑いたかったんだけど……」と、言葉を濁《にご》した。両手があちらへこちらへ、不可思議《ふかしぎ》な踊りをしているようだ。その顔は、やはり赤いまま。視線もまったく定《さだ》まってはいないが、その言動こそが、瑛の「推測」の裏づけとなった。

「俺たちはもう必要なさそうですね」

そう言ったのは透だ。さっさとタブレットをしまって、クラスメイトの2人から廊下の先へと体の向きを変えている。

「そうね、部室に戻《もど》りましょうか。蘭と奏が待ってるはずだし」

そうっとその場を離れた3人は、パズル部の部室へ戻る廊下を進んだ。

「一ノ瀬先輩まで付き合わせちゃって、すみませんでした。ただの痴話《ちわ》ゲンカでしたね……」

「安藤のパズルが、2人を仲直りさせたんだから、よかったんじゃない。でも、安藤は、彼女の心の声を代弁《だいべん》しすぎな気もしたけど。あれは、もう安藤の恋愛観だよね。理想論なのか、経験論なのかはわからないけど」

＊　＊　＊

それから2週間ほどが経《た》ったころ。

その日は午後の降水確率60％という微妙《びみょう》な天候だったのだが、夕方前になって、アスファルトをしっかりとぬらす程度に降りはじめた。「本降《ほんぶ》りにならないうちに帰りましょうか」と提案したのは瑛で、ほかのパズル部のメンバーも異論はなく、5人はそろって部室を出た。

「えっ、持ってないの⁉」と、何かに驚いたらしい大きな声が聞こえたのは、昇降口に差しかかったときである。声が聞こえてきたほうに目を向けると、1組の男女が向かい合っていた。

「海老名くんと、立花さん？」

「あ、安藤先輩。井口くんも」

立っていたのは、海老名結人と立花穂香の2人だった。結人は、背中からおなか側に回したリュックをのぞき込むようにして、何やらゴソゴソやっている最中《さいちゅう》だ。それを横目に、穂香がため息をつく。「どうしたんだ？」と透が尋ねると、穂香が口をとがらせながら言った。

「結人が傘を持ってこなかったの。今日は降るかもって予報だったから、ちゃんとあたしが言ってあげてたのに……」

「降るか降らないかわかんないような天気だったんだから、しょうがないじゃん。荷物になるし、降らなかったら、持ってくるだけムダだし」

聞き覚えのある「ムダ」というワードに、瑛と透が顔を見合わせる。究は、雨音が弾《はじ》ける窓ガラスにじっと見入っていた。

2人の動向《どうこう》が気になった瑛は、クラスメイトである透に、「あれから、海老名くんと立花さんの様子はどう?」と尋ねたりもしてみた。透からは「前までと変わらなさそうですよ。別れた雰囲気はないですね」と返ってきたので、仲直りしたものと思っていた。

しかし、今日も結人の口からは「ムダ」の一言が飛び出した。瑛としては、パズルを使って「彼女の見えない気持ちをくんであげてほしい」と、結人をたしなめたつもりだったが、効果がなかったということだろうか。

「海老名くん――」

「折りたたみ傘もやっぱりないや。しょうがない……」

そして結人は、リュックを背負《せお》い直して穂香に顔を向けた。

「穂香は折りたたみ傘、持ってるんだろ? だったら、それで一緒に帰ろう。傘、俺が持つから」

「えぇー。この折りたたみ傘、小さいから、２人で入るとぬれちゃうよ？」

そう言いながらも、穂香は小《こ》ぶりの赤い折りたたみ傘を結人に差し出す。結人はそれを受け取りながら、「いいよ、別に」と、頓着《とんちゃく》した様子もない。

「じゃあな、井口」

「またね、井口くん。先輩たちも！」

瑛たちが見守るなか、結人と穂香は小さな傘の下に体を寄せ合うような体勢になりながら、雨の中に歩きだした。どうやら、仲が悪い、というわけではないらしい。

「仲直り、したってことなのかしら……？」

「さぁ。俺からは、なんとも」

瑛と透が曖昧《あいまい》そうな表情を見合わせたとき、そのうしろで、「あれが『答え』ってことなんじゃない？」と、究の声がした。

「『答え』？　なんの？」

訝《いぶか》しそうに、瑛が聞き返す。すると究は答えるかわりに、透に向かって片手を差し出した。

「タブレット、今も持ってる？」

「持ってますけど……」

「じゃあ、作図アプリ立ち上げて、こないだ安藤が作って見せてたパズル、開ける？　解答の部分だけでいいから」

端的《たんてき》な指示に従って、透が２週間前の記録をディスプレイに表示させる。究に言われたとおり、画面には瑛が指先で描いた解答図が表示された。

「彼、この解答をずいぶん真剣に見つめてたよね。さっきのあの光景こそが、彼がこの解答から導き出した結果だったってことなんじゃない？」

回りくどい言い方に、「どういうこと？」と返しそうになった瑛だったが――自分が示した解答図を改めて見て、「あっ！」と息をのんだ。

「もしかして、この形？」

９つの点をつなぐ４本の直線は、一筆書きで描かれている。１つの三角形と、その中心を貫《つらぬ》く１本の直線によって、９つの点がすべて結ばれている状態だ。それはまるで、１本の傘の絵のように見える。

「この答えを見て傘を連想したから、彼女と一緒に１つの傘で帰ることを思いついたってこと？　それが、彼女の見えない気持ちに寄り添うことになる、って考えて？」

「そんな気がしただけだよ」

究の返事はそっけなかったが、その推測は、あながち間違いではないかもしれないという気もする。

まるで、傘のような形になった、パズルの解答。その「傘」の下、「柄」の左右に、「結人」と「穂香」の名前を想像してみると、それはもう、相《あい》合《あい》傘だ。

言葉選びが少しだけ不器用な、あの海老名結人も、もしかしたら同じだけロマンチックなことを考えたのかもしれない。ならば、あいまいな天気予報も、悪くはない。

「最短距離」について考える

パズル部の５人が部室で思い思いに過ごしていると、突然、ノックもなしに扉が開いた。一番近くにいた朝生奏《あそうかなで》が「わっ」と声を上げると、扉を開けた人物も「わっ！」と声を上げる。

「ビックリしたー……。え、ここ備品《びひん》庫だよな？」

「よく見てよ。『パズル部』って書いてあるでしょ？」

奥の窓辺から、一ノ瀬究《いちのせきゅう》が張《は》りのない声を飛ばす。訪《たず》ねてきた人物はもう一度、外から扉の付近を確認すると、「あ、これ？」と目を丸くした。マジックで「パズル部」と書かれた段ボール製のお手製プレートに、やっと気づいたのだろう。ちなみにその簡易のプレートには、江東蘭《えとうらん》の書き足した「科学課」という文字と、井口透《いぐちとおる》の書き足した「ビジネスコミュニケーション課」という文字が、ギュッと詰め込まれている。

「ここ、部室だったんだ？　知らんかったわー」

「今年できた小さな部だから、部室がなくて、ここを間借《まが》りしてるの」

「それで、なんか用？」

安藤瑛《あんどうあきら》と江東蘭の言葉を聞いて、訪ねてきた男子生徒は、「そうだそうだ」と、備品庫もといパズル部の部室に入ってきた。シャツの上から学校指定のベストを着ているが、首もとのネクタイはゆるんでおり、雑《ざつ》に腕まくりしている。ベストの胸もとには、飛行機を模《も》したピンバッジが光っていた。どことなく、ノリのよさそうな雰囲気の生徒だ。そして、そのうしろからもう一人、後輩らしき男子生徒も入ってくる。こちらはきちんと制服を整えていて、生真面目《きまじめ》そうな雰囲気だ。

「俺たち、飛行《ひこう》部なんだけど、部活で使ってたドローンが壊れちゃってさ。前に先輩たちが使ってた古いドローンがどこかにあると思うんだけど、ちょっと探させてもらってもいい？」

ピンバッジをつけた男子生徒の言葉に、「飛行部？」と蘭が反応する。

「ウチに飛行部なんてあったの？」

「まぁ、ずっと少人数でやってきたから、知らない人もいるよなー。今は5人しかいないし、部としてはギリギリの状況だよ」

その言葉を聞いた瑛の表情が、複雑そうに曇《くも》った。

かつて瑛が部長を務めていた科学部も、部員数が規定人数を下回《したまわ》ったことで廃部の危機に陥《おちい》った。部員数が5人というのは、部として存続《そんぞく》できるギリギリのラインだ。瑛がかつての自分の境遇《きょうぐう》を、今の飛行部に重ねたのは、自然なことだった。

「飛行部って、どんな活動してんの？」

興味をもったらしい蘭が尋ねると、後輩と2人で戸棚《とだな》をあさっていた、ピンバッジの男子生徒が振り返った。

「そりゃ飛行部だから、『飛行』に関することなら、わりとなんでも！　あ、部長は俺ね。3年C組の瀬名《せな》。と、こっちは2年の戸松《とまつ》」

親指で肩越しに指《さ》された生真面目そうな男子生徒が、「ども」とパズル部の面々に会釈《えしゃく》する。パズル部が会釈を返す間にも、瀬名の言葉は続いていた。

「たとえば、そうだなー。長距離飛行可能な紙飛行機を考案したり、小さな熱気球を作って飛ばしたり、去年の夏休みにはみんなでハンググライダー体験へ行ったりしたよ。楽しい部活だと思うんだけど、まぁ結果的に今は部員が5人しかいなくて、廃部の瀬戸際《せとぎわ》ではあるな」

「たしかに、おもしろそうだね。科学とも相性がいいし。熱気球とか、あたしも飛ばしてみたいなぁ」

腕を組みながら楽しそうに聞いていた蘭を見て、奏が微妙に心配そうな顔になる。

「江東先輩、まさか飛行部に移籍しようとか考えてませんよね？」

「お？　入部してくれるなら歓迎するぜー」

奏の不安を逆《さか》なでするような言葉を、瀬名が笑いながら放《はな》つ。

「俺たちは弱小部だから、大きな運動部なんかに比べて、毎年学校から割り当てられる活動費が少ないんだよ。飛行の実験や活動には金がかかるから、もっと増やしてほしいと思ってる。こないだも、『もっと活動費を増やしてくれ』って生徒会に直談判《じかだんぱん》したんだけど、副会長の望月《もちづき》に、『飛行部はこれまでに特別優秀な活動成績をおさめたわけでもないから、活動費増額の予定はない。生徒会長に相談するまでもない』ってキッパリ言われちゃってさ。部員数が増えたら生徒会も見方《みかた》を変えてくれるかもしんないし、入部してくれるなら大歓迎だよ」

「いえ、心配なのは飛行部のみなさんです。江東先輩は、他人のことを実験台としか思ってないから、『飛行実験』で大変なことになってしまうんじゃないかと……」

奏がそう言うと、瀬名は苦笑いをしながら、「よいせっ」と、捜索《そうさく》の終わった段ボール箱を棚に戻した。

「モッチーかぁ。まぁ、あのマジメな副会長に直談判しても、そう簡単には『うん』って言わなさそうだよね」

バリッとクッキーの大袋を開けながらつぶやいた蘭の顔にも、別な意味で、苦笑いが浮かんでいた。

蘭たちと同じ3年生である望月湊《みなと》は、頭脳明晰《めいせき》なうえに整ったルックスまで兼《か》ね備えた、東明稜高等学校の生徒会副会長である。容姿や成績を鼻にかけたところがなくスマートなので、女子からの人気が高いのはもちろんのこと、男子生徒からの信頼も厚い。ただ、蘭からは、「ザ・正論&模範《もはん》解答でおもしろみに欠けるヤツ」という評価を得ている。

「『活動費がかかるから増額してくれ』なんて、モッチーは笑顔で拒否するだろうね。その理屈が通用するなら、科学課《ウチ》だって直訴《じきそ》したいわ」

「江東先輩の言う、『実験のための糖分摂取《せっしゅ》費』なんて、絶対に認められませんよ」

バリバリとクッキーを咀嚼《そしゃく》する蘭がキッと透をにらみ返し、クッキーを1枚も渡すものかと言わんばかりに背中を向けた。

一方、瀬名は「ははっ」と乾いた笑い声をこぼす。

「本当にそのとおりで、望月にはさわやかな笑顔で、『無理だね』って言われたよ。けど実際、このままじゃ来年は部として存続できないかもしんないんだよなー、飛行部。今は3年生が、俺を入れて2人だから、卒業したら下級生が3人になるだろ? 入部してくれるヤツがいなかったら、即廃部だもんな。だから、来年の春、新入生に興味をもってもらうためにも、今のうちに目立つ活動をしておきたいんだよね。古いドローンも、その一環《いっかん》で探してるんだけど……戸松ぅ、そっちあった？」

「いや、見当たらないですね」

「まいったな、ここにもないのかー。となると、壊れたドローンを修理に出すしかないかなぁ。でも、修理費がなぁ……」

口をへの字にした瀬名が、バリバリとツーブロックの頭をかく。

「これ以上、部員から徴収《ちょうしゅう》するのも悪いし……やっぱり、なんとか活動費を上げてもらえないかなぁ、生徒会に」

「交渉相手が、あのモッチーだからなぁ……。一筋縄《ひとすじなわ》じゃいかないよね。簡単に懐柔《かいじゅう》できるなら、あたしがとっくにやってるよ」

「望月を納得させるような方法、なんかないかなぁ……。飛行部としての活動実績は響かなかったし、新しい実績はすぐには作れないし」

「いっそ、あたしたちと手を組んで何かやってみる？　扉のプレートに書いてあったでしょ、『科学課』って。飛行部と共同実験できることは、けっこうあると思うよ」

「それは、すぐには結果が出ないんじゃないかしら。当面は部員たちでドローンの修理費を補《おぎな》って、将来的に活動費が下りたら部員に返金するのが現実的だと思うけど」

「その『将来的な活動費』っていうのが、いつ出るのかわからないっていうか、出るのかどうかもわかんないからなー。実は、こないだも部員たちから制作費用を徴収したばっかりだから、あまり強く言えないんだよ。『今度はドローンの修理代をみんなで出して』なんて」

するとそこへ、「発言してもいいかな？」と、ほっそりした手が上がった。全員の視線を受けながら、究が窓際のパイプ椅子から立ち上がる。その流れで、究は腕を通さず肩にかけてあったただけのブレザーをパイプ椅子の背もたれに残し、コツコツとホワイトボードに歩み寄った。

「あら。何かしら、一ノ瀬。飛行部の人たちが苦しんでいるからって、以前のようなM&A（吸収合併《がっぺい》）をたくらまないでよ」

蘭が芝居がかった声で言うが、究はそれには応《こた》えず、「ちょっと借りるよ」と断ってから、ホワイトボード用のマーカーを手に取った。

Q

図のように、長さが30メートル、幅と高さがともに10メートルの直方体の部屋がある。

一方の壁の中央、天井から1メートルの地点Sにクモがおり、向かい側の壁の中央、床から1メートルの地点GにハエがいるI。

クモがハエをとらえようと、ハエのところまで行くとき、最短距離となるルートは、どのようなルートだろうか。

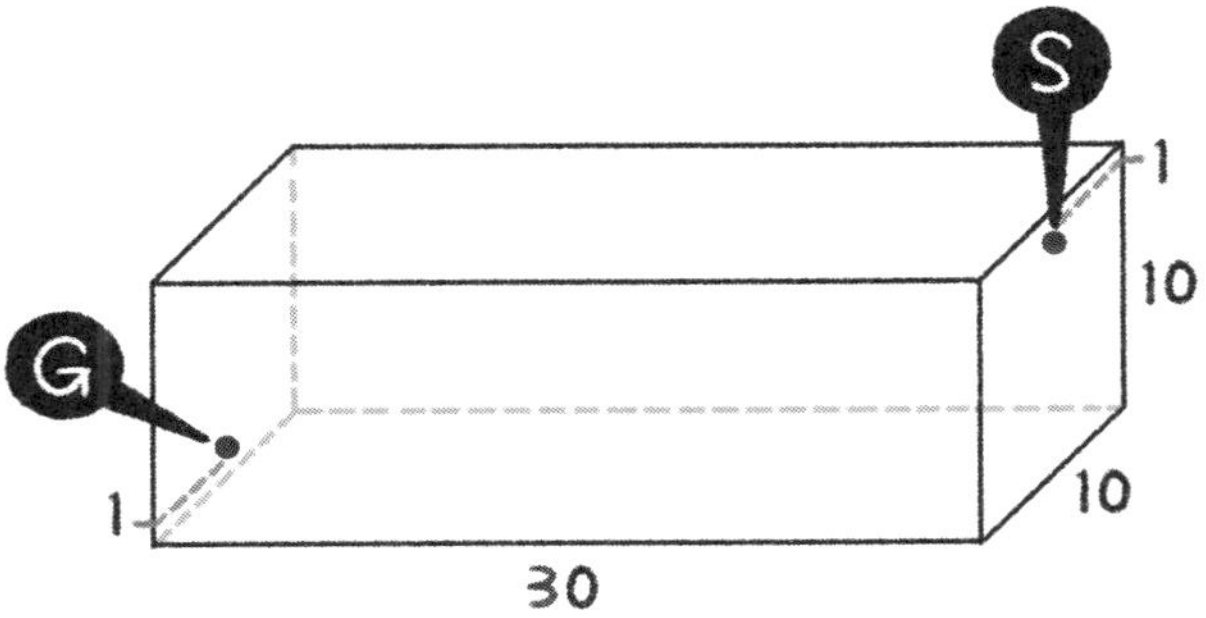

「それはやっぱり、まっすぐ行くのが一番近いんじゃないですか？」

先陣《せんじん》を切って発言したのは、奏だった。自《みずか》らホワイトボードに歩み寄ると、マーカーを手に取り、究の描いた立方体の図に線を描き入れていく。

「僕だったら、こういうふうにシンプルに、まっすぐ行きたいかなって思います。やっぱりこれが一番近そうだし」

「いや、どうかな」

それに異《い》を唱《とな》えたのは、飛行部の瀬名だった。あごをつかんでホワイトボードを凝視《ぎょうし》するまなざしは、真剣そのものだ。

「G地点は床から1メートルの高さにあって、部屋の長さは30メートル。S地点は天井から1メートルのところにあるから、『10－1』メートルで、床からの高さは9メートルだ。全部足すと、『1＋30＋9』メートルで、40メートル。きみが描いたルートの総距離は、40メートルになる。展開図《てんかいず》にすると、こんな感

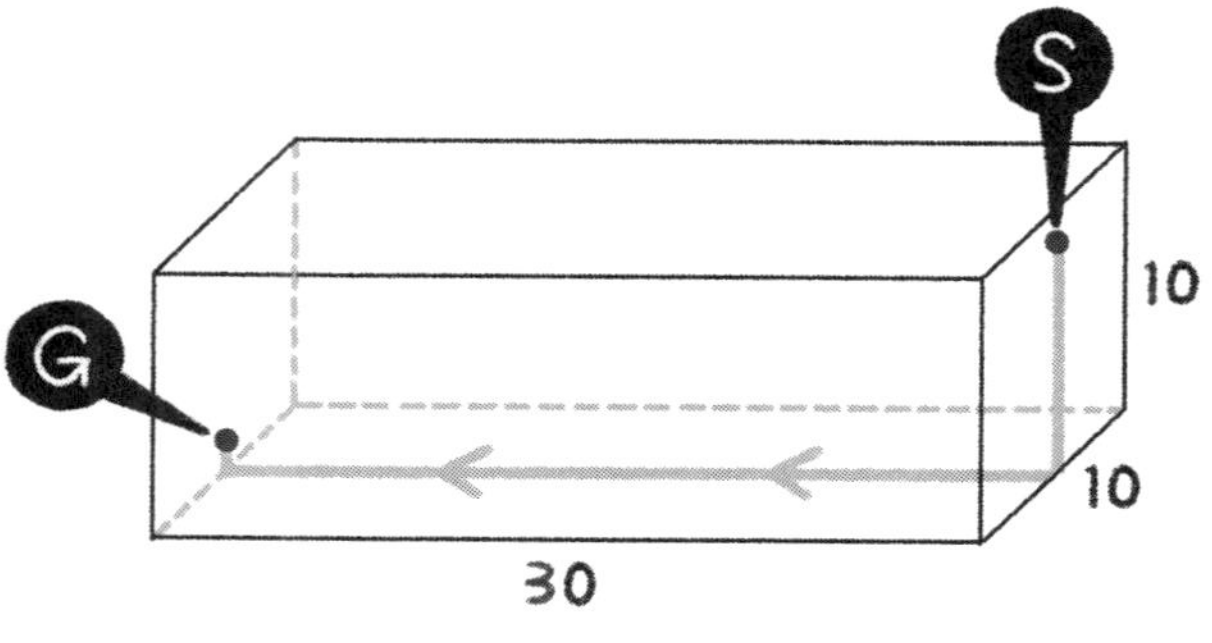

じ」

そう言って、瀬名は奏と入れ替わるように歩み寄ったホワイトボードに、手早く展開図を描いた。

「やっぱり、これが一番近いんじゃないですか？　まっすぐですもん」

瀬名が描いた展開図をじっと見つめて、奏が首をかしげる。そこに「いや……」とひかえめな声を発したのは、瀬名の後輩である飛行部の戸松だった。

「ルートがまっすぐになるケースは、これだけじゃないよ。直方体の展開の仕方《しかた》は、これ以外にもいくつもあるから」

そう言うと戸松は、奏の隣に立って黒いマーカーを手にした。そして迷うことなく、いくつもの直線を引いていく。

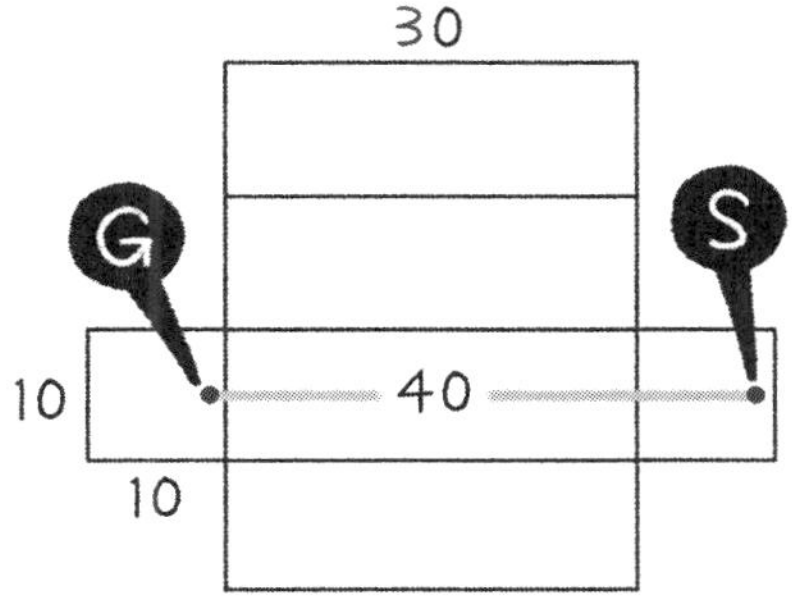

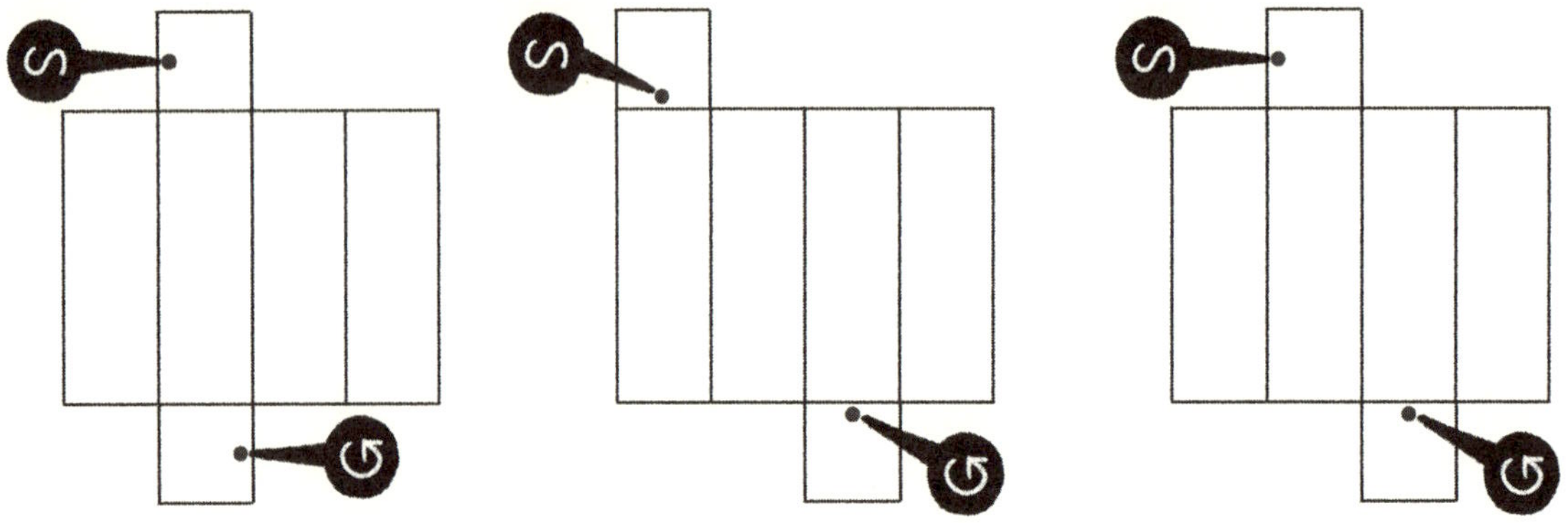

「ほら。この３つも全部、同じ直方体の展開図だよ。ＳとＧの位置も、正確にトレースしてある。そして、この状態でＳとＧを直線で結んで、その距離を計算すると……」

しばらくの後、「こんな感じかな」と満足げにつぶやいた戸松が、マーカーにキャップをはめた。隣ですべてを見ていた奏は、感心と驚きで目を白黒させている。

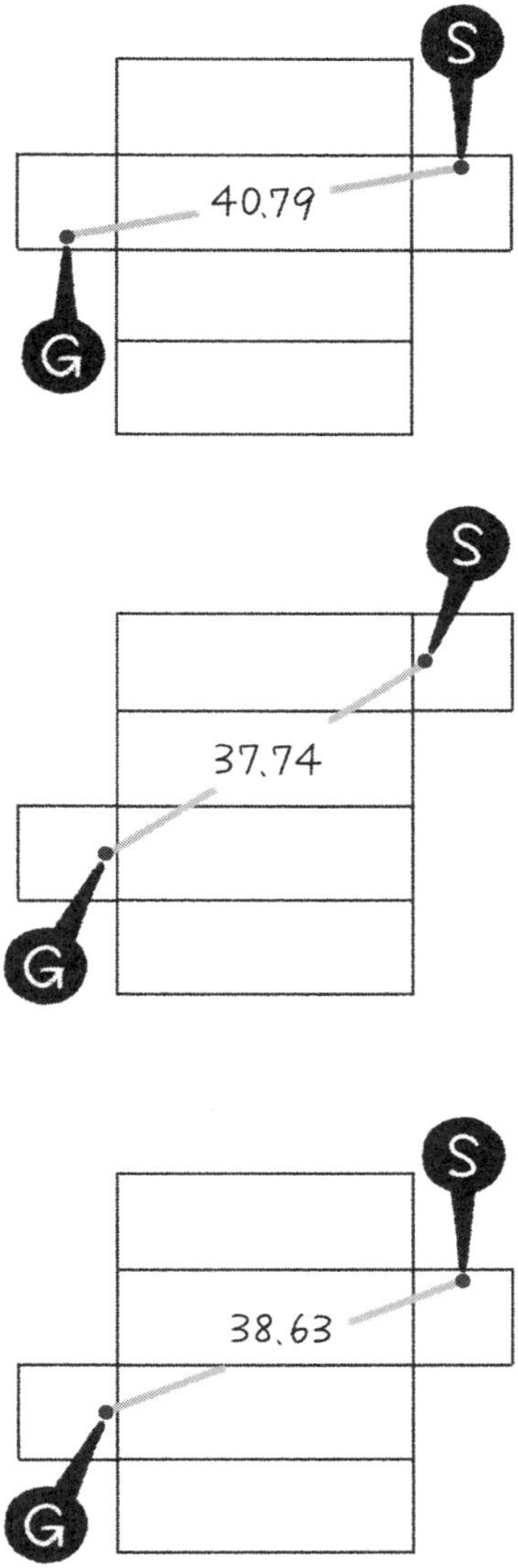

「さすが飛行部。こんなに短時間で核心《かくしん》に迫っちゃうなんて、やっぱり、空間認識能力が高いのね」

「まぁ……部活で簡単な設計図も描くので、こういうのは慣れているんです」

瑛に笑顔を向けられた戸松は、目線をさまよわせながら、もごもごと答えた。隣でじっとホワイトボードを見つめていた奏が、「それじゃ、それじゃ！」と、ことを急ぐように声を上げる。

「このルートが、SとGの距離が一番近いってことですか？」

そう言って、奏は中央に描かれた展開図を指さした。

その展開図に書かれたSとGの距離は、37・74メートル。最初に奏が考案したルートより、2・26メートル短いという結果だ。しかし奏は、いまだに半信半疑《はんしんはんぎ》の様子で、白い展開図をにらんでいる。

「でもこれって、立体的な部屋で考えたら、すっごい面倒なルートですよね？　えぇっと……S地点にいるクモは、まず、すぐ上にある天井に向かって、そこをちょっと通ってから壁に入ってななめに大きく横切って、またちょっとだけ床を通ってハエがいる壁に上《のぼ》って、やっとG地点のハエにたどり着くことになるわけですよね？　これが最短？　さっき僕が言った、壁、床、壁ってまっすぐ通るルートのほうが、シンプルで近そうに見えるのに」

「たしかに、このルートだとクモは6面中、5面も通り抜けることになるから、一見まだるっ

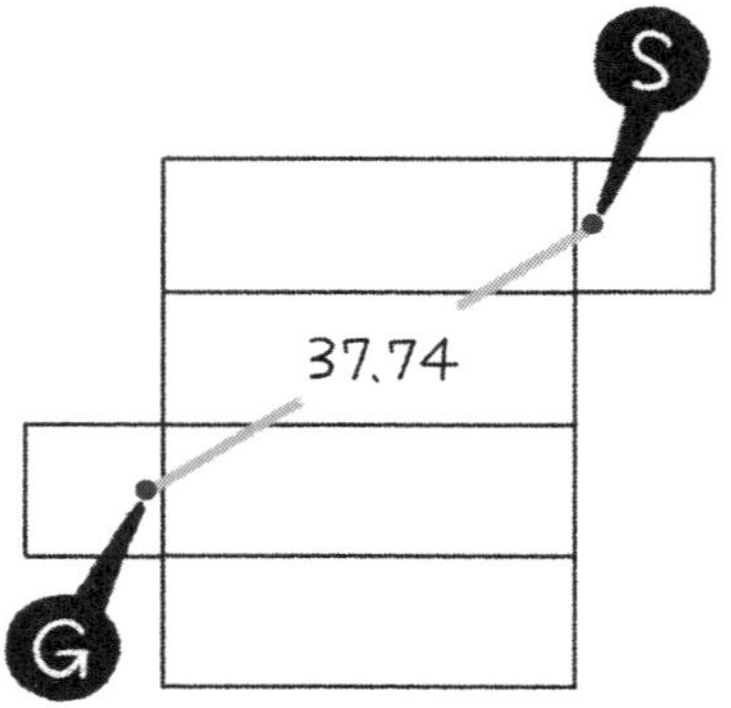

こしく見えるわね。でも、純粋な距離で考えれば、このルートが一番短くなるのよ。ともかく、計算は戸松くんが書いてくれた答えで間違いないわ。つまり、奏の言うシンプルなルートが、最短距離だとは限らないということよ」

そこで瑛は、奏から究へ視線を移した。その唇の端《はし》には、ささやかな笑みが浮かんでいる。

「つまり、一ノ瀬くんはこう言いたいんじゃない？　ことを急いでストレートに、もっともシンプルに思えるアプローチを選んでも、それがベストな解決策じゃない場合がある。一見《いっけん》、遠回りしているように見える手段を使ったほうが、結果的にはもっとも効率のいいアプローチになる場合もある、って」

「どう？」と尋ねるように、瑛が目を細める。究はにっこりと微笑んだだけだった。相変わらず曖昧《あいまい》なことしか言わない究の言葉にじれたのか、蘭が言う。

「そういう視点で、何か思いつく『アクロバット飛行大作戦』はある？　あたしもパッとは、いい作戦が浮かばないけどさ」

「蘭、『アクロバット飛行』は、また意味がかわっちゃうわよ。うーん。まずドローンは、絶対にアピールすべき点よね。学校を空撮《くうさつ》するとか、いろいろなアプローチができそう。ほかにも、今後、飛行部が大きくなった場合にどんな成果を出せるのかを想定して、プレゼンしてみるのもいいんじゃない？　成長が期待できるとわかれば、望月くんも話を聞いてくれると思うわ」

瑛の提案を黙って聞いていた瀬名だったが、やがて、「いや……」とつぶやきながら、意地のうかがえる表情を持ち上げた。

「俺たちは飛行部だ。飛行部的な発想で考えると、さっきのこのパズル、もっと最短距離でクモがハエに到達するルートがあると思う」

瀬名の言葉を聞いた一同は、いっせいにホワイトボードに視線を戻した。瀬名はゆったりと腕を組むと、主張を続ける。

「パズル的にはルール違反《いはん》かもしれないけど、壁づたいに移動するんじゃなくて、クモが宙を飛んで、ＳからＧに空中をまっすぐ向かうルートが、現実には最短ルートのはずだよ。知ってる？　クモのなかには、空を飛べる種類もいるんだ。長い糸を何本も空中に放出して、風や静電気の力で飛ぶんだよ。糸を船の帆《ほ》みたいに利用するってワケ。糸を使わずに、高い場所から滑空《かっくう》することで空を飛ぶ種類もいる。ハエを捕まえるのが目的なら、糸を吐き出してハエを行動不能にするのでもいいな。要するに、『飛び道具』を使うワケだよ。もたもたしてたら、ハエがどこかに飛んでいってしまう可能性だってあるわけだからさ。俺たちは、飛行部らしく、『飛び道具』を使う方法を考えることにするよ」

「『飛び道具』って……？」

おずおずと尋ねた奏に、瀬名が不敵《ふてき》な笑みを向ける。

「ちょっと思い出したことがあってさ。なんとかなるかもしれない」

そう言うと瀬名は、「よしっ！」と両手の平を打ち合わせた。

「ここにドローンはないみたいだし、部室に戻るぞ、戸松。戻ったら作戦会議だ」

「は、はいっ」

「えぇっと、おかげでいいアイデアが浮かんだよ。サンキュ！」

もし古いドローンが出てきたら教えてくれと最後に言い置いて、瀬名は戸松をともなって備品庫、もといパズル部の部室を出ていった。

「飛行部だけに、ずいぶん飛躍《ひやく》した発想だったけど……『飛び道具』って、何するつもりだろ？」

蘭の疑問の声に、究はひょいと肩をすくめ、瑛は首をひねった。当然、奏も透も、答えを持ち合わせてはいない。

あの望月湊を論破《ろんぱ》できる「飛び道具」とやらに興味はあったが、最終下校時間を告げるチャイムがパズル部の5人の思考をさまたげ、謎は謎のままとなった。

＊　＊　＊

数日後。パズル部の５人がそろって下校しようと、昇降口からグラウンドに出ると、そこで飛行部のメンバーが、なにやら飛行機の模型《もけい》のようなものを飛ばしている最中だった。

「あっ、瀬名くん」

瑛が声をかけると、気づいた瀬名が片手を上げる。飛行実験のようなものも気にはなったが、今はそれ以上に気にかかることが瑛たちにはあった。

「あれから、望月くんとは話せたの？」

「『飛び道具』とか言ってたけど、使った？」

瑛に続いて蘭が尋ねると——見る間に、瀬名の表情が曇《くも》った。

「実は俺、望月に対する交渉材料をつかんでたんだ。アイツの『黒いウワサ』ってヤツをさ」

「交渉材料？」

「南女《ナミじょ》ってあるだろ？　明稜南女子学院。あそこのボランティア部って有名じゃん？　地域の人たちも参加できる清掃活動とかやっててさ。実は望月、その清掃活動に参加して、掃除《そうじ》もそっちのけで南女のボランティア部の女子たちをナンパしてたっていうんだよ。これ、かなりデカいネタだろ？　あの、優秀でマジメで人望の厚い生徒会副会長の望月湊が、ボランティアを装って、他校の女子をナンパしてたんだぜ！　俺、そのウワサを思い出して、それを武器に望月に再交渉しに行ったんだ。『飛行部の活動費の増額を検討してほしい。おまえも、よその学校への問題行動について、学校に報告されたくないだろ？』って」

「えっ、それでどうなったの？」

「それがさぁ……鼻で笑われたよ。『そんな根拠《こんきょ》のない話を交渉材料に使うなんて、「飛行部」じゃなくて「非行部」なのか？　活動費増額はナシ。即廃部《そくはいぶ》にされないだけ、ありがたいと思ってくれ』って言われたよ……」

「それって――」

瑛が何かを言いかけたとき、少し離れたところから飛行部の後輩である戸松が瀬名を呼んだ。

瀬名は手を振りながらそれに応え、ふたたび瑛たちに向き直る。

「悪い、行かないと。活動費の交渉に関しては、まぁ、もうちょっと考えてみるよ」

口早《くちばや》にそれだけ言って、瀬名は戸松のほうへ駆けていく。

その背中を見送りながら、しばらくの間、パズル部の5人は言葉を発《はっ》せずにいた。なぜなら、パズル部のメンバーは、瀬名が語った望月湊の「黒いウワサ」について、真相を知っていたからだ*。

「あきれたねー。モッチーが南女の生徒をナンパしてたっていうウワサについては、東明稜の別の生徒がモッチーのフリをして南女の女の子たちに声をかけてただけで、モッチーは潔白《けっぱく》だったってのに。そのこと知らないで、モッチーを脅《おど》すようなことしたんだ」

じっとりとしたまなざしになった蘭が、ため息まじりに言う。その言葉を聞いたほかの4人も、それぞれに苦笑を浮かべたり、あきれたように吐息をこぼしたりして、小さくなりゆく瀬名の姿を見送った。

かつて、「望月湊が明稜南女子学院高等学校のボランティア部の女子生徒たちに迷惑をかけている」という黒いウワサをパズル部に持ち込んだのは、奏だった。しかし、結論から言って、それはまったくの濡れ衣《ぬれぎぬ》だった。モテたい願望の強い、東明稜のまったく別の男子生徒が、明稜南女子学院での評判も高い「望月湊」の名をかたり、女子たちの気を引こうとしたというのが真相だった。その真相を暴《あば》いたのは、ほかでもない一ノ瀬究である。

「ほら、蘭が『アクロバット飛行』なんて言っちゃったからじゃない？　でも、ちょっと考えをめぐらせて、真実を知ろうとすれば、望月くんが潔白だってことはすぐにわかったはずだけど……」

＊『５分後に意外な結末Ｑ　正解より素敵なパズルの解き方』収録の「二面性について考える」参照。

「事実を知らないで――というか、都合のいいように鵜呑《うの》みして、自分たちの活動費欲しさにモッチーを脅すネタに使うなんて、あまりにもお粗末な『飛び道具』だね」

瑛と蘭が、頭痛でも覚えたかのように頭を抱える横で、透は冷静にメガネの位置を直していた。

「マーケティング業界では、情報戦のことを『空中戦』ともいいますから、飛行部としては得意分野だと思ったんじゃないですか？　それに、ゴシップ記事なんかみたいに、なんの根拠《こんきょ》もない噂話を記事にすることを『飛ばし記事』っていうじゃないですか。自分たちは得意の空中戦をしているつもりが、実際は飛ばし記事に乗っかって墜落《ついらく》してしまったという、カッコ悪い結末ですね」

透が落語のようなオチをつけたところで、その日のパズル部の活動は終了した。

「三角形」について考える

朝、登校したその足で、図書を返却するために図書室を訪れた安藤瑛《あんどうあきら》は、本棚の前に知った顔を見つけて声をかけた。

「錦辺《にしきべ》くん？　おはよう」

本棚をぼうっと見つめていたその男子生徒は、「えっ」と驚いた顔を瑛に向けてきた。瑛を認識して、「あぁ……」と安堵《あんど》の微笑みをこぼす。

「安藤さんか……。久しぶり」

その表情や態度に、瑛は違和感《いわかん》を覚えた。錦辺綾斗《あやと》は、昨年、瑛のクラスメイトだった。3年生になってクラスが分かれてからは、ほとんど話をする機会もなかったが、図書室での遭遇《そうぐう》には納得がいく。綾斗はミス研――ミステリー研究会のメンバーなのだ。

「どうかしたの？　元気がないみたいだけど……」

瑛が尋ねると、綾斗は「うぅん……」と、YESともNOともとれない返事を、苦笑とともによこしてきた。

「ちょっとミス研が、困ったことになってて……」

「どうしたの？　私で力になれるなら、聞かせてもらうけど……」

瑛がそう申し出ると、「あぁ、うん……」と、綾斗は煮えきらないつぶやきをこぼしながら、チラチラと周囲の様子をうかがった。それから、「ちょっと、こっちいい？」と、人気《ひとけ》のない図書室奥の４人がけテーブルへ瑛を誘導《ゆうどう》する。ネクタイの結び目を神経質そうに触《さわ》りながら、綾斗はひっそりと打ち明けた。

「実はさ……ミス研で一緒の葛西《かさい》さんと知念《ちねん》さんが、なんか険悪《けんあく》な雰囲気になっちゃってて、気まずいんだよね。女子の気持ちは、安藤さんならわかるかもしれないから、相談にのってもらっていいかな？」

「え？」

その言葉に、瑛は目を丸くした。

Ⅰ人の名前――知念沙雪《さゆき》のことなら、瑛も知っている。彼女も昨年、綾斗と同じく、瑛のクラスメイトだった。そして葛西というのは、同じクラスになったことがないので瑛に面識《めんしき》はないが、たしか2人と一緒にミステリー研究会を立ち上げた女子生徒だったはずだ。

「ミス研って、今も錦辺くんと知念さんと、その葛西さんと、3人だけなんだっけ？」

「うん、そう。もともと知念さんと葛西さんがミステリー好きで中学から仲がよくて、そこに僕が加わる形で立ち上げたのがミス研で、3人で集まってしゃべってるのが楽しかったから、べつに、『人数を集めて部活動にしたい』とかも思ってなくてさ。ただ、共通の趣味をもつ3人で楽しくやれてれば、それでよかったんだ。活動にお金がかかるわけでも、試合や遠征《えんせい》があるわけでもないし。でも……」

「そういう雰囲気じゃなくなってきたっていうことね？」

こくりと、綾斗がうなずく。一重《ひとえ》でもともと切れ長の目が、痛みをこらえるように、ますます細められた。

「最近、葛西さんに対して、知念さんがピリピリしてる感じなんだ。葛西さんが知念さんに話しかけても、知念さんはそれを無視して、あえて僕に話を振ってきたり、返事をしたとしてもキツい言い方だったり……。葛西さんは、知念さんの態度にとまどってるみたいな雰囲気なんだけど、知念さんを問《と》い詰《つ》めることも、怒ることもしないから、ぜんぜん状況が変わらなくてさ。思いきって『何かあったの？』って、それぞれ個別に聞いてみたんだけど、答えてくれないし……。もう3週間くらいかな。とにかく、僕は板挟《いたばさ》み状態っていうか、どうしたらいいかわからなくて……」

「そう……。それは大変ね」

深刻《しんこく》そうな表情の元クラスメイトを前に、瑛は借りようと思っていた単行本を、思わず胸もとへギュッと抱き寄せていた。

昨年、クラスで知念沙雪とミステリー小説について語り合っているときの綾斗は、もっといきいきと楽しそうだった。共通の趣味をもつ仲間を2人も見つけて、心おきなく「好きなものの話」ができて、きっと充実した時間をたくさん共有してきたに違いない。

そんな仲間が、険悪な雰囲気になっている。これまでは3人で楽しくやってきたのに、もうそんな時間はやってこないかもしれない。そんな可能性も脳裏《のうり》をよぎって、心穏やかではいられないだろう。

なんて言ってあげるのが正解だろうかと、瑛が思案《しあん》を始めたときだった。

「僕、思うんだけど……」

「うん?」

「これってさ……三角関係なんじゃないかなって」

思わぬ言葉に、瑛は声をもらすこともできなかった。

「三角関係って、どういうこと?」

「だからさ……自分で言うのもなんだけど、知念さんと葛西さんが、2人とも、僕のことを好きで、そのことでいがみ合ってるんじゃないかってこと」

淡々《たんたん》とそう言った綾斗の心情が、瑛にはわからなかった。2人の女子から好かれているかもしれないと言いながら、その表情は浮かれている様子でもなければ、迷惑がっている様子でもない。ただ、「思ったことを口にしただけ」というふうだった。

「どうして、そう思うの?」

やっとのことで瑛が尋ねると、「それは」と、綾斗はふたたび淡々と言葉をつなぎはじめた。

「まず知念さんだけど、2年でクラスメイトになってから一緒にいる時間が増えて、自然と距《きょ》離《り》が近づいたと思うんだ。僕が忘れ物したときとか、いろいろ親切にしてくれてさ。風邪ひいて休んだときに、わざわざ家まで課題を届けてくれたこともあったんだ。あ、知念さんに誘《さそ》われて、ミステリー小説が原作の実写映画を2人で観に行ったこともあるよ。そのとき、葛西さんのことは『誘わなかった』って言ってたんだ。『あの子はこの作品のこと、あんまり好きじゃないから』って言ってたけど、それって僕と2人で映画を観るための口実《こうじつ》だったんじゃないかと思って」

「なるほど。それじゃあ、葛西さんのほうは？」

「葛西さんには、『好きな作品の傾向《けいこう》が似てるから、すごく価値観が近いと思う』ってよく言われるんだ。知念さんと葛西さんは、『ミステリーが好き』っていう点では共通だけど、好きな作家や作品っていう観点だと、かなり好みが違うんだよ。それに、よくプレゼントもくれるんだ。そのプレゼントの感想もよく聞かれるし……」

なるほど、と、今度も瑛はつぶやいた。話す間も綾斗の表情は変わらず、浮かれた様子は見られなかったが——話し終わってようやく、その表情に感情がにじんだ。それは、何かを懸念《けねん》するような、薄暗《うすぐら》いものだった。

「正直、少し困ってるんだ。2人とは、共通の趣味がある友だちだけど、付き合うとか、そういうことは考えたことないし……なにより、僕は3人でミス研の活動をするのが本当に楽しくて、ずっとこのままでいたいと思ってる。仮にどっちかと付き合ったら、今の関係が崩《くず》れちゃうだろ？　僕はどちらとも付き合うつもりはないし、2人にも、三角関係を理由に仲たがいしてほしくないと思ってる。これまでどおり、ミス研の仲間として、いい関係を続けていきたいんだ。でも、2人の雰囲気はどんどん悪くなってて……この状況、安藤さんはどうすればいいと思う？」

問いかけに答えるかわりに、瑛は抱《かか》えていた単行本をわきへ置くと、綾斗に向かって「ちょっとだけ待ってくれる?」と、一言断りを入れた。素直に待つ態勢になった綾斗が、怪訝《けげん》そうなまなざしを向けてくる。そのまなざしを受け流しつつ、瑛はカバンの中からノートを取り出した。開いたページはマス目がうっすらと印刷された方眼紙《ほうがんし》になっていて、瑛はそこに、定規《じょうぎ》で丁寧に線を引いた。

Q

Aのような、底辺13センチメートル、縦5センチメートルの直角三角形がある。

これをBのように、4つのパーツに切り分けた。

このBのパーツを並べ替えて、同じく底辺13センチメートル、縦5センチメートルの直角三角形を作ったものが、Cの図である。

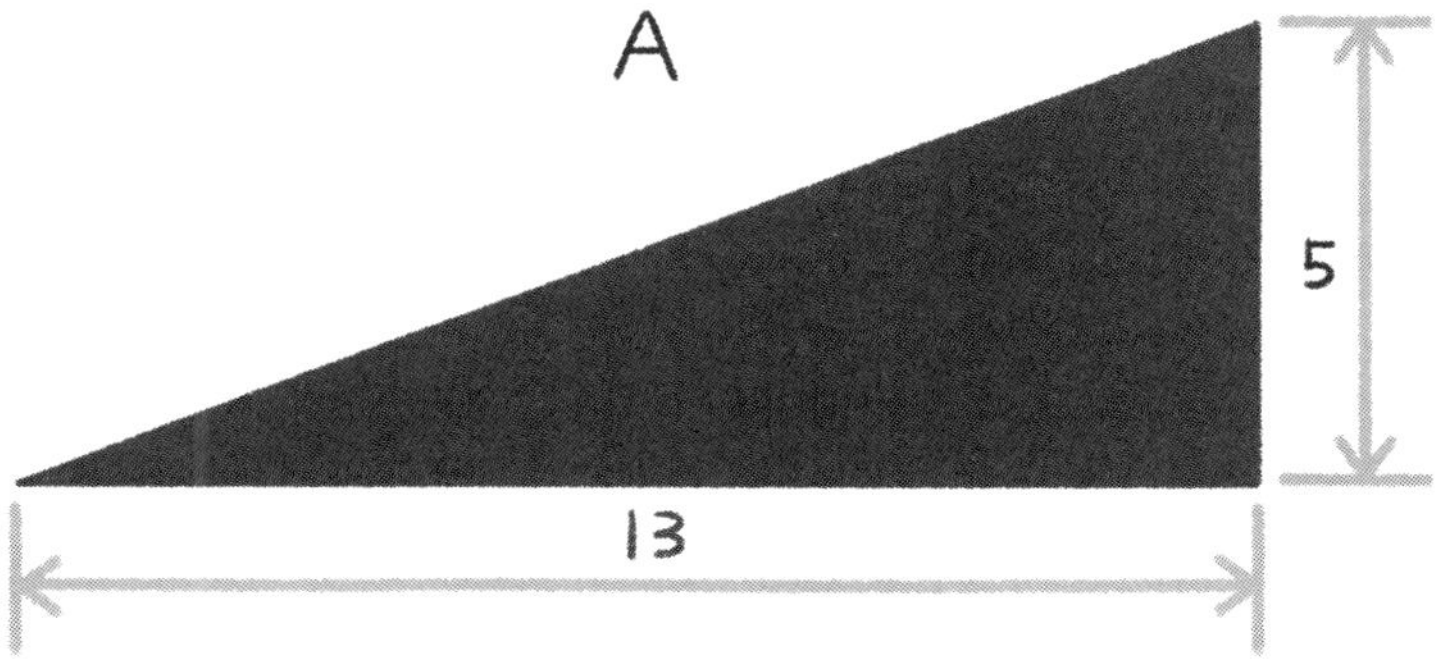
A
5
13

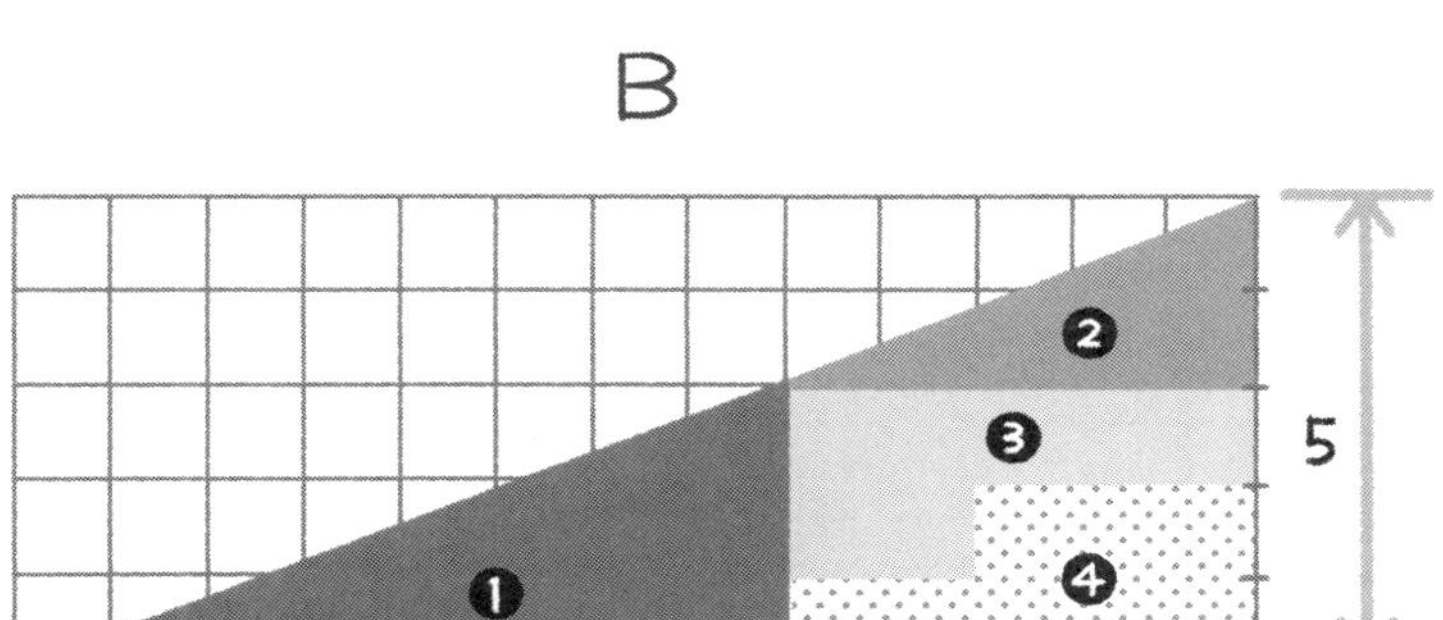
B
❶
❷
❸
❹
5
13

Cのように並び替えたあとの直角三角形には、中央部に正方形の隙間《すきま》ができてしまい、並び替える前の三角形より面積が小さくなってしまった。

同じパーツを並べ替えただけなのに、なぜ隙間ができて、面積がかわってしまったのだろうか？

C

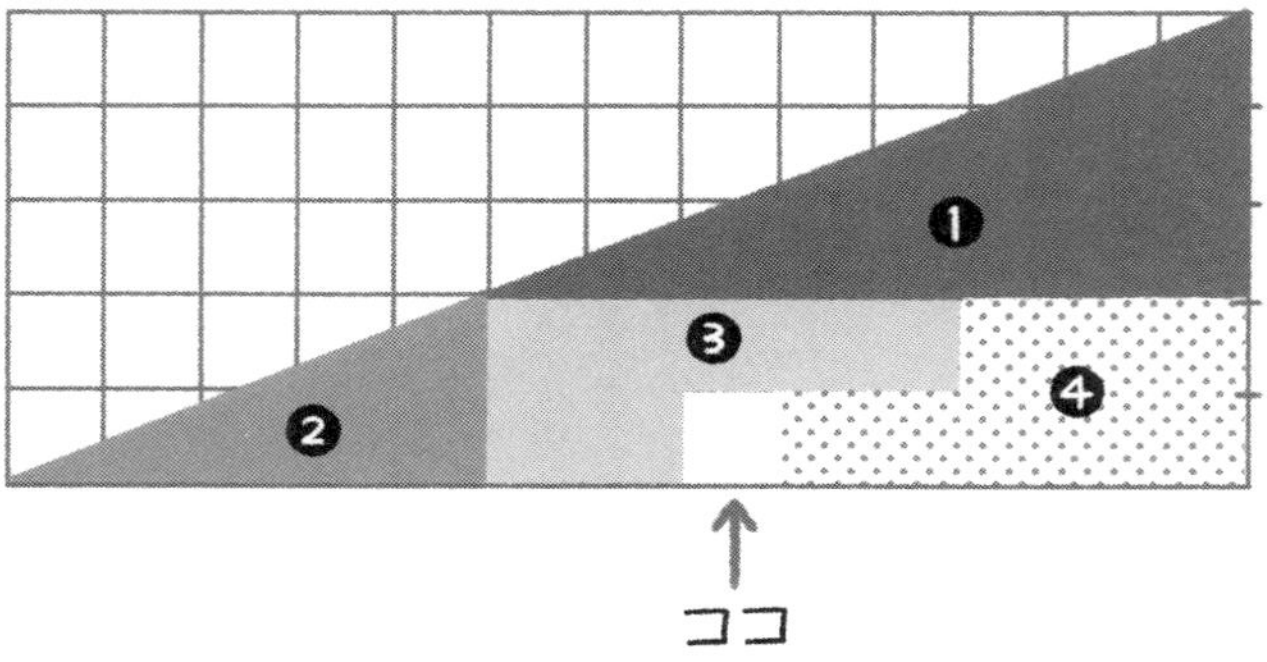

瑛から向けられたノートを、綾斗がまじまじと見つめる。「たしかに……なんでだろう？」と、すでに提示された謎に魅入《みい》られてしまったようだ。さすがはミステリー研究会である。

瑛はノートから、図形を描《えが》いたページを手で破り取ると、それを綾斗に差し出した。

「このパズルを、放課後まで考えてみてくれない？　放課後になっても解けなかったら、校舎のはしっこにあるパズル部の部室まで来て。部室といっても、備品庫を借りてるだけだから、見落とさないようにしてね。ミス研なら、この問題は簡単かもしれないけど」

「待って待って、なんでパズル？」

混乱している様子の元クラスメイトに、瑛はシンプルに返した。

「これが、私たちパズル部のやり方なの」

瑛が答えた直後、朝のホームルームの始まりを告げる予鈴が鳴り響いた。「それじゃあ、またね」と、綾斗に軽く手を振って、瑛は貸出《かしだし》カウンターへと急いだ。

放課後になって綾斗がパズル部を訪ねてこなければ、それはそれでいいと瑛は思った。ミス研の綾斗が謎に挑戦《ちょうせん》しないわけはないだろう。パズルを自力で解けたなら——ミス研のメンバーである綾斗のことだ——自分のおかれた状況を、パズルの解答から推察できるかもしれない。パズルを解けずに、そのまま放置することを選んだとしても、それが綾斗の判断なのだと、瑛は受け取るだけだ。他人の恋愛問題には軽卒《けいそつ》に首をつっこむべきではないことを、瑛はいくつかの経験から学んでいた。

——結果、放課後、錦辺綾斗はパズル部の部室にやってきた。

そして綾斗は、瑛が託《たく》したメモを差し出し、「ぜんぜん解けなかったよ」と素直に認めた。

「どう考えたって不自然だよ。同じ三角形なのに、分割《ぶんかつ》して、パーツを並べ替えただけで面積が小さくなるなんて……安藤さん、これ、作図が間違ってるんじゃない？　たしかに、Bの図とCの図では、それぞれのパーツは同じみたいだけど……だから、よけいにわからない」

完全にお手上げだというように、瑛から託されたメモをひらひらと振ってみせる。まるで白旗《しろはた》だ。

「どれどれ、見せてみー」

横からその白旗をかっさらったのは、江東蘭《えとうらん》だ。蘭も昨年、綾斗とクラスメイトだったので、遠慮がない。綾斗から奪ったメモに目を落とした蘭は、即座に「あー、ハイハイ」と笑みをこぼした。

「これかぁ。これはまぁ、隙間ができて当然だよね」

「えっ、なんでっ？」

秒速で答えにたどり着いたらしい蘭に、綾斗が裏返《うらがえ》った声で話しかける。

「どう見たって不自然じゃない？　納得できる説明が欲しいんだけど。それに、これが僕の今の状況と、どう関係してるっていうの？」

蘭が持ったままのメモを指さして、綾斗が右に左にと首をかしげる。それを見ていた蘭は鼻から細く息を吐くと、ホワイトボードに歩み寄り、持っていたメモをマグネットで貼りつけた。

「なんかよくわかんないけど……ここまで言ってるし、瑛、解説してあげたら？」

「それじゃあ……説明させてもらうね、錦辺くん」

まっすぐなまなざしでうなずきを返してきた綾斗に対して、瑛はまず、Bの三角形を指さし、いきなり核心的な言葉を放《はな》った。

「実は、このBの中の❶と❷の三角形の斜辺は、同じ傾きじゃないの」

「へ？」

「この、Bの中の❶と❷の三角形を重ねてみると、少しズレているのがわかるわ」

そう言うと瑛は、朝の図書館でそうしたようにノートを開くと、方眼紙のページに新たな図を描き、ホワイトボードに貼り出した。

「つまり、Bのパーツ❶と❷は、どちらも直角三角形ではあるんだけど、微妙に斜辺《しゃへん》の傾きが違うから、ぴったり重ならないの。方眼紙を目印にしてみると、わかると思うわ（図1）」

瑛の言葉を聞いた綾斗は、食《く》い入《い》るように図を見比べた。やがてその口から、「あぁー……」という、ため息のような声がこぼれる。瑛は証明を続けた。

「パーツを分割《ぶんかつ》する前の三角形AやBと、4つのパーツに並びかえた三角形Cを重ねてみると、違いがわかると思うわ。2つの図を重ねると、こんなふうに、ズレが生《しょう》じるの（図2）。この、微妙にのぞいている白い部分の面積だけ、三角形Cのほうが、AやBより大きいということよ。つまり、2種類の三角形には、ぱっと見ただけでは認識できないほどの些細《ささい》な形の差が、間違いなくある

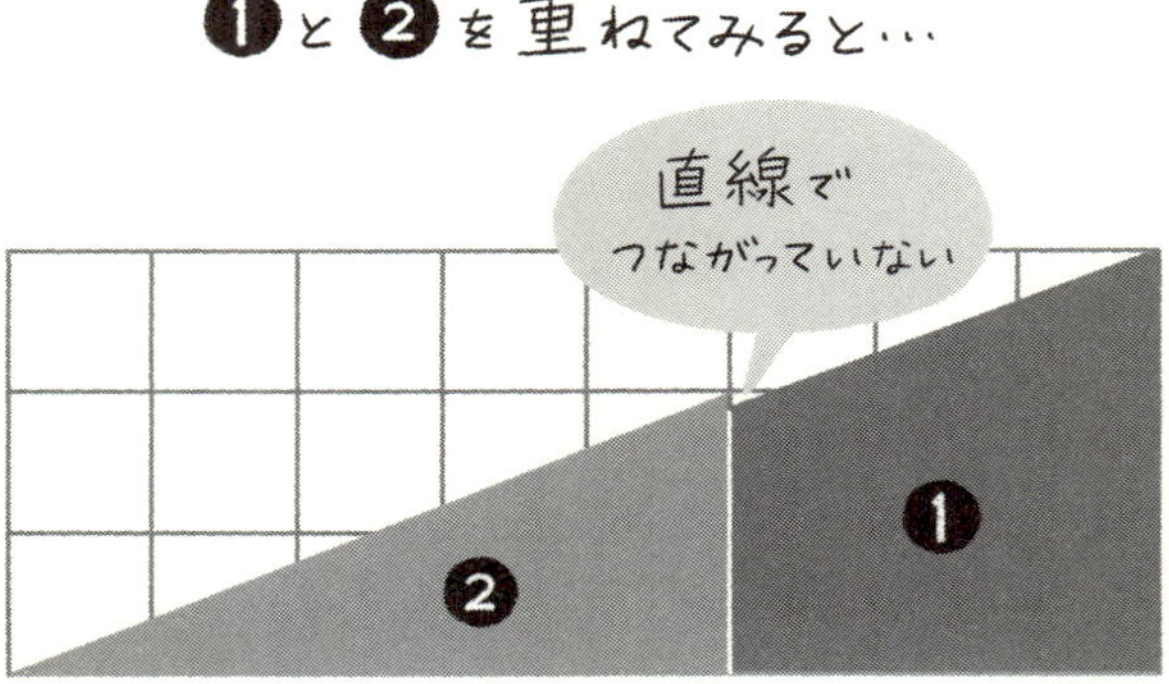

（図1）

の。ＡやＢとＣの色分けされたパーツの総面積は等しいから、斜辺に生《しょう》じたズレ――この膨らんで見える部分を合計した面積と同じだけ、Ｃの図では隙間が空いてしまったというわけ」

つまり、とつぶやきながら、瑛は綾斗の顔を見る。

「三角形Ｃの斜辺がズレているということは、Ｃは三角形に見えるけど、実際には三角形じゃないの」

「三角に見えるけど、三角じゃない……？」

瑛の言葉をトレースした綾斗が、数秒《すうびょう》おいて、ハッと目をみはった。

「もしかして、安藤さん……僕と、葛西さんと知念さんの関係のことを言ってる？」

綾斗のその問いかけに対して、瑛は困《こま》ったような微笑みを返した。それを肯定《こうてい》と受け取ったのだろう綾斗が、「えっ？　えっ、なんで？」と取り乱す。

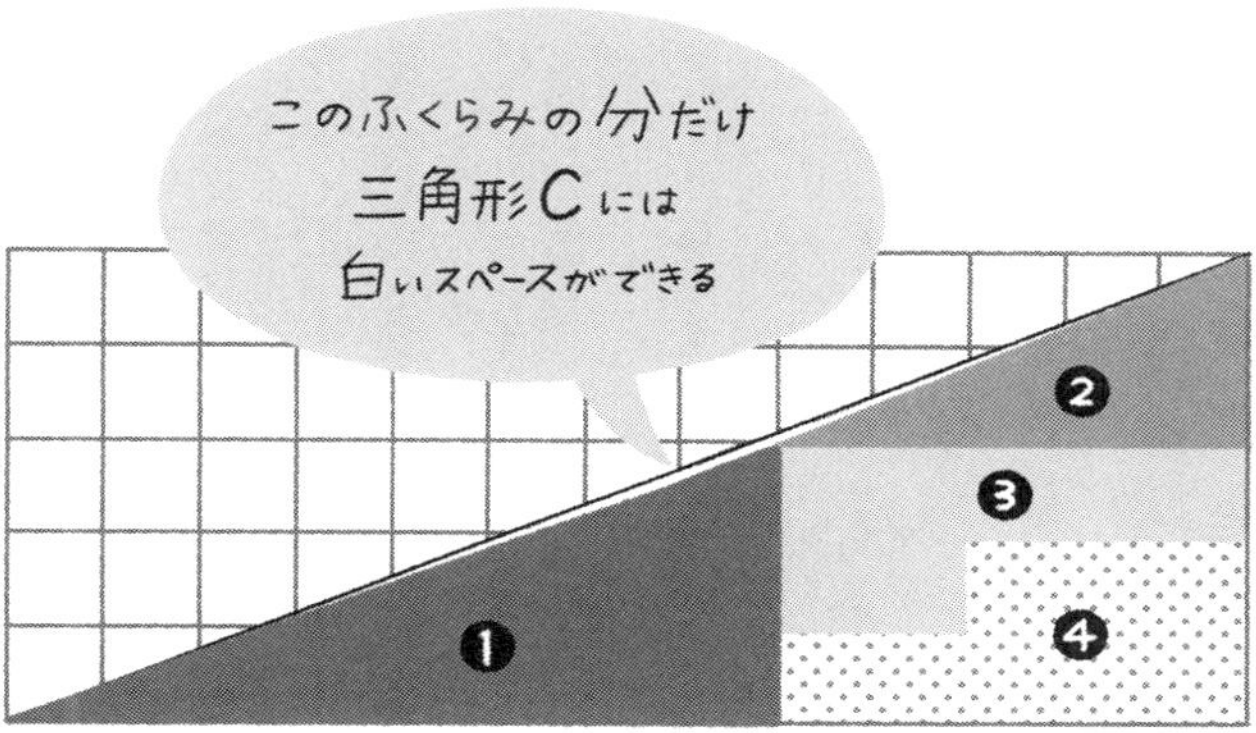

（図２）

「なんでそう思うの？　僕が自意識過剰《かじょう》だっただけってこと？　だって、２人の態度は明らかに——」

「私、知念さんとは３年生になってからも、ときどき話をするの」

図書室で綾斗の話を聞いたとき、瑛は即座に、少し前の知念沙雪との会話を思い出した。そして、錦辺綾斗がとんでもない勘違《かんちが》いをしていることにも気づいたわけだが——その場で指摘することはせず、かわりにこのパズルを出した。

綾斗が自ら正解にたどり着き、自身の勘違いにも気づいてくれればいいと思ったが、それは少し難しかったようだ。

「でも、私から説明するのも違うと思うから……錦辺くん、できればここに、葛西さんを呼んでもらえない？　知念さんには、私から連絡しておいたんだけど」

瑛がそう言ったとき、パズル部の部室の扉《とびら》が開《ひら》いた。

「あ、瑛ちゃん。用事ってなに——って、錦辺くん？　なんでここに？」

入ってきたのは、小柄な女子生徒だ。瑛の元クラスメイトなので、高校３年生だが、それよりも幼く、中学生くらいに見える。そんな女子生徒を見て、綾斗は「ち、知念さん？」と、目を見開いた。続いて瑛に目を向けて、懸命《けんめい》に状況を把握しようとしているようだ。

「知念さんと葛西さんから、直接事情を聞いたほうがいいと思うの」

瑛が「葛西さん」と口にした瞬間、知念沙雪の目もとがひくりと痙攣《けいれん》した。天真爛漫《てんしんらんまん》そうだった表情が、みるみるうちに雲行きを怪しくする。が、瑛は動揺しなかった。

「急に来てもらっちゃって、ごめんね、知念さん。実は、知念さんと葛西さんの関係がギクシャクしていることを錦辺くんが心配して、私に『何か知らないか？』って相談にきたの。だけど、私から話すのもどうかと思って、知念さんに来てもらったのよ。できれば葛西さんもこの場に呼んで、2人から、錦辺くんに事情を説明してあげてもらえない？」

方便《ほうべん》を織り交ぜながら瑛が説明すると、沙雪は身に覚えがある顔になり、「あー……」と視線を泳がせた。小さな指先で頬をかき、気まずそうな苦笑を浮かべる。

「そっか、そうだよね……。錦辺くんも気づいてたよね。ごめんね、気をつかわせちゃって」

「僕は、えっと……」

どういう反応を返すのが正解かわからず、綾斗は瑛と沙雪の顔を交互に、おどおどと見比べる。蘭は部室の奥から、ビーカーの中の溶液《ようえき》の変化を観察するような目つきで状況を見守っていた。バリボリと、ブドウ糖のタブレットを噛み砕きながら。

「いいよ、錦辺くん。万結香《まゆか》ちゃんを呼んで」

やがて、決意のにじむ硬質《こうしつ》な声で、沙雪が言った。

「あたしが呼んでも警戒して来ないかもしれないから、錦辺くんから連絡したほうがいいと思う」

「え？　……わ、わかった」

こうして、綾斗がスマホで葛西万結香にメッセージを送って数分後、彼女はパズル部にやってきた。

万結香は、綾斗と一緒に沙雪がいるのを見て「なんで……」と身を強張《こわば》らせたが、逃げるようなことはしなかった。ただ、頭の左側に作ったサイドポニーテールの先を指先でいじりながら、チラチラと沙雪を盗み見る。沙雪は腕を組んで、つんとそっぽを向いていたが、万結香の存在が気になってしょうがないことは明らかだった。

「葛西さん、はじめまして。私、安藤瑛っていいます。錦辺くんとは去年、同じクラスだったの。それで錦辺くんから、『同じミス研の葛西さんと知念さんがギクシャクしてる』って相談を受けたの。私、事前に知念さんから聞いて、事情はある程度知ってるんだけど、できれば葛西さんたちから直接、錦辺くんに説明してあげてもらえないかしら。錦辺くん、本当に心配していてかわいそうだから」

今度も方便を織り交ぜながら瑛がうながすと、「わかりました……」と、万結香が小さくうなずいた。その頬に、すっと赤みがさす。

うつむいた拍子《ひょうし》に顔にかかった髪を耳にかき上げて、葛西万結香は口を開いた。

「気まずい思いをさせてごめんね、錦辺くん。実は、わたし……2ヵ月前に、彼氏ができたの」

「えっ……？」

「それを先月、沙雪に偶然知られちゃって……それで、沙雪を怒らせちゃったんだ」

「それってどういうこと？」

これまで静観《せいかん》していたはずの蘭が、そこで話に割り込んできた。

「葛西さんに彼氏ができて、それを知念さんが怒るって――まさか、葛西さんの彼氏って、知念さんの彼氏だったとか!?　えっ、修羅場《しゅらば》の三角関係!?」

「ええっ!?」

蘭に続いて綾斗も声を上げてのけ反《ぞ》る。しかし、「そうじゃないわ！」と、すぐさま万結香が声を上げた。その顔は、ますます真っ赤に染まっている。

「わたしが付き合いはじめた彼は……沙雪の、お兄さんなのっ」

「お、お兄さん？　知念さんのっ？」

目を白黒《しろくろ》させて確認する綾斗に、万結香がもじもじしながら、うなずきを返す。沙雪は変わらずつんとしていたが、否定がないのは、つまりは肯定だ。

「沙雪、小さいころからお兄さんのことが大好きだから、わたし、お兄さんと付き合いはじめたことを、どんなふうに沙雪に報告したらいいか悩んじゃって……。お兄さんにも、『親友の沙雪にはわたしから報告させて』って言ったクセに、ぜんぜん報告できなくて……。そうしてるうちに、先月、わたしが彼とデートしてるところを偶然《ぐうぜん》、沙雪に見つかって、『お兄ちゃんと付き合ってるの!? なんで黙ってたの!?』って、怒らせちゃったの。それから、かなり気まずいことになっちゃって……」

「えぇっと、つまり……」

目を閉じた綾斗が片方の手を額にあて、もう片方の手で空中をかき混ぜる。

「知念さんが葛西さんを無視したり、キツく当たったりしてたのは、大好きなお兄さんを葛西さんにとられたみたいに感じてたから……？」

「そんな幼稚《ようち》な理由じゃない！　あたしを器《うつわ》の小さい人間みたいに言わないで！　お兄ちゃんと万結香が付き合いはじめたこと、2人とも示し合わせたみたいに、あたしに黙ってたんだよ？　なんであたしに秘密にするの？　あたしたち、親友だと思ってたのに！」

まるで癇癪《かんしゃく》を起こした子どものように、キンと高い声を沙雪が上げる。むすうっと頬を膨《ふく》らませる姿は、ますます実年齢より幼く見えた。

「ご、ごめんね、沙雪……。言わなきゃ言わなきゃとは思ってたんだけど、沙雪がどんな気持ちなのか、わたしたち、よくわからなくて、どんなふうに報告したらいいのか考えてたら、どんどん時間が経《た》っちゃって……。そんな怒ってるってことは、やっぱり、反対ってことなの……？」

「もうっ、そうじゃなくて！　あたしはべつに、『付き合うな』って言ってるわけじゃないよ。ただ、黙ってられたことが、信頼されてないみたいで傷ついたし、腹が立ったの！　あたしべつに、お兄ちゃんの相手が万結香なら、大賛成だし……」

最後のほうはモゴモゴとくぐもってしまったが、沙雪の言葉はたしかに万結香の耳に——そして、瑛や綾斗の耳にも——届いた。「沙雪ぃ……」と、崩《くず》れそうな声を万結香がこぼして、そのまま沙雪に抱きついてしまう。

「わたし、沙雪を傷つけるかもって思って……すぐに話さなくて、ごめんね。イヤな思いさせて、ほんとごめん」

「わかったよ、もう……。あたしも、イヤな態度とっちゃってごめん。まぁ、一番悪いのはうちの兄貴だから。今度、兄貴におごらせよう。あ、錦辺くんにも迷惑をかけちゃったよね？　一緒におごられる？」

完全に力の抜けている綾斗の肩を、うしろから蘭がポンと叩く。その顔には、ニヤリと嫌《いや》らしい笑みが浮かんでいた。そして、ほかの人間には聞こえないような小さな声でささやく。

「自分をめぐって女子2人が争ってるわけじゃなくて、ザンネンもとい、よかったね、錦辺」

かああっと、綾斗の横顔が耳まで真っ赤に染まる。その顔を、言葉もなく覆《おお》ってしまった綾斗に対して、蘭の追い詰め方は容赦《ようしゃ》がない。

「さっきのパズル、有名なパズル問題なんだよ。実は三角形じゃない図形をきれいな三角形に見せかける、絶妙で巧妙な作図だったでしょ？　いわゆる、錯視《さくし》を利用してるとも言えるパズルなんだけど……錦辺も、思い込みで状況を見誤《みあやま》ったっていう意味では、『錯視』に陥ってたってワケだね。ま、『錯視』でよかったたっていうハッピーエンドだよ」

蘭がそう言った直後、パズル部のドアが大きく開いた。連れ立ってやってきたのは、パズル部の男子3人だ。

3人は、部室の中で抱き合っている見ず知らずの女子2人と、いまだ顔を真っ赤にしたままうつむいている男子生徒と、その背中をおもしろそうに叩いている蘭と、「やれやれ」とでも言いたそうに腕を組んでいる瑛とを順繰《じゅんぐ》りに見て、声をそろえた。

「いったい、何が……？」

重なり合ったその声は、三角形ではなく三重奏となって、パズル部の部室に響きわたった。

「自由行動」について考える

その日の放課後、パズル部の部室にやってきた朝生奏《あそうかなで》は、いやに上機嫌だった。パックジュースのストローをくわえて鼻歌などを歌いながら部室に入ってきたかと思うと、その場にいた安藤瑛たちに、「お疲れさまで～す」と、妙な節《ふし》をつけて手を振ってみせる。

「どしたの、奏。気持ち悪いんだけど」

じっとりと湿度のある目つきになった江東蘭《えとうらん》から、ストレートな言葉を投げつけられた奏だったが、そのだらしない笑顔が崩れることはなかった。「だって、だって！」と、子どものように浮かれた声で言う。

「再来週《さらいしゅう》、僕たち2年生は修学旅行なんですよ！　僕、京都って初めてなんです！　もう今からめちゃくちゃ楽しみで！」

その言葉を聞いた蘭と瑛は、「あぁ」と納得の声をこぼした。究は何も言わずに、相変わらず窓辺で知恵の輪をガチャガチャいじっている。

東明稜高等学校では、2年次に修学旅行を設定している。2年生の全員が、3泊4日の行程《こうてい》で京都を散策《さんさく》するのだ。

「あたしたちも行ったねー、瑛。清水寺とか、金閣寺とか」

昨年修学旅行を経験した蘭と瑛が視線を交わしたとき、部室の扉《とびら》が開いて、暗い声が聞こえた。

「江東先輩、『金閣寺』は正しくないですよ。寺の名前としては『鹿苑寺《ろくおんじ》』——『鹿苑寺金閣』です……」

「イグッチさぁ、ちょっとした間違いを、そんな辛気《しんき》くさい声であげつらわないでくれる？　言われたこっちは、絶望的な気持ちになるから」

辛辣《しんらつ》な感想を口にした蘭に対し、入ってきた井口透は「はあぁ……」と、深く暗いため息を落とした。

「絶望的な気持ちなのは、こっちですよ。俺たち、再来週には修学旅行で京都なんです……」

「たった今、奏からもまったく同じセリフを聞いたけど、なんでそんなにテンションが天と地の差なのよ、あんたたち」

「奏はどうせ、小学生なみにはしゃいでるだけでしょう。いいですよね、悩みのないヤツはお気楽で」

「透くん、ひどいな！　「僕だって悩んでるよぉっ、『誰が好きか』っていう話になったらどうしよう、とか」

「奏の悩みは小中学生みたいね。井口くんは、修学旅行を目前《もくぜん》に、何を悩むことがあるの？」

瑛を唯一、会話の成り立ちそうな相手と判断したのか、透はメガネの奥で疲れきったように光をなくしている瞳を、瑛に向けた。

「安藤先輩たちのときはどうだったかわからないですけど……今年は旅程《りょてい》の2日目に、自由行動の時間があるんです。クラス内で作ったグループで、昼食後から夕食までの間の数時間、決められた範囲内《はんいない》ならどこへ行ってもいいっていう感じで」

「それなら、私たちのときもあったわよ。グループごとに分かれて、行きたい場所を話し合って決めたわよね？」

「そうそう。でも、悩む余地《よち》なんかなかったわ。京都大学一択《いったく》だから。日本人初のノーベル賞受賞者の湯川秀樹《ゆかわひでき》博士をはじめ、ノーベル賞を受賞した科学者を何人も輩出《はいしゅつ》している大学だもん。でね、実際に――」

「江東先輩、その話、長くなるなら、あとででもいいですか？　ちゃんと聞きますから。今、本当に困ってるんです。俺もクラスで男女混同の5人グループを作って、自由行動の時間にどこへ行くかを話し合ってたんです。でもこれが、まったく決まらないんですよ」

「まったく」の部分に腹の底から力を込めて、透は恨《うら》めしそうに吐き出した。

「最初は、グループメンバーの行きたい場所を言い合ったんです。そしたら全員、意見がバラバラで、しかもぜんぜんまとまらなくて……」

——銀閣、行こうよ！　初日《しょにち》に金閣に行くなら、金銀そろえないと。

——いや、金閣に行くんだから、銀閣は行かなくてよくない？「銀閣」っていうけど、べつに銀色じゃないんだよ？　あたし、昔、行ったことあるけど、「えっ、これ？」っていうくらい地味だよ。そもそも、お寺は全体行動でけっこうあちこち見学するから、自由行動のときにまで行きたくないなー、あたし。それよりさ、このサイトに載ってる古民家《こみんか》カフェに、抹茶パフェ食べに行きたいんだけど！

——俺は絶対に鴨川。鴨川っていうか、五条大橋《ごじょうおおはし》。義経と弁慶が戦ったんだぜ。ロマンを感じたいな。

——それこそ単なる古い「橋」なんじゃないの？　それより、何か京都らしい体験系のとこ行かない？　友禅染《ゆうぜんぞめ》体験とか。オリジナルのハンカチとかトートバッグとか作れるんだって。

楽しそうだよ。

――えぇー……。それって、お金かかるでしょ？　俺、不器用《ぶきよう》だし、楽しくない。

そんな会話が、ここ数日、透のグループではエンドレス再生のように繰り返されているのだった。

「毎日毎日、そんな議論に付き合わされて、俺の貴重《きちょう》な時間が消費されるのは我慢《がまん》できないんですよ……」

パイプ椅子に深く腰かけ、テーブルに上半身《じょうはんしん》を投げ出した透が、本当に悲しそうにつぶやく。

状況を把握《はあく》した2人の先輩は、同情するような表情になって腕を組んだ。

「わかるわかる。あたしのときも、グループ内で意見がまっぷたつに割れたっけなー。それでタイムリミットまでにまとまらなくて、結局クジで決めたんだけど、決まったほうの案を推《お》してたヤツが『勝った勝った！』って調子のっちゃったせいで、ビミョーな空気のまま修学旅行になっちゃったよ」

「誰かが妥協《だきょう》するしかないけど、『どうして自分が我慢しなきゃいけないの？』って気持ちになっちゃうと、難しいわよね。高校の修学旅行は一度きりだから、誰だって、せっかくだから楽しみたい、自分の興味あるところに行きたいっていう気持ちになりやすいんだと思う」

「それでも、誰かが妥協しないと決まらないですよ……。今週中には、自由行動中にどこへ行って何をするのかまとめて、行程表を提出しないといけないのに……。京都での『自由』のために、今ある『自由』を放《ほう》棄《き》するなんて、本当にナンセンスです。肉体的にも精神的にも『自由』でいることは、人間が尊《そん》厳《げん》をもって生きるための最低条件なんですよ……」

上半身を起こしたものの、透はうめくようにそう言うと、わざわざメガネをずらして両手の平で顔を覆《おお》った。その深刻そうな様子を目《ま》の当《あ》たりにして、誰も声をかけられない。

「『自由』じゃなくて、単なる『自由時間』だよ。誰も透くんの『自由』を奪《うば》おうなんて思ってないよ」

そう言いかけた奏だったが、あまりに大げさな井口透の絶望感の前に、何も言えなくなってしまった。

奏がストローから口を離したタイミングで、ズゾッと、空気の逆《ぎゃく》戻《もど》りした紙パックが間の抜けた音を立てた。そこへ、チャリリンと澄んだ音が重なる。瑛が目を向けると、窓辺のパイプ椅子から腰を上げた一ノ瀬究が、右手の人差し指の先で知恵の輪を回していた。

「井口、『自由』は、自分の頭と手でつかみ取りなよ」

クルクルと回り続ける知恵の輪の向こうに、にこりと、微笑みがこぼれる。メガネをかけ直した透と目を合わせた究は、回していた知恵の輪を手の平でキャッチしてから、ふたたび唇をほどいた。

「この問題を解くことでね」

Q

A、B、Cの3人がSNSで連絡をとり、「明日、3人で集まって遊ぼう」という話になった。

しかし、3人はそれぞれ次のように主張している。

A「晴れだったら出かけたくない」

B「曇《くも》りだったら出かけたくない」

C「晴れや曇り以外だったら出かけたくない」

明日の天気が、晴れ・曇り・それ以外のいずれかの天気が1日中続く場合、どうすれば、この3人は会うことができるか?

「３人ともワガママだなぁ」

奏がさっそく、唇をとがらせる。

「明日の天気は晴れか、曇りか、それ以外しかないんだから、３人で遊ぶのはムリなんじゃないですか？　晴れだったらBとCの２人で出かけるしかないし、曇りだったらAとCの２人で出かけるしかないですよ」

「『３人で』という前置《まえお》きがあるから、それが正解なわけないですよね、一ノ瀬先輩。それが正解だったら、『修学旅行の自由行動では、意見の合うヤツだけで好きなところに行けばいい。意見が合わないヤツはほっとけ。もしくは、それぞれが好き勝手に行動すればいい』っていう示唆《しさ》だと受け取るしかなくなります。あっ、そうか。わかった。そもそも、『行きたい場所別《べつ》にグループ分けをしろ』ってことですね」

「あはは、そんなこと言うつもりはないよ。やっぱり気が合う仲間でグループを作るのが一番いいと思うよ」

「だから、『気が合う』と思ってグループを作ったけど、ぜんぜん意見がまとまらないんですって！　でも、一ノ瀬先輩が反則《はんそく》な問題を出すわけがないから、必ず３人で遊べる方法があるってことですよね？　まぁ、反則スレスレは多いけど……」

「多いかな？　まぁ、それはさておき、今回のパズルを解くヒントとしては、3人の約束が『集まって遊ぼう』っていう程度だということかな。『自由行動時はグループで行動しましょう』っていう決まりだけがあるようにね。そして、3人の主張はそれぞれ、ある天気の場合は『出かけたくない』ということだけだ。それらをヒントに、論理的《ろんりてき》に考えてみて」

「あ、もしかして」

チョコレート菓子《がし》をポイポイと口に放り込んでいた手を止めて、蘭がつぶやいた。

「3人が集まって遊ぶ場所も、何をして遊ぶのかも限定されてないのがポイントじゃない？」

「遊ぶ場所？」

「そう。しかも、『出かけたくない』条件は天気で、3人ともバラバラ。それなら、天気に応《おう》じて、集まる場所のほうを調整すればいいんだよ。たとえば、明日が晴れた場合、『晴れだったら出かけたくない』って言ってるAの家にBとCが出かけていけば、3人で集まることができるでしょ。曇りだったらBの家、それ以外だったらCの家に、残りの2人が出かけていって、3人で集まって遊べばいいんじゃない？」

究はあっさり、「正解」と微笑んだ。

「江東の言ったとおり、この問題では、遊ぶ場所や目的が指定されていないということがヒントになる。仮《かり》に、集まる目的がスポーツとかショッピングとか映画館に行こうとか決められてたら、3人のうちの誰かが来られなくなって、目的は達成できない。でも、このパズルにおける3人の『目的』は、あくまで『集まって遊ぶこと』だから、状況に応じて『遊ぶ場所』を柔《じゅう》軟《なん》に変えてしまえば、解決できるんだ。つまり、修学旅行中の自由行動をどうとらえるかも、同じなんじゃない？」

最後の一言を、究は透に向けて口にした。透が「どういうことですか？」と、言葉には出さずに、まばたきを繰り返すことで尋ねる。その意図《いと》を正確に読み取って、究は続けた。

「自由行動の時間にどこへ行って何をするかは自由だよね。だけど井口は、どこへ行くべきか——場所を考えようとした。でも、ある場所へ行くことだけが、自由行動の『目的』になるわけじゃないよね。だってさっき朝生は、『修学旅行に行く』ってだけでソワソワしてたじゃない」

「たしかに、僕は『修学旅行楽しみ！』としか思ってなかったです」

えへへと笑いながら、奏が頰をかく。そんな奏を、「そう」と究は指さした。

「それでいいんじゃない？　目的は単純に、『京都での自由行動を楽しむこと』。井口は、『場所』にとらわれすぎてるんじゃないかな。少し目的を変えてみれば、現状を打開《だかい》できる可能性は十分にあると思うよ」

そう言うと、究は手の中にしまっていた知恵の輪を、ふたたびもてあそびはじめた。

黙って話を聞いていた透は、今は真剣な表情であごをさすっている。

「なるほど……。目的地を設定《せってい》するんじゃなくて、『楽しむ』っていうことを目的に設定し直せば……つまり、リフレーミングすればよかったのか。今の話をグループにフィードバックすれば、なんとかなるかな。とはいえギリギリだから、俺がイニシアチブをとって――」

「イグッチ、あんたたちのグループの話がまとまらないのは、あんたのその話し方がまったく伝わらないからなんじゃないの？」

「そんなことないですよ……」と言いながらも、透の顔色は先ほどよりも明るく見えた。

「それにしても、修学旅行か。なんだか、なつかしい響きだな」

「一ノ瀬くんは去年の修学旅行、自由行動の時間でどこへ行ったの？」

つぶやいた究に、瑛は何気《なにげ》なく尋ねた。返ってきたのは、「さぁ」というとぼけた声だった。

「どこだったっけ。忘れちゃったなぁ」

「まぁ、あんたはどこに行っても、その知恵の輪をガチャガチャやってたんでしょうけどね」

蘭の言葉にあくびをかぶせて、究はそのままパイプ椅子に戻《もど》った。

「修学旅行、晴れるといいね」

＊　＊　＊

そして2週間後、透と奏は修学旅行で京都に出かけていった。その間、放課後のパズル部には3年生が3人だけという珍《めずら》しい状況が生じたが、特段《とくだん》に変わったことが起こることもなく、1週間後に2年生組も部室に帰ってきた。しかし、その表情はなんとも暗く、沈んでいた。

「どしたの、2人とも。楽しい楽しい修学旅行だったんでしょ？　なんでお通夜《つや》みたいな顔してんの」

「井口のグループは結局、自由行動の時間はどうなったのかな？」

蘭と究から尋ねられた2人の2年生は、そろって「はあ……」と深いため息を落とした。

「どうもこうも、って感じでしたよ……。あ、これ、お土産《みやげ》です」

「あ、僕からもー」

透は究に、奏は蘭に、それぞれに買ってきたらしい京都土産を差し出す。「おっ、生八《や》ツ橋《はし》！　サンキュー、奏！」と蘭は瞳を輝かせると、お茶の準備に取りかかった。その背中を見るともなしに見つめていた透が、ふたたびため息をつく。ひどく落胆、そして疲弊《ひへい》したため息だった。

「一ノ瀬先輩に言われたことをグループのメンバーに伝えて、自由行動の行程はリスケジュールできたんです。『目的地』を考えるんじゃなくて、『みんなで楽しむこと』を一番に考えようって話したら、みんな納得してくれて、なんとか、みんなで楽しめそうなプランには変更《へんこう》できたんですけど……」

「けど?」

「ニュース、見てないんですか? 修学旅行の2日目、京都は大雨だったんですよ」

すでにパッケージを破《やぶ》って、誰よりも先に生八ツ橋を頬ばっていた蘭が、さすがに「えっ」と声をもらして、口の動きを止めた。透は心を無にしようとしているかのように、ハンカチでメガネのレンズを磨《みが》きながら、表情を消す。

「それこそ警報級の大雨で、それが原因で事故も起こってたみたいで、電車やバスも止まっちゃうし……。それで引率《いんそつ》の先生たちが、『この状況で生徒たちに自由行動させるのは危険だ』って判断して、本来なら自由行動だった2日目の午後は、全員でホテルに缶詰《かんづ》めです」

「イッキュウ先輩みたいに知恵の輪が好きな人ならよかったかもですけど」

パイプ椅子に座り、机に頬をくっつけるように倒れ込んだ奏が、恨《うら》みつらみに染まった声で言う。楽しみにしていた分、ホテルでの缶詰《かんづ》めがよほどこたえたのだろう。

後輩たちの言葉を聞いていた瑛は、気《き》の毒《どく》そうな表情になって奏の背中をさすった。

「京都が大雨だっていうニュースを見て、『奏たち、大丈夫かな……』って思ってたの。修学旅行中に先輩から連絡がくるのも嫌かと思って、メッセージは送らなかったんだけど……そんなことになってたのね。無事でよかったけど、残念だったね」

「俺が天気のパズルなんか出したからかな。実際は、雨で全員ホテルに集まっても、ぜんぜん楽しくなかったっていうオチか。現実は、パズルと違うもんだね」

悠長《ゆうちょう》に言い放ったのは究だった。透から受け取った京都土産の包み紙を、蘭より丁寧《ていねい》な手つきではがすと、究にしては珍しく、ぱっと明るい笑みをこぼす。その微笑みを透に向けて、究は淡々と言った。

「だから俺も、万が一のことを考えて井口に頼《たの》んだんだよ。お土産は井口たちが行く予定の古民家カフェが店頭でのみ限定販売している抹茶のバウムクーヘンがいいけど、もしもカフェに行かなかったり、売り切れで買えなかったりしたら、ホテルの近くの『津名《つな》や』の栗みたらし団子か、『ボヌール・ドゥ』京都本店のボンボン・ショコラでよろしくって」

にこにこと微笑みをたたえながら、究が、手にしていた箱を開ける。中には、まるで宝石のような存在感を放つ芸術的《げいじゅつてき》なチョコレートの数々が、ずらりと並んでいた。

「『ボヌール・ドゥ』のボンボン・ショコラ!? うっわぁー、その手があったかぁ！ そうだよね、京都が本店だもんね……抜《ぬ》かったわ……」

蘭がなぜか悔しそうに声を上げる。一方の究は、鮮《あざ》やかな金色のラインが描かれたダークブラウンのチョコレートを指先でつまみ上げると、ゆっくりと口に入れた。その表情が数秒して、満足げに崩れる。

「うん。晴れなら限定の抹茶バウムクーヘンが食べられたかもしれないけど、このショコラを味わえるなら悔《く》いはないね」

「『悔いはない』って、一ノ瀬くん、あなた何もしてないじゃない。井口くんは、あなたのお使いで京都に行ったんじゃないのよ！」

「プランAがダメな場合にはプランBを、それもダメな場合にはプランCを、と、あらゆるケースを想定して準備しておくのは、ビジネスの基本だよね、井口」

「う……」

「それに俺は、基本的にいつも『自由行動』だから」

そううそぶいて、究は2つめのボンボン・ショコラを箱から選《えら》び取《と》る。

少し苦《にが》くて甘い香りが、パズル部の部室にただよった。

「一ノ瀬究」について考える①

安藤瑛《あんどうあきら》と江東蘭《えとうらん》がそろってパズル部の部室に向かっていると、「お疲れさまでーす！」と、背後から「陽気」と「のん気」を足して、2をかけたような声が近づいてきた。振り返ると、手を振りながら朝生奏《あそうかなで》が小走りにやって来る。そのうしろには、井口透《いぐちとおる》の姿もあった。

「2人とも、今終わったとこ？　私たちは帰りのホームルームが長引いちゃったんだけど」

「一度、部室に向かってたんですけど、途中で僕が忘《わす》れ物《もの》に気づいて取りに戻って、透くんも付き合ってくれてたんです。それで遅くなっちゃいました」

そんな会話を交わしながら4人で部室に向かう。瑛が部室の鍵《かぎ》を取り出したのを見て、「あれ？」と奏が不思議そうに首をかしげた。

「イッキュウ先輩もまだなんですか？」

「今日は遅くなりそうだって、さっきメッセージが届いたの」

「珍しいねー」

瑛が開錠《かいじょう》した扉を開けて中に入ると、窓にカーテンが引かれた夕暮れの室内は薄暗《うすぐら》かった。

誰よりも先にやってきた一ノ瀬究《いちのせきゅう》が窓のカーテンを開けて、そのそばのパイプ椅子に安楽椅子探偵《たんてい》気どりで腰《こし》かけて黙々《もくもく》と知恵の輪をいじっているのが常《つね》だから、扉もカーテンも閉めきられた部室に入るというのは、実は瑛たち4人にとっては珍しいことだった。

「イッキュウ先輩って、ほんとに部室が好きですよねー。ここが一番リラックスできる場所って感じがしますもん」

究のかわりにカーテンを開けながら、奏が言う。異論を唱《とな》える声は上がらない。が、「だけどさぁ……」と、奥歯《おくば》にモノが挟まったような声が、蘭の口からこぼれた。

「一ノ瀬ってホント、謎だよね。あたしも瑛も、一ノ瀬の存在を知ったのって、2年の終わりに一ノ瀬が初めて科学部に来たときじゃん？　あんな面白い研究対象が、それまであたしのセンサーにひっかからないなんて、あり得るかな？」

「そういえば、前にもそんな話をしたわね。ファストフード店で、井口くんの中学の同級生と偶然《ぐうぜん》会ったときに」

「あぁ……そんなこともありましたね」

若干《じゃっかん》苦い記憶が掘り起こされたのか、パソコンの前に座った透が口をへの字にする。

「たしか私、あのとき、一ノ瀬くんに聞いたのよね。『もしかして、編入《へんにゅう》してきたの?』って。結局、答えを聞く前に別の話題に移っちゃったけど」

「あー、そうだった、そうだった。あのあと、うやむやになっちゃって、一ノ瀬からは何も聞き出せてないよね……あっ、わかった!!」

「何が?」

「一ノ瀬って、高3デビューなんじゃない? それまで、ずっとジミメンだったから、卒業までに何か爪痕《つめあと》を残そうとして、必死にキャラ作りしてんのよ。たまに、キャラぶれしてるって感じるのが、その証拠《しょうこ》!」

「蘭がそうやって変なほうに話題をもっていっちゃうから、いつも一ノ瀬くんにはぐらかされるのよ!」

瑛の言葉に、透がうなずく。

「江東先輩の考えは、まったく前提が間違《まちが》っている気はしますけど、『キャラぶれ』っていう部分は、たしかに俺も感じるときがあります。転校生、もしくは編入生だから、というだけじゃ、この違和感は説明しきれない気もしますね」

「でしょ!? なーんか秘密がある気がすんのよねぇ、一ノ瀬には。まさか、あたしたちの研究を狙ってる、どこかの国か企業《きぎょう》のスパイって可能性はない？」

「蘭、だから、それ！」

「科学者を名乗るなら、せめてもう少しマトモな仮説を立ててくださいよ……」

「だったらイグッチは一ノ瀬のこと、どう思うのよ!?」

「俺は別に、そこまで一ノ瀬先輩の過去にはこだわってないんで。……まぁ、可能性として考えられるのは、ほかの学校で問題を起こしたか何かで東明稜に編入してきた、とか、そんなところですかね。もしかしたら、『一ノ瀬究』っていう名前だって、改名したあとの名前かもしれませんよ。名前を変えるまでしていたら、けっこうな過去がありそうですけどね。まぁ、そういう『謎』は、解《と》かないにかぎる気がしますよ」

「ま、待って、透くん。江東先輩も！　イッキュウ先輩がいないところで、僕たちが憶測《おくそく》で好き勝手なことを言うのは、よくないと思います……！　そんなに気になるなら、もういっそ、イッキュウ先輩本人に確認しましょうよ」

奏が蘭と透の間に割《わ》って入《はい》る。瑛は神妙な顔つきになって、「たしかに、欠席裁判はよくないわね……」とうなずいたが、蘭は、「あまいっ！」と声を上げて奏の鼻頭《びとう》を指さした。

「奏……。あんたのその甘さ、いつか命とりになるよ」

「え？　どういうことですか？」
はぁ……と深いため息をついた蘭が、つかつかとホワイトボードに歩み寄る。
そして、キュッキュと音を立てながら、マーカーで何かを
描き込んでいく。

Q

下の絵は、ある駐車場《ちゅうしゃじょう》を真上から見た様子である。
ひとつの枠内に車が停《と》まっているため、その車の
下に書かれた数字だけが見えなくなっている。
隠れている数字は、なんだろうか？

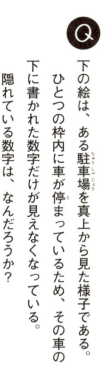

「はい、奏！　この問題、わかる？」

蘭から名指《なざ》しされた奏は、「えっ、えーっと……」と、律儀《りちぎ》に考える姿勢になった。

「左から、16、6、68、88……次に車が停まってて、その次が98って、数字がランダムに並んでいるようにしか見えないですけど、きっと何か法則性があるんですよね！　うーん……6と8が多いような気がするのは関係あるのかな」

「関係あるといえば、あるね」

やがて、腕組みをして、むむむ……と眉間《みけん》にシワを寄せながら、奏は何かを絞り出すようにつぶやいた。

「66、とか……？」

そして、チラリと蘭の表情を盗《ぬす》み見て、蘭の反応がないと見るや、すぐに言い直す。

「いや、69かな……」

「どっちよ。それに、根拠は？」

蘭の鋭《するど》いツッコミを受けて、奏は、むむむ……と、眉間のシワを深くしたが、やがて限界がきたのか、「ぷはっ」と息を吐いて組んでいた腕をほどくと、両手を頭上に掲《かか》げた。

「やっぱりわかんないです。降参《こうさん》です」

「ったく……。やっぱり、まだまだ発想《はっそう》の引き出しが足りないか……」

「私、わかったわ」

半目《はんめ》になった蘭に向かって、奏とは違う意図《いと》で片手を上げたのは瑛だ。「おっ」と嬉しそうに目を開いた蘭が、瑛のほうに顔を向ける。

「じゃあ瑛、説明してくれる?」

「えぇ。まず、この絵は、駐車場をどの方向からとらえた絵なのかを考える必要があるの。ほとんどの駐車場が、運転手にわかりやすいように、車が進入してくる方向に対して数字が正しく読めるようにナンバリングしてるでしょ? それは当たり前よね。でも、この図が、どの向きかはわからないわよね」

そう言って、瑛はホワイトボードに近づくと、取り出したスマホで唐突《とうとつ》にホワイトボードを撮影した。ディスプレイには、蘭が描いた駐車場の絵が映し出される。

「つまり、蘭が描いたこの絵は、駐車場を車が入ってくる方向からじゃなくて、反対側からとらえているの。だから、正しい数字は、蘭の絵を180度回転させると現れるわ」

そう言って瑛はスマホを机に置くと、画像を180度回転させた。

「あっ、すごい！　これならすぐにわかります！　車が停まっているスペースは、87だったんですね！」

「そういうこと。あんた、これくらいノーヒントで解けるようになりなさいよね」

蘭に厳《きび》しい評価をもらった奏は、「すみませぇん」と苦笑しながら頭をかいた。

「でも、この問題を解いて、イッキュウ先輩の何がわかるんですか？」

「あたしが言いたいのは、一ノ瀬はこの問題と一緒ってこと。つまり、『あんたって何者？　何を隠してるの？』って真正面《ましょうめん》から尋ねたって、煙《けむ》に巻かれて、ハイ終了！　そうやって科学部が乗っ取られたことを忘れたの？　真正面から挑《いど》んでも謎が解けないなら、この問題みたいに、裏を読むしかないでしょ」

「そうかなぁ……。イッキュウ先輩ってミステリアスだけど、イジワルなわけじゃないから、僕たちが真剣な態度で向き合おうとすれば、ちゃんと応えてくれると思いますけど……」

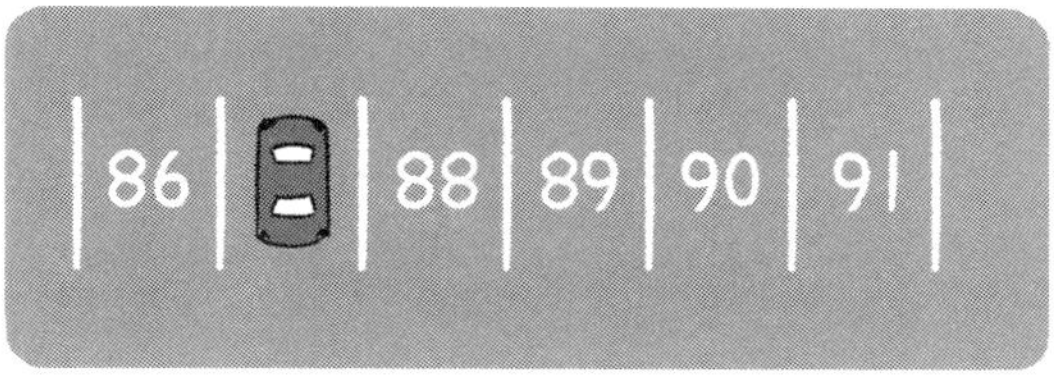

「そーゆーところが奏は甘《あま》いのよ！　仮にも警察関係の仕事を目指してるなら、まずは、『他《ひ》人《と》を疑う』ことを覚えなさい。『信じる者が救われる』のは、宗教よ。あたしたち科学者は、すべてを疑うの。そして、すべてを――自分自身すらも疑った果《は》てに、真実が浮《う》き彫《ぼ》りになるのよ」

「哲学者のデカルトの『コギト・エルゴ・スム（我思う、ゆえに我あり）』みたいですね」

「そうよ。その言葉が載《の》ってるデカルトの『方法序説《じょせつ》』は、科学論文集なんだから。科学も哲学も、根っこは同じ。哲学者の名言好きのイグッチが科学部に入るべきだった理由がわかったでしょ？」

２人の会話を聞いていた奏が困《こん》惑《わく》顔で言った。

「２人とも、何を言ってるのか、さっぱりわかりませんよ。なんかイッキュウ先輩をダシにして、自分の発言に酔《よ》ってる感じがするなぁ。江東先輩、ふつうに聞くのがダメなら、ほかにどんな方法があるんですか？」

「奏、いいことを教えてあげるわ。日本のお城には搦手門《からめてもん》っていう、攻めてくる敵を背後から襲うためにも使われた門があるのよ。あたしを、『科学の天才』だけの人間だと思ったら大間違いなんだから」

くくく……と、蘭がノドの奥で笑う。瑛は早くも、これから起こることを先取《さきど》りしたように、疲労感を覚えていた。

「えぇっ、ケチー！　なんで教えてくれないのよ！」

「そんなこと言われても……」

教え子から「ケチ」呼ばわりされた、東明稜高等学校の数学教師にして、パズル部顧問の那智彰悟《なちしょうご》は、困ったような表情を浮かべた。「搦手《からめて》から攻める」と発言した蘭が提案したのは、パズル部の顧問である那智に聞く、という方法だった。那智なら一ノ瀬究の事情を知っているに違いないし、那智なら容易《ようい》に攻め落とせる、という考えだ。

蘭だけでは暴走するかもと考えた瑛と奏は付《つ》き添《そ》いで一緒に来たが、透は同行を断り部室に残っている。「俺は一ノ瀬先輩の過去にはこだわっていない」と言っていたのは、あながちウソというわけでもなかったらしい。

「『一ノ瀬の秘密を教えろ』なんて教師の僕に言われても、何も答えられないよ。そもそも、プライベートなことなんて知らないし」

「てことは先生、プライベートじゃないことなら、知ってるんだ？　そもそも、生徒のことを

『知らない』なんて恥《は》ずかし気もなく言える人、教師失格なんじゃない？」

蘭が那智の揚《あ》げ足を取るようにして、鋭く瞳を光らせる。那智は微妙に失敗した表情になったが、すぐに真剣な表情に切《き》り替《か》えて蘭を見つめ返した。

「そんな挑発したって、僕から話せることはないよ。ほかの先生も一緒だ。彼のあずかり知らないところで、プライベートだろうが、そうじゃなかろうが、僕がペラペラしゃべるのはおかしいだろ？」

蘭が言葉に詰《つ》まる。その肩に、瑛が手を置いた。

「蘭、先生の言っていることが正しいわ。蘭だって、私が蘭の秘密《ひみつ》を、蘭の知らないところで他人に話してたら嫌でしょ？」

「江東先輩、部室に戻りましょうよ。僕、早く昨日の実験の続きをしたいな！　それに、江東先輩や安藤先輩がいないと、イッキュウ先輩も寂《さび》しいと思いますよ」

「あいつに、そんな感情があるわけないでしょ！」

「なのに、江東先輩はイッキュウ先輩のことが気になるんですか？　片想いみたいですね」

「奏、あんた殴《なぐ》られたいの!?」

「おいおい、職員室で、そんな物騒《ぶっそう》なこと言わないでくれよ。そういう冗談《じょうだん》を言いたいなら、部室に戻《もど》ってくれ」

そうして蘭たち3人は、体《てい》よく職員室から追い出されることになった。

「さぁ、早く、部室に戻りましょ」

「その前に、もうひとつ寄ってくところがあるわ」

蘭が低い声でつぶやいて拳を握りしめるのを、瑛と奏は「え？」と声をそろえて、一歩うしろから見つめることしかできなかった。科学者を自称《じしょう》する蘭にとって、一度疑問を抱いたことには論理的な解答を与えなければ気がすまないのだろう。科学や実験のスタート地点には、いつだって「なぜ？」「どうして？」「どうすれば？」という疑問が存在する。疑問こそが、科学のエンジンなのだ。しかし、人間の内面的なことは科学とは異《こと》なり、そこに答えを準備できるとは限らない――などという理屈は、今の蘭には聞こえもしないに違いない。

つかつかと廊下《ろうか》を進む蘭に、瑛と奏はついていくことしかできなかった。そうして2人を従えた蘭がようやく足を止めたのは、「文化祭実行委員会」と書かれたプレートのある部屋の前だった。

「手塚《てづか》、いるんでしょ？」

断りもなくドアを開けられた文化祭実行委員会の面々は、ギョッとした目を蘭に向けた。

「な、なんだよ、江東か……。と、安藤も？」

「手塚。単刀直入《たんとうちょくにゅう》に聞くけど、ウチの一ノ瀬とどういう関係？」

文化祭実行委員長の手塚夏輝《なつき》は、虚《きょ》をつかれたように、「なんなんだよ、いきなり……！」と言いつつも、すぐに部屋から出てきて、うしろ手に扉を閉めた。廊下で話そうというのだろう。

「あんた、前にウチの部室に来たとき、一ノ瀬のことを『先輩』って呼んでたでしょ。一ノ瀬に対してだけ敬語だったたし。あいつはあたしたちと同じ3年生なのに、おかしくない？　一ノ瀬が『先輩』って、どういうこと？」

矢継《やつ》ぎ早《ばや》の質問を受けた夏輝が動揺《どうよう》する。蘭は、その動揺を見逃さず、さらに間合いを詰《つ》めた。

「どうって……俺と一ノ瀬、さんは、同じ中学の出身っていうだけだよ」

「先輩」呼びを封印したものの、蘭の詰問《きつもん》からは逃げられないと判断したのか、蘭から目をそらしながら夏輝は白状した。

「一ノ瀬さんは俺より1学年上だった。東明稜に進学したことはあとから知ったけど、だから俺も東明稜に進んだっていうわけじゃなくて、単なる偶然《ぐうぜん》。なんで1学年上のはずの一ノ瀬さんが、同じ学年に在籍しているのかは……よくわからない」

『「よくわからない』って何？　理由は知ってるけど、理解はできないってこと？」

「いや、言葉の綾《あや》だよ。高校は義務教育じゃないんだから、成績や出席日数しだいで進級できないこともあるだろ。一学年上のはずの一ノ瀬さんがまだ東明稜にいるってことは、何かしら、そういうことになるような事情があったんだろうなって推測《すいそく》できるっていうことだよ。何があったのかは知らない。ただ、少し長めに学校を休んでいた時期があったみたいだって聞いたことがある。それだけ」

これが刑事ドラマでいう、「半落《はんお》ち」という状態なのだろう。夏輝は、「もういいだろ？」とイライラした口調で話を切り上げ、委員会室に戻っていった。蘭も、それ以上にしつこく追いかけることはしなかった。

「少しだけ見えてきたけど、やっぱりまだ謎を解くパーツが足りないわね」

瑛にうながされてパズル部の部室に向かいつつ、蘭の思考はまだ「究の秘密」にとらわれたままだった。

「蘭、もういいんじゃない？　仮に一ノ瀬くんがなんらかの事情で留年していたんだとしても、本人に話す気がないなら、私たちにそのことを追及する権利はないわ」

「そうですよぉ。これ以上、詮索《せんさく》するのはやめといたほうがいいですって」

瑛と奏に両《りょう》サイドからたしなめられた蘭が、「うーん……」としょっぱい顔でうなる。

そのとき、前方でバンッと扉が開いた。

「井口くん、どうしたの？」

いつの間にかパズル部の部室の前まで戻ってきていたことに、３人はようやく気づいた。部室から飛び出してきたのは留守番をしていた透だった。ただし、何やら珍しく焦《あせ》った表情をしている。その焦った目で、透は奏をまっすぐ見つめて叫んだ。

「奏、逃げろ！」

「えっ？」

意味がわからず立ち尽くす奏と、それを見つめる瑛と蘭。そのとき「えっ、奏くんっ？」という上《うわ》ずった声がパズル部の部室から聞こえてきたかと思うと、透を押しのけるようにして、何者かがバッと飛び出してきた。

飛び出してきた人物と奏の目が廊下でバッチリと合い——その瞬間に、奏がさっと青ざめる。

「あぁーっ！　奏くんだぁ！」

黄色い声のお手本のような声を上げながら、１人の女子生徒が飛び跳《は》ねるように駆け寄ってくる。それを見た奏は青い顔のまま、くるりと回れ右をしたが、数秒遅かった。

「奏くん、会いたかったーっ！」

「うわあっ！」

女子生徒がガバッと奏の背中から覆《おお》いかぶさるように抱き着き、奏が素で悲鳴を上げる。その光景を３人が呆然《ぼうぜん》と見つめる。

そこに、もう１人の人物がひょっこりと、パズル部の部室から顔を出す。

「なんだかすごく、愉快《ゆかい》なことになってるなぁ」

「一ノ瀬……」

蘭が無意識でその名をつぶやいた相手――一ノ瀬究は、廊下《ろうか》の騒《さわ》ぎを眺《なが》めながら、くすっと笑みをこぼした。

「直感と論理」について考える

いったい何が起《お》こっているのか。江東蘭《えとうらん》は、今の状況を論理的に把握《はあく》することができなかった。ただ、突然奏《かなで》に抱き着いてきた女子生徒は安藤瑛《あんどうあきら》の顔見知りだったらしく、気づいた瑛が「楓花《ふうか》っ？」と、珍しく裏返った声を上げた。こたえる女子生徒も、「あっ、瑛ぁ〜」と調子が軽い。抱き着かれたままの朝生《あそう》奏はゲッソリと、この一瞬で頰が削《そ》げ落ちたように見えた。

そんな混沌《こんとん》とした状況下で、唯一、冷静さを保っていた一ノ瀬究《いちのせきゅう》が、さわやかな笑顔で言う。

「廊下で騒ぐのもなんだし、とりあえずみんな部室に戻ったら？」

こうして、パズル部の5人と、瑛に「楓花」と呼ばれた女子生徒はパズル部の部室に戻っていった。楓花は瑛が勧《すす》めたパイプ椅子に腰を下ろしたものの、絶妙に距離をとっている奏に手を振ったり、「奏くーん」と名前を呼んだりとアピールを続けており、対する奏は通学用のリュックを抱きしめ、反対側の壁際《かべぎわ》のパイプ椅子にひざを立てて縮《ちぢ》こまっていた。

「えっと……これはどういう状況なの？」

しびれを切らした蘭の問いに答えたのは、井口透《いぐちとおる》だった。

「江東先輩たちが出ていったあと、俺が1人で留守番してたら一ノ瀬先輩が来て……そのすぐあとに、この人が訪《たず》ねてきたんです」

「あ、彼女は芳野《よしの》楓花。私とは、幼稚園からずっと一緒の友だち」

瑛が透の説明を補足《ほそく》する。

「楓花でーす！『友だち』っていうかぁ、瑛とは、ちっちゃいころからの大大大親友でーす！」

たっぷりの笑顔でそう言った楓花が、指先でハートマークを作る。テンションの高さが完全にまわりから浮いているが、本人はまったく気にしていないらしい。

「それでこの人、『奏くん、いる？　パズル部って聞いたんだけど、どこにいるの？　会わせてほしいんだけど～』って、しつこ――執拗《しつよう》に聞いてきて」

ギリギリのところで「しつこい」を「執拗」に言い換えた透だったが、まったくマイルドになっていない。おそらく「我関《われかん》せず」を決め込んだ究にかわって、楓花の相手をしていたに違いない。目もとに疲労の色が見える。先ほど透が奏に対して「逃げろ！」と叫んだのも、なにかしらの本能が、そうさせたのだろう。

「楓花が奏に用って、どういうこと？　2人、面識《めんしき》あったの？」

「もー、面識も何も……ねぇ、奏くん？」

瑛の問いかけを受けた楓花が、妙に生《なま》めかしい視線を奏に送る。奏は壁際で、生まれたての小鹿《こじか》のように震えながら、「できることなら面識なんていらなかった……」とか「僕はハッキリ断ったのに……」とか、ブツブツ唱えている。

それらの様子を見た瑛の脳裏《のうり》に、楓花と出会って何度目かのイヤな予感がよぎる。

「まさか、楓花……？」

「実はね、瑛――あたし、奏くんのことが好きになっちゃったの！」

「はあぁぁっ!?」

盛大な叫び声を放《はな》ったのは蘭だ。予想していた瑛と、すでに知っていたのだろう透と究は、実に微妙な、心のどこかで気の毒がっているような表情を浮かべる。奏は、「もうやだ……」と、本格的にリュックに顔をうずめてしまった。

そんな奏に近づいた蘭が、無遠慮《ぶえんりょ》に奏の背中を小突《こづ》く。

「ちょっと奏、どういうことっ？　あんた、恋にうつつを抜かしたまま、あたしの実験助手が務まるの？」

「うつつなんて、抜かしていません。僕もパニクってるんです……なんならビビってます」

もうすでに、奏は涙声だ。さすがの蘭も、奏と楓花、そして瑛を見比べることしかできない。そんな膠着《こうちゃく》状態に一石を投《とう》じたのは瑛だった。

「楓花……あなたの惚れっぽい性格、ぜんぜん変わってないのね。小学校のときからクラスが替わるたびに好きな男の子もすぐに変わって、中学3年間で、いったい何人に告白したっけ？」

「えぇー、たったの10人くらいだよ？　それに、付き合ったのは、中2のときと中3のときの2人だけだったし。しかも、どっちとも長続きしなくて別れちゃった。やっぱり、恋愛がホントに楽しくなるのは高校生になってからかなって思って、東明稜に入ってから告白したりされたりで3人くらいと付き合ったけど、なぜか誰ともうまくいかなくてさー。それからもずーっと、あたしは真実の愛を探してたの。それで出会ったのが、奏くんだったの！」

キラリと光る瞳を向けられた奏が、ビクリと震えてますます小さくなる。まるで、腹をすかせたネコの前に引きずり出された子ネズミだ。

そんな奏の様子を気にとめることもなく、楓花は饒舌《じょうぜつ》に話し続けた。

「2週間くらい前、あたし、日直で、クラスのノートを集めて職員室に運んでたの。それをうっかり階段でバラまいちゃってさ……。1人で拾ってたら、奏くんが通りかかって一緒に拾ってくれて、『大丈夫《だいじょうぶ》ですか？　階段は危ないから、気をつけてくださいね』って笑ってくれたのよ！　それで！」

それで好きになった、ということなのだろう。両手で頬を挟《はさ》んだ楓花が、きゃーきゃーと体をくねらせる。「あの笑顔にもうキュンときちゃって！」とか、「あの声、すごく優しくて、一瞬で恋に落ちちゃった。あたし今まで、恋って『探す』ものだと思ってたけど、わかったの。恋って『落ちる』ものだったのね」とか、完全に自分の世界に浸《ひた》っている。

「僕は、ただ困っている人を助けただけだったんです。なのに、その次の日にいきなり昇降口で待ち伏せされて、『好きになっちゃった！』って言われて……。うっかり名前とクラスを教えたら、それからも頻繁《ひんぱん》に教室を訪ねてきたり、『2人でどこか遊びに行こうよ』って誘われたりしてるんです。僕、『付き合うつもりはありません』って、ハッキリ断ったんですけど……」

奏が疲れきったため息をこぼす。さすがに同情の気配をにじませる蘭だったが、一方で、興味や好奇心には抗《あらが》えなかったらしい。

「でも、なんで告白、断ったの？　奏、彼女がいるわけじゃないでしょ。こんなに愛されているなら本望《ほんもう》じゃない」

「僕、グイグイくる人が苦手なんですよ……」

「なに、そうなのか？　江東先輩とのやりとりを見てたら、むしろ、そういうタイプとうまくいくのかと思ってた」

「それに僕、自分から好きになった人と付き合いたいタイプなんですよ。もちろん、好きになってもらえるのは嬉しいんですけど、自分から好きになったほうが、自分らしく行動できるような気がしてて……」

「それ、江東先輩にも、ハッキリと言ったほうがいいぞ」

透のツッコミがいちいち奏の肩に重くのしかかっていたことは、奏本人しか知らない。

奏たちがそんなやり取りをしている最中《さなか》にも、楓花は「奏くん、どうしたのー？」と、頬を紅潮《こうちょう》させながら様子をうかがっていた。ネガティブな言葉は何ひとつ耳に入らないらしい。

はぁ……とため息をついた瑛は、幼なじみの肩に手をかけた。

「楓花、こんなこと言うのもなんだけど、奏は楓花に合わないと思う」

「え、どうして？」

「奏って、あんまりアクティブじゃないの。楓花、付き合ったらあちこちデートに行きたい派でしょ？　奏、そういうのには付き合い悪いと思うよ」

「新鮮！　今までの彼氏にいなかったタイプかも。奏くんがインドア派なら、あたしもそれに合わせるよ！　おうちデートとかも楽しいし」

「でも、奏って寝るのが好きだから、おうちデートだと寝てばっかりかも……。部室でも、よく寝てるし」

「えぇー、なにそれカワイイ！　奏くんって子犬っぽいし、寝てるのも似合いそうだよね！　寝てるところ、永遠《えいえん》に見てられるかも」

「永遠に寝てるんなら僕、死んじゃってますよ、それ……」

何を言っても響かない、ある意味、超ポジティブ思考の相手に、瑛がネガティブ砲《ほう》を連射した。瑛の意図を察知《さっち》した蘭が、援護射撃《えんごしゃげき》を開始する。

「奏って、成績もそんなによくないよ。じゃあ運動神経がいいのかって聞かれたら、それもビミョーで下の上ってところ。見てのとおり細《ほそ》っこくて頼りないし、ちょっとのことですぐに泣くし、ビビりだし。いざってときには、ぜんぜん役に立たないと思う。楓花ちゃんのこと、守ったりできないよ」

「江東先輩、それはただの悪口です。奏がダメージ受けてます」

進言《しんげん》する透の横で、リュックを抱きしめる奏はぷるぷると震えていた。唇はぎゅっと結ばれ、心なしか涙目になっている。それを見て蘭は、「この無様《ぶざま》な姿をご覧なさい」という表情を浮かべたが、楓花は、逆に瞳を輝《かがや》かせて両手を胸の前で組み合わせた。

「奏くん、カワイイ……！　大丈夫だよ、むしろあたしが奏くんのこと守ってあげるから！　奏くんは今度こそ本当に、あたしの運命の人だって思うの。あたしの直感がそう言ってる！」

――だめだ、手強《てごわ》い。

楓花以外の全員が、頭を抱《かか》えたい衝動にかられた。

「『直感』って……。楓花はもうちょっと冷静になったほうがいいと思うのよね」

瑛も、さすがに奏がかわいそうになってきた。幼なじみの目から見て、楓花は思い込みが激しく、どうしても強引なところがある。愛情が強いのは悪いことではないが、その愛情が長く続くかはわからない。これまでの恋愛遍歴《へんれき》を見ても、「熱しやすく、冷めやすい」のは明らかだ。

まずは、もう少し楓花を冷静にさせるべきだろう。

そう考えた瑛は、「仕方ないわね……」とつぶやきながらホワイトボードに歩み寄った。そこには、先ほど蘭が描《えが》いた「駐車場のパズル」が残っていたが、それをささっと消して、マーカーを握る。気づいた楓花が、ようやく奏から瑛に目を向けた。

「どーしたの？　瑛」

「楓花。ちょっと、この問題について考えてみてくれる？」

Q

「地球」を直径1万3千キロメートルの完全なる球《きゅう》体《たい》と考えたとする。

その地球の、赤道《せきどう》の上空1メートルの高さにロープを張《は》り、地球を1周させた場合、必要なロープの長さは、地球の赤道の長さとどれだけ差があるだろうか？

なお、円周率は3とする。

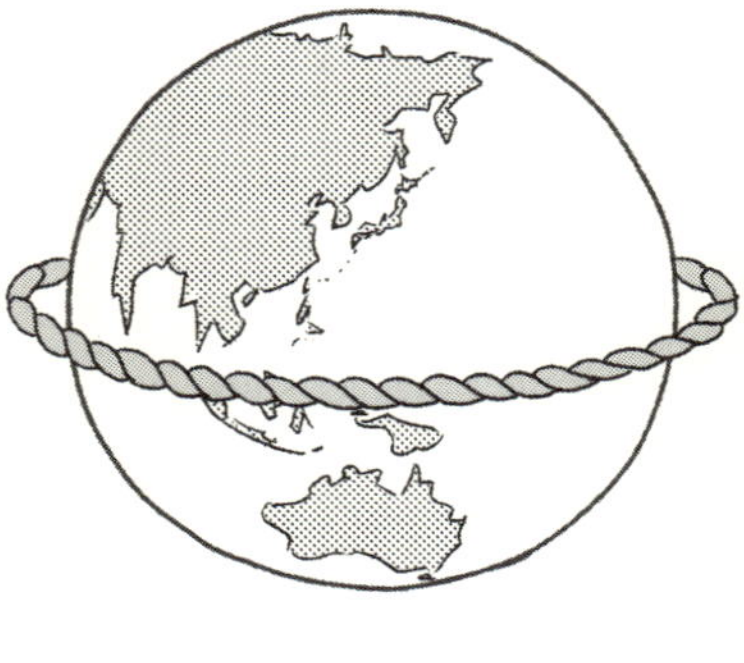

突然の出題に、楓花は困惑《こんわく》顔だ。ホワイトボードと瑛を交互に見やって、「なに急に？」とせわしなくまばたきを繰り返す。

「あたし、計算が苦手なんだけどなー。でも、物語の『登場人物の気持ち』を読み解く問題なら得意だよ」

そこにいた全員が苦笑いしたが、瑛はつとめて冷静に言った。

「そんなに難しい計算じゃないから、とりあえず考えてみて」

すると楓花は、素直《すなお》にホワイトボードを見つめはじめる。

「地球にロープを1周させるって、壮大《そうだい》な設定だねー。さすが理系は発想がすごいわ。地球の直径が1万3千キロメートルって、実感わかないけど、すごい長さなんだろうなー。ってことは、ロープも相当長いのが必要だよね。しかも、赤道から1メートル上空《じょうくう》に張って地球を1周させるって、たかが1メートル上空でも直径が1万メートル以上もあるなら、すっごい大きな差になりそう……」

「まずは直感で考えてみて。地上1メートルのところで地球を1周するロープは、実際の地球の赤道より、どれくらい長くなるか」

楓花は「うーん」と、あごに人差し指の先をあてがった。

「直感だけど、『何メートル』どころか、何十キロも変わってきそう。地上1メートルでも、『チリツモ』って感じで」

「じゃあ、実際に計算式を立ててみると、どうなる？　まずは、赤道の長さから」

瑛からマーカーを差し出された楓花が、条件反射的にそれを受け取る。受け取ったからには考えるようで、楓花はマーカーを手に、ホワイトボードに歩み寄った。

「えっと、地球の直径が１万３千キロメートルでしょ？　『メートル』に直して計算したほうがいいかな……。１万３千キロメートルは、１３００万メートル。円の外周《がいしゅう》は直径×円周率だから、１３００万×３で、３９００万メートルか」

「そうね。それじゃあ、地上１メートル上空に張って地球を１周させたロープの長さは、どうすれば求められる？」

「えぇっと……地上１メートルってことは、地球を１周させたときには、地球の直径より２メートル大きな直径の円になるってことだよね？　ってことは、直径が１３００万２メートルの円の外周を求めればいいわけだから、１３００万２×３で、３９００万６メートルかな？」

「正解。それじゃあ、その差は？」

「……６メートル？　たったの６メートルしか違わないの？」

計算を終えたところで、楓花が目をみはった。その顔を見て、瑛が「正解よ」と微笑《ほほえ》む。

「地球の上空１メートルのところにロープを張って地球を１周させた場合、本来の地球１周の長さより、６メートル長くなるだけなの」

楓花は、計算ミスを疑っているのか、まじまじとホワイトボードを見つめている。

「直感的には、とても大きな差が生まれそうに思ったでしょ？　でも、計算にもとづいて論理的に考えれば、このわずかな差こそが正解なのよ。こういうことって、現実的にたくさん起こり得《う》るの」

瑛の言葉に、楓花は「どういうこと？」と首をかしげた。

「つまりね、直感に惑《まど》わされそうになることもあるけど、そういうときこそ、冷静になるべきだと思うの。奏のことも同じ。直感的に『運命の人だ』と感じたとしても、冷静に論理的に考えれば、違った面が見えてくるかもしれないでしょ？　そして、それこそが真相かもしれない。さっき楓花は奏のことを、『今までの彼氏にいなかったタイプ』って言ったでしょ。もしかしたら、そういう『新しさ』にひかれているだけかもしれない。今まで好きになった人に共通する要素があったなら、むしろ、そっちのほうが楓花の求めている本質《ほんしつ》なんじゃない？」

オブラートに包んではいるが、蘭には、瑛の言わんとしていることが、手に取るようにわかった。

――もっと冷静になって奏のことを観察しろ。そうすれば、奏と付き合いたいなんて思わないはずだ。

瑛が楓花に言わんとしているのは、つまり、そういうことである。

蘭も先ほど、不可抗力《ふかこうりょく》とはいえ、奏に対してさんざん「悪口」めいた言葉を浴《あ》びせた。しかし、瑛が言外《げんがい》に伝えようとしていることも、同様に辛辣《しんらつ》なことだ。そうは思ったが、瑛の言葉を横から聞いていた奏本人も、「そうだそうだ！　冷静に考えて！」と言わんばかりに首を縦に振り続けているから、芳野楓花の攻略《こうりゃく》方法としては正しいのかもしれない。蘭は、そう思うことにした。

「別に、むやみに『直感』を否定しなくてもいいんじゃないかな？」

異を唱える声が上がったことに、瑛と蘭は軽く息をのんだ。同時に視線をめぐらせた先――窓際のパイプ椅子に座った究が、チャリチャリと知恵の輪を操《あやつ》っている。偶然か必然か、地球のような球体状の複雑な知恵の輪だった。

「何よ、一ノ瀬。急に口挟《くちはさ》んできて」

「瑛の説得が、あと一歩のところまできてるんだから黙《だま》ってなさいよ」という意味を込めて、蘭は究をにらんだ。しかし、究に対してはムダな抗議だ。究は場《ば》をかき乱そうとしているわけではなく、あくまでも持論を展開しようというだけなのだから。

「人間とコンピュータは、どちらが優れていると思う？」

前後のつながりが不明な質問に、蘭が「はぁ？」と怪訝《けげん》な顔をする。

「またそういう……。ちゃんとわかるように話しなさいよ」

「そのままの意味なんだけどな。人間の思考性とコンピュータの思考性、より高度なのはどっちだと思うか、って聞いてるんだけど」

「処理能力という意味では、コンピュータでしょうね」

究の意図を考えることを放棄《ほうき》し、質問に答えることを優先すると決めた透が、キッパリとした口調で言った。

「コンピュータは人間のような『疲労』を起こしませんし、生命維持《いじ》活動も必要ありませんから、不眠不休で働くことができます。メモリの容量も精度も、人間の記憶能力と比べるまでもありません。瞬時《しゅんじ》に大量のデータを処理する、その作業において、残念ながら、人間はコンピュータにはかないません」

淡々とした透の意見に、究は微笑みながら「そうだね」とうなずいた。

「コンピュータは人間と違って、休むことなく、与えられた大量の仕事をこなすことができる。富《とみ》や名声といった見返りも求めないし、文句も言わない。ただ、コンピュータの思考性は、既《き》存《ぞん》のデータや過去の出来事に依存《いぞん》している。アーカイブやネットワークを通じて『存在するものを探し出す』ことや、『事実をもとに論理的な答えを導き出すこと』は、人間よりもはるかに得意だろうね。だけど、それはイコール、人間よりも優れているというわけではなく、単に『愚直《ぐちょく》』なだけだと思うんだ。たとえばみんなが、新しく会社を起業しようと思ったとき、パートナーとして選びたいのは、『愚直に言われたことを一生懸命にやる人間』と、『自分が思いつきもしないような戦略を立てる人間』のどっち？　俺だったら、後者を選ぶよ。会社が軌道《きどう》に乗ってきて、方針やなすべきことが明確に見えてきたら前者のような社員が力を発揮するんだろうけどね。話がそれちゃったけど、『未来について独自に思考すること』は、コンピュータは苦手なんだよ。苦手なことをやらせても、いい結果は得られないかもね」

「未来について？」

奏のつぶやきを逃《のが》さず、究は「そう」と笑う。

「人間は、イヤでも未来に向かって生きていくものだからね。きみたちも、『こうなるかもしれない』といった予測を常にしているでしょ？　それは、まったくの勘《かん》であることもあると思う。その勘というものが、コンピュータにはない。虫の知らせ、第六感、インスピレーション……それに、直感。理屈や根拠《こんきょ》もないそれらの感覚は、今のところ、人間独自のものだ。ある意味、もっとも人間らしい思考性といっていいかもしれない。コンピュータには、マネできないことだよ」

「つまりね」と、指先で地球のような知恵の輪をクルクルと回しながら、究は唱えるように言った。

「人間は未来を見る生き物で、コンピュータは過去を見るモノってことさ。自分の未来は自分のものなんだから、それを左右するかもしれない直感を、むやみに否定する必要はないんじゃない？　って、俺は思うんだよね。だから、いつ、いかなるときでも、ただただ論理的に考えるべきだとは、俺には思えないな。それに、『勘《かん》』って、過去に自分が歩いてきた道のりをベースにしている部分もあるから、『経験にもとづくベストな方法』だったりすることもあるんじゃない？」

クルリ、と究がふたたび知恵の輪を回したとき、カチャンッと小気味《こきみ》のいい音が聞こえて、パーツが一つ、あっけなく外れた。それを持ち上げた究が、「ほらね」と言わんばかりに口もとをほころばせる。

「これだって、論理的に考えて動かしてるんじゃなくて、なんとなくの『勘』でやってるだけだからね」

勘を頼《たよ》りに手を動かしているからこそ答えに近づくこともあるのだと、その口もとが言っているようだった。

「あたしの直感だって、誰にも否定できないよね……？」

何かの決意を固めたかのようなつぶやきで、全員が振り返る。そこには芳野楓花が、先ほどまでとは違う、真剣なまなざしで立っていた。

「奏くん。あたしが奏くんにひかれたのは、本当だよ。『あれだけのことで？』って思われちゃったかもしれないけど、本当にあの一瞬で心が動いたの。すごく嬉しかったから、浮《う》かれて、ちょっと強引な感じになっちゃったことは、ごめんなさい。でも、あたしのこの気持ちは、誰にも否定されたくない」

そう言った楓花が、制服の上からギュッと胸を押さえる。楓花を正面から見つめていた奏は、楓花の手が小刻《こきざ》みに震えていることに気づいた。

気づいてしまったら、その気持ちをぞんざいに扱うことはできない。それが奏だ。

「……一度──くらいなら……」

「え？」

「一度、どこかに遊びに行くくらいなら、いいです……けど……」

数拍《すうはく》遅れて、ぱあっと、楓花の顔が輝いた。頬の赤みが増《ま》し、唇は、つぼみが一瞬で花開くように、まぶしい笑顔を作りだす。

「ありがとう！　すっごく嬉しい!!」

また最初のテンションで奏に抱き着くのでは、と蘭や透は考えたが、楓花がそうした行動に出ることはなかった。

「じゃあ、話の続きはまた今度ね。今日は帰る。お騒《さわ》がせしちゃったこと、ごめんなさい。ありがとね、奏くん！」

そうして、楓花はさっぱりした表情でパズル部の部室を出ていった。あれだけ奏にこだわっていたのに、潮が引くようにさっと帰ってしまったことに、5人はやや拍子抜《ひょうしぬ》けする。

瑛は奏のもとに歩み寄り、小さな声で「ありがとう」とささやいた。思い込みが激しく強引なところもあるが、それでも楓花は瑛にとって、大切な友人なのだ。

「直感をむやみに否定する必要はない、か。一ノ瀬、ほんとにそう思う？」

尋ねたのは蘭だ。「あぁ」と、究は知恵の輪の次《つぎ》なるパーツを取り外そうとする手を止めずにこたえた。

「だったらさ、あたしの直感にもこたえてよ」

「蘭！」と呼ぶ瑛の声も、蘭を止めることはできない。その目はただ、究だけを注視《ちゅうし》していた。

「一ノ瀬。あんた、１人で何を抱《かか》えてんの？　あんたには不可解な点が多すぎる。あたしたちに隠してることでもあるの？」

カシャンッと音がして、究の手からイビツな球形の知恵の輪が滑《すべ》り落《お》ちた。

解けないまま落ちた知恵の輪は、窓から入る夕陽を映して銅色の光を放《はな》ちながら、コロコロと床を転がる。

緩慢《かんまん》にパイプ椅子から立ち上がってそれを拾い上げた究は、ふぅ……と吐息をひとつこぼすと、通学カバンを手に取った。

「今日は、もう帰るよ。頭痛がひどくて、さっきまで保健室で休んでたんだけど、回復しきってないみたいだから」

「一ノ瀬――」

「俺がいないあと、退屈だったら、この問題でも考えてみて」

そして、蘭に１枚の紙片を渡すと、口早《くちばや》に続けた。

「この問題が解けたときに、俺は皆に話したいことがある」

Q

3本の棒の1本に、64枚の円盤《えんばん》が刺さっている。円盤は下に積まれているものほど直径が大きく、上にいくほど小さくなっていて、円錐《えんすい》状に積み重ねられている。

これら64枚の円盤を、次のルールに従って、別の棒に移動させるとする。

①積み重ねられた64枚の円盤を、すべてほかの棒に移すこと。

②その際、1回に動かせる円盤は1枚だけ。また、円盤を重ねる際は、小さな円盤の上にそれより大きな円盤を積み重ねることはできない。

③すべての円盤は、必ず、どこかの棒に刺さっていなければならない。棒以外の場所（地面など）に一時的に円盤を置くことはできない。

④最終的には、最初とは違う棒に、上へ向かうにつれて円盤が小さくなるよう円錐状に、すべての円盤が積み重なった状態にすること。

このルールにのっとって作業を行うとき、どのような手順で円盤を移動させればよいか答えよ。

そう告げると究は、「ちょっと、一ノ瀬！」という蘭の制止《せいし》にもひらひらと手を振って、軽やかな足どりで部室を出ていってしまった。

「もう！　また言い逃げかよ、一ノ瀬のヤツ！　しかも、なんか面倒な問題を残してくし！」

「でも、この問題に答えれば——手順《てじゅん》を示せば、イッキュウ先輩は、僕たちの疑問に答えてくれるんですよね？」

蘭が、近くのイスにどっかりと腰を下ろし、尊大《そんだい》に足を組む。

「この問題を解くには法則があるわね。円盤が何枚になっても、円盤を移動させる最低回数を数学的に求めることができるはずよ。たとえば、円盤が1枚だったら、ほかの棒に移動させるために必要な手数《てかず》は何回か、わかるわよね？奏」

「え……。1枚だったら、1回ですよね？」

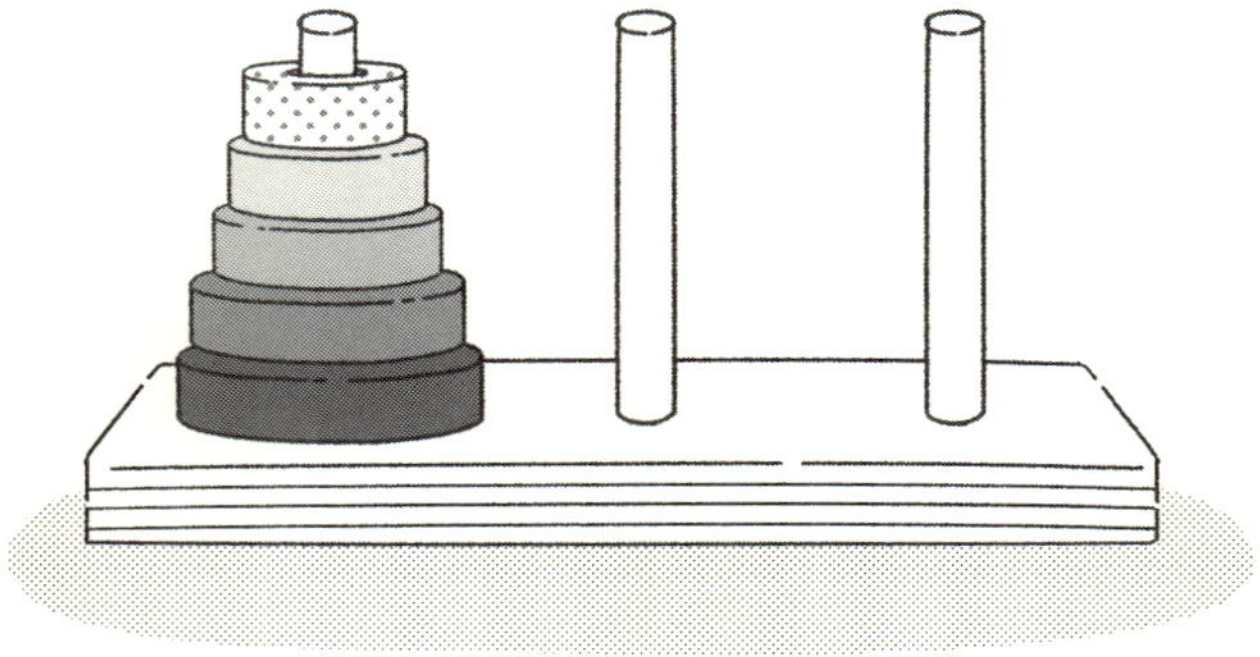

＊上の図は、円盤の数を５枚にして示したもの。

さすがに奏も即答《そくとう》する。蘭がホワイトボードに、「1枚／1回」と記録した。

「じゃあ、円盤が2枚だったら？　おさらいだけど、上にある円盤のほうが小さくて、小さな円盤の上に、それ以上大きな円盤は重ねられないルールね」

「えぇっと……。上の小さい円盤を2本目の棒に移して、下の大きな円盤を、3本目の棒に移して、その上に小さな円盤を重ねればいいんじゃないですか？　だから、えっと……円盤を移動させる回数は、合計で3回？」

「そのとおり。『2枚／3回』ね。それじゃあ、円盤が3枚になったら、どう？　ここから急に難しくなりそうだね」

奏がふたたび「えぇっと……」となって真剣に考える表情になる。しかし、先ほどと同じようには答えにたどり着けないらしい。円盤の動かし方をイメージしているのか、ホワイトボードを凝視《ぎょうし》しながら、人差し指を右へ左へ動かしている。

そのとき、透が横から「7回ですね」と口を挟んだ。

「えっ、透くん、もう解けたのっ？」

「これくらいなら、頭の中で解ける。けど、奏には難しいだろうから説明するよ」

そう言った透が蘭からマーカーを受け取り、ホワイトボードに図解《ずかい》を描いた。

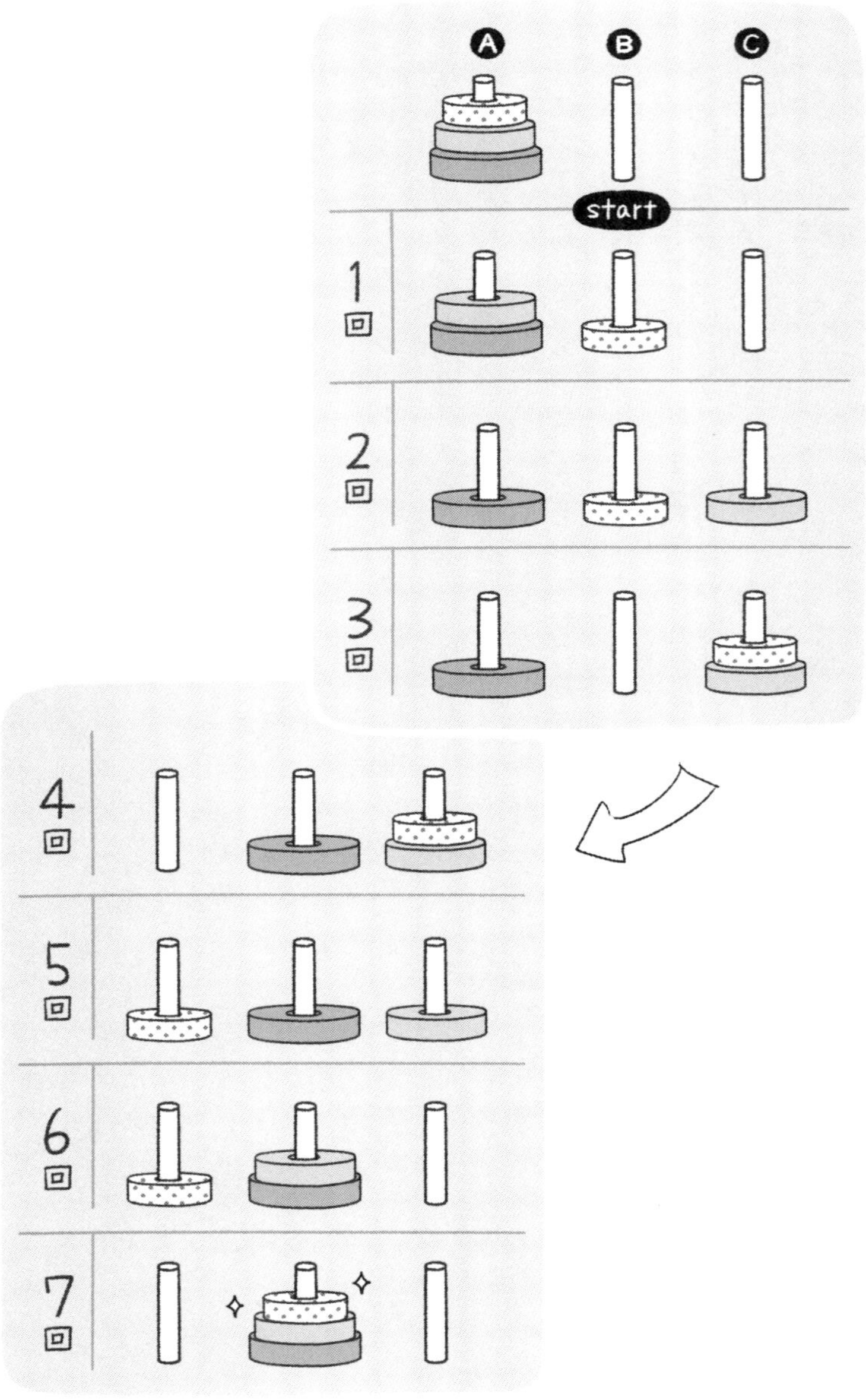
A
B
C
start
1
回
2
回
3
回
4
回
5
回
6
回
7
回

「こんな感じで、円盤が3枚のときに必要な手数は、7回です。なので、『3枚／7回』ですね」

「さすがイグッチ。ここから、このパズルの解き方の法則が求められる。円盤の数と同じだけ『2』をかけ続け、最後に『1』を引けば、手数だけは求められるはず」

そう言うと、蘭はホワイトボードにさらさらと計算式を書いた。

円盤が2枚のとき、2×2－1＝3（回）
円盤が3枚のとき、2×2×2－1＝7（回）
円盤が4枚のとき、2×2×2×2－1＝15（回）
円盤が5枚のとき、2×2×2×2×2－1＝31（回）

「あ、ほんとだ！　僕や透くんが出した答えと合ってますね。ということは、64枚の円盤をすべて移動させる場合の手数を求めるには、『2』を64回かけてから、1を引けばいいんだ。あとは、その手順を書いていけばいいってことか……」

「もういいわ。やめましょう」

放たれた冷たい声に、男子2人が動きを止める。蘭はすでに悔しそうに顔を歪《ゆが》めている。

「これは『ハノイの塔《とう》』っていう、有名なパズルなの。『この問題が解けたとき、世界は滅びる』とまで言われた問題よ」

「えっ、つまり、『イッキュウ先輩の秘密を知ると、世界が滅ぶ』ってことですか!?」

「違う。ヘンな三段論法《さんだんろんぽう》で考えないで。計算する労力も無駄《むだ》だから答えを言うけど、『2』を64回かけてから1を引いた数は、1800京《けい》を超えるの。『億』でも『兆』でもなく、さらにその上の『京』よ。つまり、64枚の円盤をすべて移動させるためには、最短でも1800京回以上、円盤を動かさないといけない。1秒に1回、円盤を移動させられたとしても、かかる時間は1800京秒以上――つまり、5800億年以上になるの」

「5800億年!?」

奏がすっとんきょうな声を上げて固まる。

「ちなみに、宇宙の誕生といわれているビッグバンが起こったのが、およそ138億年前。地球の誕生が約46億年前。『世界が滅ぶ』の意味がわかるでしょ?」

苦笑まじりの瑛の解説を聞いて、奏は「はぁー、すごい問題を出しますね、イッキュウ先輩」と、むしろ感心したような声をこぼした。

「そうじゃないでしょ!」

奏の感心を否定したのは、蘭だった。その声はひどく硬質《こうしつ》で、針のような鋭さを隠し持っていて、奏は直感的に――いや経験的に命の危険すら感じた。

「実際に手を動かして解くまでに5800億年以上かかるパズルなんて、手順を示すこと自体、不可能でしょ。『この問題が解けたときに話す』って一ノ瀬は言ってたけど、それってつまり、『答えるつもりはない』っていう意思表示。それに、この問題の答えを示せるのって、コンピュータだけよ。さっき、『人間の直感は、未来に対する思考性だから、コンピュータにはマネできない』とかって言っておいて、コンピュータにしか解答を示せない問題を出すって、どういうつもりだよ！」

一気にそれだけ言って、蘭はふいっとそっぽを向いてしまった。その横顔に夕陽が射《さ》して、ひどく寂しげな陰影《いんえい》を作る。

「あいつは、あたしたちを拒絶してるのよ。あたしたちと同じ未来なんて、見てない！　同じ部室で、まぁまぁ長い時間を過ごしてきた、あたしたちのこともね」

その声に宿《やど》るのは、もはや鋭い針というよりも、どこか悲しげな揺《ゆ》らぎで――誰ひとり、返事をできる者はいなかった。

「一ノ瀬究」について考える②

――ここが分かれ道になるかもしれない。

そう、一ノ瀬究《いちのせきゅう》は思った。

人生最大の分かれ道は、すでに経験したつもりだ。だから、これから起こることは、あのときの経験に比べたら些細《ささい》なことかもしれない。それでも、本当のことを知った彼らがどんな反応を示すのか……パズルのように明解な答えを導き出すことができない以上、心の片隅《かたすみ》がどうしても強張《こわば》ってしまう。

――こんな不安を感じることになるなんて、最初は思いもしなかったな。

それだけ自分が「変わった」ということだろうか。あるいは、「取り戻した」ということなのかもしれない。

ブレザーを肩にひっかけて、究は今日も東明稜高等学校に向かう。

あっけらかんと晴れ渡った空には雲ひとつなく、今の煩雑《はんざつ》で孤独な究の心には、寄《よ》り添《そ》ってくれそうになかった。

3年D組の今日の最後の授業は、日本史だった。数日前の授業内で行われた恒例《こうれい》の抜き打ちテストが返却され、究の点数は10点満点中2点。しかし、とくに驚きもしない究に、日本史教師である「ツルりん」こと鶴岡《つるおか》が、やや心配そうに尋ねた。

「暗記は、やはり苦手か?」

「そうですねー」

「今日はいい天気だね」という語りかけにでも応じるかのように、究の返答《へんとう》は実にあっさりとしていた。

2点、3点、2点、1点、2点……。暗記項目《こうもく》を中心に出題される日本史の抜き打ちテストにおいて、究の点数の移り変わりは、そんなものである。が、仕方がない。

「俺の頭は、モノを覚えるようにはできていないから、暗記は、暗記が得意な人に任せたいと思います」

鶴岡が聞きたい言葉でないことは、究もわかっている。しかし、必死に暗記しようとしたところで点数が上がるとは思えなかったし、何より、鶴岡がそれ以上、暗記を強要《きょうよう》してくることはないこともわかっていた。

「記憶するコツなら教えるから、いつでも聞きにきなさい。僕は、あきらめていませんよ」

「何を、あきらめていないっていうんですか？」とは、尋ねなかった。答えを聞いたところで、究自身にできることなどない。

そのことはわかっていて、「その気になったら、うかがいます」と、その気になる予定もないのに社交辞令的《しゃこうじれいてき》に口にして、2点の答案をしまい込む。鶴岡はもう何も言わなかったし、究も考えることをやめた。

最後の授業がそうやって終わったあと、究はカバンを持って部室へ向かった。本校舎の片隅《かたすみ》に追いやられたパズル部の部室で放課後を過ごすことは、とっくに究のルーティンワークになっている。部室にはたいてい究が一番乗りなので、扉を開錠《かいじょう》して中に入り、カーテンを開け、天気がよければ窓も開けて外気《がいき》を取り入れるまでがワンセットだ。部室とはいえ、本来は備品庫なので、どうしても空気がよどみがちになる。

日中、青々としていた空は、放課後になって西側に濃いオレンジ色を帯《お》びていた。夕方だが、変わらず「いい天気」だ。

——たしかあの日も、こんなふうに白々しいくらいの夕暮れだった。

そう思った瞬間、意識の片隅で水が跳《は》ねた。キィン……と、耳の奥で冷たい耳鳴《みみな》りがする。

思わず耳を押さえたとき、ガラッと音がした。究がハッと視線をめぐらせると、開《ひら》かれた扉の向こうにパズル部の部員たちが立っていた。

「今日はみんな早いね。今、窓を開けたところだから、まだ少し空気がこもってるかも」

「あっそ」

それだけ言うと、江東蘭《えとうらん》はつかつかと自分専用の実験デスクに向かい、オーバーサイズの白衣をまとってから、どかっと腰を下ろす。エベレストのごとく積み上げられた資料の山から強《ごう》引《いん》に紙の束をひとつ引っぱり出すと、黙々とそれに目を通しはじめた。

その拒絶的《きょぜつてき》な背中を見た究は、「はて」と首をかしげた。

「江東《えとう》はどうしたの？　また何か、科学のレポートの締《し》め切《き》りにでも追われてるのかな？」

「そうじゃないわ」

究の疑問に答えたのは、蘭ではなく瑛《あきら》だった。通学カバンをテーブルの上に置き、少しあきれたような瞳で究を一瞥《いちべつ》する。

「昨日、一ノ瀬くんが『ハノイの塔』の問題を残して帰ったでしょ？　そのことで蘭、腹を立てちゃって……」

「ということは、問題が解けなかったってこと？」

究が尋ねると、瑛は無言でホワイトボードを指さした。ホワイトボードに顔を向けた究は、そこに殴《なぐ》り書きされた乱雑な文字に気づく。

――５８００億年以上もやってられるか、バーカ!!

赤くて太いマーカーでデカデカと書き殴られたその文字列からは、たしかに、書いた人間の怒りの感情を感じる。これを書いたのが蘭だというなら、間違いなく、蘭は機嫌を損《そこ》ねていたのだろう。そして、今もその不機嫌をひきずっているということらしい。

そう解釈《かいしゃく》した究に、瑛が少し言いにくそうに切り出した。

「ほら。昨日、蘭が一ノ瀬くんに聞いたでしょ？　その……『私たちに何か隠してるんじゃないか』って。そうしたら一ノ瀬くんが『ハノイの塔』の問題を出して帰っちゃったから、一ノ瀬くんが『５８００億年後に答える』――つまり、答えるつもりはないって言ってるんだって邪推《じゃすい》して、それで機嫌が悪くなっちゃったのよ」

「あぁ、そういうこと」

瑛の言葉を聞いた究は、いたって淡白《たんぱく》につぶやいた。疑問が解けてすっきりした、という実に単純な表情だ。それ以上でも、それ以下でもない。

「江東先輩は、スネてるんですよ」

そこに口を挟んだのは、笑顔に微妙《びみょう》な苦味を交えた奏《かなで》だった。

「イッキュウ先輩に隠しごとをされたことが、よっぽど寂しかったんだと思います。悔しいっていうのもあるのかな。パズル部の仲間なのにーって」

「うっさい！　そんなんじゃないわ、バカ奏っ！」

驚異的《きょういてき》な瞬発力で身を起こした蘭が、実験デスクからつかみ上げた何かを奏に向かって投げつけた。パコっと奏の胸に当たってから床に落ちたそれは、チョコレート菓子の空き箱だ。当たると危険な実験道具を投げなかっただけ、まだ分別《ふんべつ》は残っているらしい。

とはいえ、箱の角《かど》が当たったのか奏は少し痛そうに胸をさすりながら、それでも、子どもになってしまった先輩を責めることはしなかった。

「気にしなくていいわよ、一ノ瀬くん。言いたくないことのひとつやふたつ、誰にだってあるものだから」

「同感です。同じ部活の部員というだけで、それを話さないといけない理由にはなりませんからね。そんなこと言ったら、俺だって何もかも暴露《ばくろ》しないといけなくなる。それは断固拒否します」

「えー？　透《とおる》くんの秘密とか、僕、興味あるなぁ。『語録《ごろく》』以上に恥ずかしいものなんて、この世にあるのかな？」

「話さないって言っただろ！　あと、『語録』のこと、『恥ずかしい』とか言うな！」

瑛を筆頭に、場の空気を変えようとする気配を感じて——透と奏の掛《か》け合《あ》いに関しては、素でやっているだけの可能性が高かったが——究は考えるように目を閉じた。

——分かれ道の先に、今度は、何があるだろう。

目を開けた究は、最大級の微笑みを見せて、いつも以上に声を張《は》った。

「まったく誤解もいいところだね。俺はたしかに、『この問題が解けたときに話したいことがある』って伝えたはずだけど？」

「え……？」

「昨日は本当に調子が悪くて早く帰りたかったから、考えるのに時間のかかるパズルを出しはしたけどね。でも、ここに『５８００億年以上』っていう答えは出てる。問題は解けてるじゃない。さすがに俺も、５０００億年以上も手順を聞いていたくないよ。話すよ。俺の秘密——ってほどのものじゃないけど――きみたちが気になっていることをね」

さっぱりとした口調の究の言葉に、蘭がぴくりと背中を震《ふる》わせる。しかし、最初に口を開いたのは蘭ではなく瑛だった。

「一ノ瀬くん、無理に話さなくてもいいのよ？」

「いや、遅《おそ》かれ早《はや》かれ知られることになると思うし、それなら誤解が起きないように、自分の口から話すよ。それに、俺の事情のせいでみんなに迷惑をかけることになったら、さすがに寝《ね》覚《ざ》めが悪いから」

そう言いながら、究はホワイトボードに歩み寄ると、蘭が書き殴った赤い文字をクリーナーで丁寧《ていねい》に消した。その行動から、「もしかして……」と予測できる程度には、パズル部の面々は一ノ瀬究という男を理解している。

「ただ、話す前に、この問題を解いてみてほしい」

そう言って究はキュポッとマーカーのキャップを外し、残るメンバーは「やっぱりね……」と、もどかしそうな表情をそろえた。

Q

下図のように、１センチ間隔《かんかく》で規則正しく点が並んでいる。

このうちの４つの点が、４つの角《かど》にくるよう線で結んで、面積が５平方センチメートルである１つの正方形を作れ。

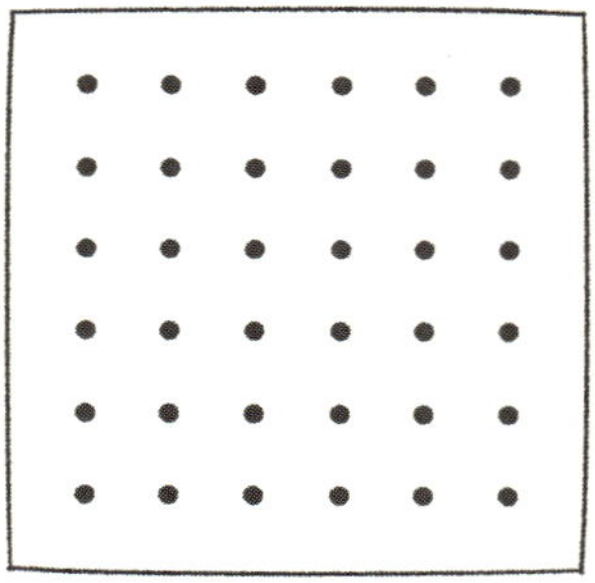

究がフリーハンドで描いた黒点《こくてん》の並ぶホワイトボードを、4人がしげしげと見つめる。蘭も、いつの間にか自分のデスクを離れて、瑛の隣に並んでいた。
最初に口を開いたのは奏だった。
「面積が5平方センチメートルになる正方形は、作れないんじゃないですか？　一番小さな正方形は1辺が1センチで、面積は1平方センチメートル。その次は、1辺が2センチで、面積が4平方センチメートル。もう一段階《いちだんかい》大きくすると、1辺が3センチになるから、面積は9平方センチメートルになっちゃいますよ？　面積が5平方センチメートルで、4つの角に点がくるようにするには、1×5センチの『長方形』にするしかないですよね。面積が5平方センチメートルの『正方形』はムリですよ」

白衣のポケットに両手を突っ込んだ体勢《たいせい》で奏の言葉を聞きつつ、ホワイトボード上に並ぶ黒点を眺めていた蘭が、「あぁ、そういうことか」と、特段《とくだん》に驚いた様子もなくつぶやいた。

「貸して」と一言放《はな》つなり、究の手からマーカーをひったくった蘭は、黒点の群《む》れの中にそのペン先を押し当て、こちらもフリーハンドで一気に線を引いた。

「ほら。これでいいんでしょ」

突き放すように言ってから、蘭はマーカーを究に突っ返《かえ》す。蘭の一連の態度には動《どう》じた様子もなく、究は「ご名答《めいとう》」と笑っただけだった。

音を立ててまばたきをしたのは、奏である。

「たしかに、これも正方形ですけど……これは面積5平方センチ

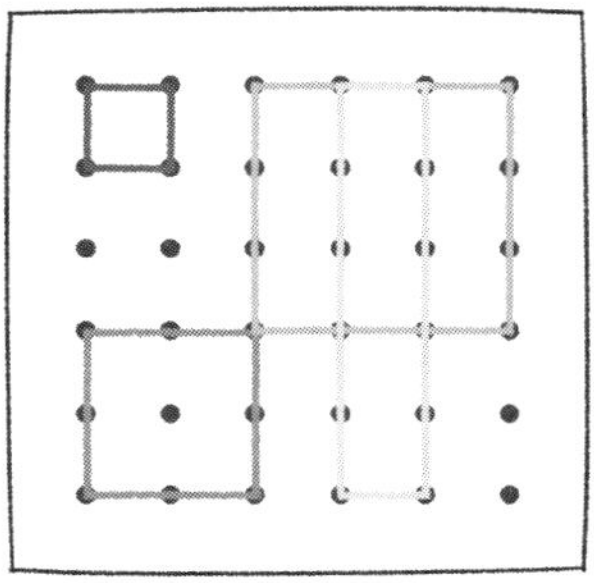

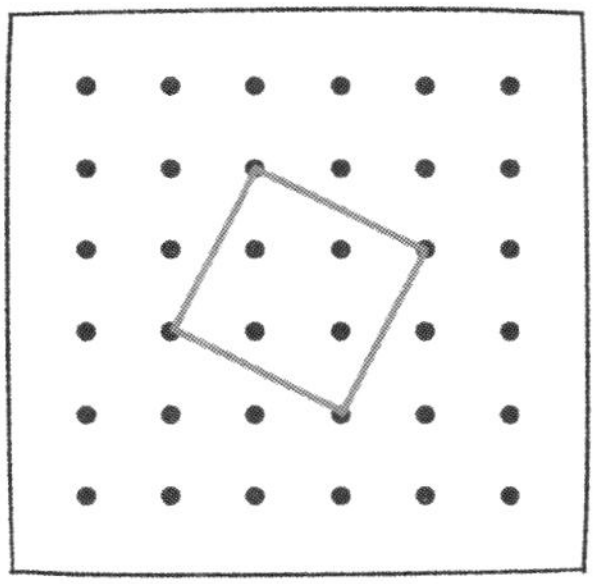

メートルなんですか？　三平方の定理を使えばいいのか……」

「そんなの使わなくても、補助線を引けば、わかるでしょ」

今度はそう言った瑛が、色の違う２本のマーカーを手に取る。

「ほら、こうすれば……三角形の面積は、『２×１÷２』で、１平方センチメートル。それが４ヵ所あるから、合計すると４平方センチメートル。中心の正方形の部分は１×１センチの正方形だから、１平方センチメートル。全部を合わせた正方形としての面積は、５平方センチメートルになるというわけ」

ホワイトボードを「指さし確認」していた奏が、どこか感動したような様子で「おー」と瞳《ひとみ》を輝かせた。しかし、真っ先に解答にたどり着いたはずの蘭は、むすっとしたまま究をにらむように見つめている。

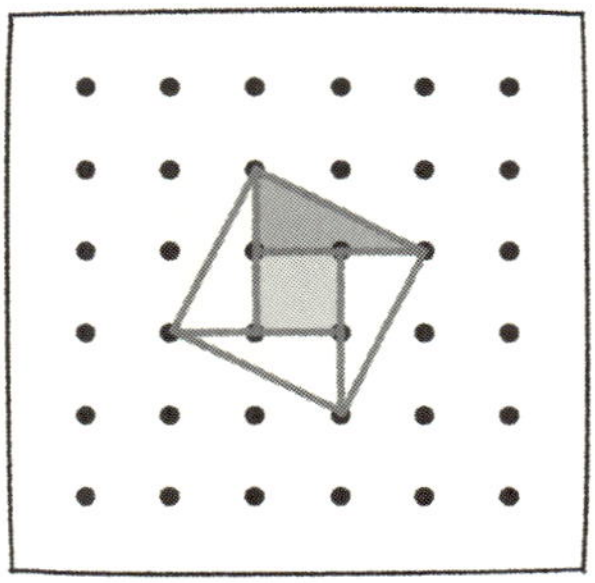

「これで、洗いざらい吐《は》いてくれるのよね？」
下からにらみつけるような目線もセリフも、まるで犯罪者を恫喝《どうかつ》する刑事のようだ。しかし、究は動じた気配もなく笑ってみせた。
「前から思ってたけど、江東はもう少し、人の話をよく聞いたほうがいい。俺は別に、『このパズルが解けなかったら真相は話さない』なんて言ってないよ。それに『吐く』って……。先に、俺は社会から身を隠《かく》して逃げ回ってる犯罪者じゃあない、ってことは言っておくよ」

その言葉に、せっかくすごみを利《き》かせていた目を、蘭が丸くする。究は続けた。

「話すよ。江東が気になってること、全部ね。少し長くなるかもしれないから、座ったら？」

その一言で、全員がばらばらと手近《てぢか》なイスに——蘭は実験専用デスクのイスに——腰を下ろした。それを見てから、究も窓辺の指定席に座る。換気《かんき》のために開けた窓から、夕陽のにおいを含んだ風が入ってきて、究はまた、あの日のことを思い出さずにはいられなかった。

「2年前のあの日も、今日みたいに雲ひとつない晴天で——でも、その『いい天気』の下でも、悲劇っていうのは起こるんだ」

映画や小説で悲劇が起こるのは、嵐の夜や雨の日と相場《そうば》が決まっているような気がしていた。だから、あんなに気持ちのいい日に、あんなことが起こるなんて思ってもみなかった。

「2年前の3月、俺は東明稜の2年生で、もうすぐ最終学年かーって、ぼんやり考えたり考えなかったり、そんなフツーの高校生活を送ってた。あの日は、桜もまだ咲いてないのにずいぶん暖かくてね。今ぐらいの時間になっても、シャツとブレザーだけで十分だったよ。

当時、俺には仲のいい友人がいたんだ。一緒に下校するのが日課みたいに思えるくらい、かなりの時間を、あいつと過ごしていたと思う。あいつが出したパズルの問題を解いたりしてね。俺にとっては一番で、唯一の友人だった。

学校を出て、しののめ商店街を抜けて、しばらく歩くと、幅《はば》の広い川に出るでしょ？　俺たちの家はその川の向こうにあって、その日も、２人で橋を渡ってたんだ。そのときも、パズルを解いてたっけ。

それで、橋の真ん中に差しかかったとき――俺たちは橋の上から、川の真ん中で小学校低学年くらいの男子が溺《おぼ》れているのを見つけたんだ。川の向こう岸に近い浅瀬《あさせ》にも小学生が何人かいて、溺れている男子に向かって何か叫んでた。きっと、友だち同士で川遊びに来て、深みにはまったんだろうと思った。早く助けないと危ないってこともわかったけど、とっさにどうしたらいいのか見当《けんとう》もつかなくてね。俺と友人は橋の上にいたし、子どもはどんどん流されていくみたいに見えた。川岸に大人の姿は見えなかった。唯一、近くに落ちていたロープは短すぎて使いものにならない。

パズルだったら、『その短いロープを使って子どもを助ける方法』みたいな問題になるんだろうけど、現実は、そんな悠長《ゆうちょう》なことを言ってはくれない。

このままだと、男の子が死んでしまう。橋の上から、俺はそう思った。でも、そのとき、聞こえたんだ。『頭であれこれ考えるより行動するほうが先だ！』っていう声が」

止めることはできなかった。

――バカ、やめろ！　水面《すいめん》まで何メートルあると思ってるんだ！　川の深さは？　飛び込んだ場所に岩があったらどうする⁉

今でも鮮明に思い出せる。友人の行動。友人の声。ぐんっと急激に離《はな》れていった、友人の表情。

叫《さけ》びは声になっていなくて、一瞬、落ちていく体が空中で停止したような気がしたが、それもあっという間に落下運動に変わった。

――究――――ッ！

橋の上から降ってくる友人の絶叫を聞きながら、究の体は川の深みに没《ぼっ》した。あまりにも大きな水音が友人の声をかき消して、究の聴覚と視界と肌感覚は、早春《そうしゅん》の川に乗っ取られた。

「溺れてる子を助けるために、その橋の上から飛び込んだのは、一ノ瀬、あんたってこと?」

愕然《がくぜん》とした蘭の問いかけに、「そういうことー」と、究は間延《まの》びした声で答える。

「あのとき、よくわからないけど、頭の中で聞こえちゃったからね。『あれこれ考えるより行動するほうが先だ』っていう、神サマのお告げみたいなのが。そしたら勝手に体が動いて、気づいたら服を脱いで欄干《らんかん》を乗り越えてたっていう感じ。まさに、『直感』だよね」

へらっと笑い、肩をすくめながら、話の内容とは似《に》つかわしくない軽くて薄い口ぶりで、究が言う。誰もがどう反応すべきか迷い、また、真意をはかりかねていた。

やがて、意を決《けっ》したように透が尋ねた。

「そのあとは、どうなったんですか……?」

「橋から飛び込んだ俺が、溺れている男の子を救出することに成功——だったら俺は英雄になれたんだろうけど、現実は、そううまくはいかなかったよ。気持ちのいい晴天の下でも悲劇が起こるように、英雄然《えいゆうぜん》とした行動に無様《ぶざま》な失敗がくっついてくることもある。

川に飛び込んだ俺は、予想外の深さと冷たさで軽くパニックになったんだ。正直、想定が甘かったと言うしかないね。今でも鮮明に覚えてるよ——飛び込む直前、橋から見下ろした川は、手を浸《ひた》せばその手まで同じ色に染まってしまうんじゃないかと思うくらい、濃い緑色に見えた。

それだけ深かったんだ。飛び込んで、体が深く沈んだ瞬間《しゅんかん》に俺は方向感覚を失って、流されながら水面はどこだともがいているうちに、何度か水を飲んだ。それでもなんとか水面に頭を出して、男の子のもとまで泳いだんだけど、今度は、溺れている男の子にしがみつかれてね。『溺れる者はワラをもつかむ』っていうけど、あれは本当だね。男の子は助かりたいという本能だけで必死《ひっし》に俺にしがみついてきて、俺はまともに泳ぐことも呼吸することもできず、何度も水の中に沈んだ。水も飲んでたし、正直、体力の限界でね。そして、何度目かに沈んだ直後、水の中で何かに頭を強打《きょうだ》したんだ。記憶は、そこで終わってる」

え……と、４人が無意識のつぶやきをこぼす。

記憶が途切《とぎ》れたあとのことは、究も人づてに知ったことだ。

水中で頭部を強打し、気を失った究は、その後、溺れていた小学生の男児ともども、通りかかった男性に運よく救助された。そのことは、当時の新聞にも小さな記事になって載《の》ったという。

「男の子は軽傷ですんだらしいけど、頭を打った俺は意識不明の重体に陥《おちい》った。救急搬送《はんそう》された病院の集中治療室《ICU》に入れられても、しばらく意識が戻らなかったらしい。ようやく目が覚めたときには、とっくに桜が散ってたよ。始業式にも出損《でそこ》ねた」

当然、その後もすぐには退院できなかった。頭を打ったせいか手足がしびれ、そのために何度も検査やリハビリを受けることになった。後遺症《こういしょう》のような頭痛も、なかなか消えない。加えて、脳にも異常が見つかった。

「記憶機能に問題が出たんだ。実は、ICUで目覚めた直後は事故のことも覚えてなくて、それに関しては一時的な記憶喪失《そうしつ》みたいなものだったらしくて、何日かしたらぼんやりと思い出してきたんだけど……本当の『問題』は、それじゃなかった」

「な、なんなんですか？『問題』って……」

尋ねてもいいものなのか、わからない。奏の震える声には、そんな不安が表れていた。けれど、ここにきて「これ以上は話さない」と言うつもりは、究にはない。

今日が、分かれ道になる予感がしていた。そして「話す」道を、究は選んだのだから。

「俺の脳は、どういう理由かわからないけど――とくに固有《こゆう》名詞みたいなものが覚えづらくなってしまったみたいなんだ」

固有名詞――地名や国名、作品名、商品名、そして、人名などがそれにあたる。

究の言葉を聞いた瞬間、４人の目が同時に大きく見開《みひら》かれた。

「固有名詞を記憶できないって……それじゃあ、一ノ瀬が人の名前をなかなか覚えなかったのは、記憶障害《しょうがい》のせいだったってこと？　もしかして、日本史の小テストの結果がさんざんだったのも、そのせいなの？」

衝撃を隠しきれていない蘭の表情に、究はあくまで、飄々《ひょうひょう》とした笑顔を返す。

「そういうことになるのかな。結局、覚えられないから、あまり勉強もしなくなって――だから、点が悪い理由は記憶障害だけじゃないとは思うけど……」

おかしなこともあるもんだよねぇ、と言って、究はからからと笑う。ただ、それを聞いた4人は、誰も笑わなかった。

「……とまぁ、そんなこんなですぐには退院できず、入院とリハビリの生活が何ヵ月も続いたんだ。ICUでのんびり寝てる間に3年生に進級したはずなのに、あっという間に出席日数が足りなくなって――当然、勉強もできてないんだからテストで点数をとることもできなかっただろうし――俺は最終学年にして留年。今年、2回目の3年生をやることになったってわけ。2回目って言っても、1回目はほぼ何もやってないから、今年が1回目みたいなものだけどね。だから本当は、安藤や江東より1学年上なんだ。入学した年も違《ちが》えば、修学旅行に行ったタイミングも違う。まぁ、俺は3月末生まれだから、実際の年齢はそんなには離れてないと思うけどね。だから見た目はそんなに違いないでしょ？」

付け足すように言い添《そ》えられた、最後の「なくてもいいような情報」は、場の空気を軽くするためのものだろう。瑛も蘭も、それがわかったから、あえて究の軽口《かるくち》にのることにした。

「なるほどね。これでいろんな謎が解けたわ。最初に一ノ瀬に会ったとき、同級生なのにぜんぜん見覚えがなかったのは、そもそも同級生じゃなかったからなんだね。よっぽどでもないと、学年が違う生徒のことは把握《はあく》できないし、しかも間で1年休学してたんなら、記憶に残るわけないもん。あたしたちと同級生の手塚《てづか》——文化祭実行委員会の委員長が一ノ瀬にだけ敬語《けいご》だったのも、同じ中学の先輩だったからなんでしょ？　悪いけど、手塚から聞いたよ。手塚、事故のことは知らないみたいだったけど」

「あぁ、手塚ね。同じ中学だったうえに家も近所で、ちょくちょく顔を合わせてたんだ。特別仲のいい後輩だったっていうわけではないんだけど、手塚、委員長をやるだけあって律儀《りちぎ》でまじめなところがあるから、年齢が上《うえ》ってだけで、俺を先輩扱いしてくれてたんだよ」

そして、一呼吸おいて、究はふたたび話を続けた。

「俺が事故で入院したあと、新聞やニュースには名前は出なかったけど、さすがに学校側には俺の両親から経緯《けいい》が伝えられた。職員会議では、俺のプライバシー保護の観点とかで、『一ノ瀬究が事故に遭《あ》ったことは生徒たちには伏せる』という決定が下されたらしいね」

話を一通り終えた究は「よっこいしょ」と高齢者《こうれいしゃ》のようなセリフとともに立ち上がると、部室に備えつけてある小型冷蔵庫に歩み寄った。そこから500ミリリットルのペットボトルを取り出し、イスに戻ってから、中の水をノドに流し込む。飲み口を離した拍子《ひょうし》に小さな水滴が跳ねて頬に飛び、それがスイッチになったかのように、全身が冷気《れいき》に——甘く見ていた3月の川の冷たさに沈んだあのときの感覚に包まれた。

その冷たい感覚をごまかすように、「そうだ」と究は口を開く。

「ちなみに、パソコン同好会がパソコン部に昇格《しょうかく》するために考えた『恋のジンクスを作って流す』っていう作戦も、俺が1年生のころに、パソコン同好会に入ったクラスメイトから相談されて考えたものだよ。うまくいって、翌年の4月に部活に昇格したんだよね」

「えっ！　あれって一ノ瀬が入《い》れ知恵《ぢえ》したの!?」

「なるほどね。さも見てきたように話すと思ったら、そういうことだったのね」

驚きや納得をそれぞれの顔に浮かべる4人を見て、究はふたたび、ペットボトルの水を口に運《はこ》んだ。それを飲み込んでから、ふぅ……と息を吐く。

自分の身に起こったことをこんなに細《こま》やかになぞったのは、事故以来、初めてのことだった。記憶も、体の状態も、一通り落ち着いたはずと思っていたが、やはりわざわざ掘り起こすのは気の重たくなることだ。

「でも、もう、大丈夫なんですよね？」

そのとき、かすかに震える声にはっとして究が目を上げれば、泣きそうな表情の奏がこちらを見つめていた。

「復学したってことは、体はもう大丈夫《だいじょうぶ》なんですよね？」

「まぁ……ときどきひどい頭痛がしたり、とくに雨の日なんかは、雨音に触発《しょくはつ》されて川の水音なんかがフラッシュバックしたりすることはあるけど……体は、大丈夫だよ」

「なるほど。ときどき保健室で休んでることがあるのは、そのせいだったんですね。昨日、『頭痛がひどい』って言って早めに帰ったのも」

透が納得したようにうなずく。奏の泣きそうな顔も、いくぶん和《やわ》らいでいた。

「ほらね、江東先輩。僕が言ったとおり、イッキュウ先輩は、やっぱりいい人なんですよ！」

「『いい人』かどうかは別でしょ。実際、復学後に科学部を乗っ取ったんだから」

ふん、と鼻から息を吐き出して、蘭が目を細める。それに対して、究は涼《すず》やかに微笑んだ。

「俺がパズル部を作ろうと思ったのも、あの事故がキッカケだったんだ。実は、最初にパズルを愛好《あいこう》してたのは俺じゃなくて、事故のとき一緒にいた友人のほうでね。事故当日も、友人が出したパズルを解きながら帰ってたんだよ」

「そうだったの？　それは少し意外かも。むしろ一ノ瀬くんの趣味だと思ってたわ」

首をかしげてまばたきを繰り返しながら瑛が言う。ほかの３人も、意外そうな表情は同じだった。

「事故後、入院しているときも、友人はよくお見舞いに来てくれて——俺の事故に対して、彼が責任を感じる必要なんて少しもなかったのに、どこかで気にしていたのかもね——そのときにも、よくパズルを出してくれたよ。それが頭の体操になって、リハビリにもなった気がするんだ。そのうち、俺自身もパズルに興味をもつようになった。それは、脳のリハビリのためだけじゃなくて……人がパズルを解く過程《かてい》を観察することで、『他人の思考』を知りたいと思ったからでもあるんだ」

「他人の思考？」

聞き返した透に目を向けて、「ほら」と究は自分のこめかみあたりを、指先でトントンと叩いた。

「事故をきっかけに、俺の脳は、人とは違ってしまったからね。さっき、固有名詞が記憶に残りにくいって話したけど、『人の感情や考え』も、わかりづらくなった気がするんだ。もっとも、事故前もそうだったような気もするから、因果《いんが》関係はよくわからない。だから、パズルを通して他人の思考性《しこうせい》を観察することで、『他人のことを、もっと知りたい』って考えたんだ。ただ、そう簡単にはいかない。いまだに、パズル部のみんなの気持ちや考えもわからないよ」

元科学部の３人は、「科学部は今日からパズル部になります」と究が高《たか》らかに宣言したあの日のことを、鮮明に思い出していた。

「あの『乗っ取り』のウラには、そんな事情があったのか……」

「俺のもともとの同級生は、みんな卒業したあとだったからね。俺はけっして、後輩たちに人望がある『先輩』じゃなかったから部を作れるほどの人数を集められないだろうことはわかってた。どうしたものかなと考えてたら、科学部が廃部《はいぶ》の危機だって聞こえて、『これだ』って思ったんだよ」

そう言って、究は久しぶりに、策士《さくし》めいた表情を浮かべた。

「おかげで、パズルを通して、いろんな人たちの思考性を垣間《かいま》見ることができたよ。人が多ければ多いほど、ひとつの物事に対しても複数のアプローチが浮かび上がるのは興味深いね。まだ目的は達成できていないけど、パズル部を作ったことは間違いじゃなかったって思えるよ。それに――……」

そこで、究は言いよどんだ。思いついたことを口にしようとして、やはり口にすべきかどうかを迷っているように、ゆっくりと下唇《したくちびる》を噛む。

しびれを切らすのが早い蘭が、「何よ?」と究をにらみつけた。

「まだ秘密を作るの? 一度言いかけたんなら、最後まで言いなよ。今さら何を聞いたところで、あんたを非難《ひなん》するような人間は、ここにはいないことくらいわかるでしょ」

その言葉に、究が結んでいた唇をふっとゆるめた。蘭のこういうところも、今の究には「らしい」と思える。

「俺の脳の機能障害は継続《けいぞく》中。だから、人の名前はあまり覚えられない。それでも……ここにいるみんなの——パズル部のメンバーのことは、不思議とすんなり覚えられたんだ。個性が強すぎるから、脳じゃなくて、体が覚えたのかな」

最後は茶化《ちゃか》すように言って、究は後頭部に手をやった。

パズル部を作ったのは間違いじゃなかった。人の思考を垣間見ることができたからというのも大きいが、記憶から消えることのなさそうな「誰か」と出会えたから、というのも大きな理由だ。その「誰か」がいるというだけで、ここは究にとって意味のある場所だ。

リハビリのため、人の思考を知りたいがために作った部だったが、今となっては、「パズル部にいること」こそが、究の目的となっている。それは究自身も疑《うたが》ってはいない。

「でも、それなら学校生活でも、いろいろ大変なことがあるわよね。先生たちは知ってるの？　那智先生は知ってそうだったけど」

気遣《きづか》いの見える瑛の言葉に、究は「あぁ」とうなずきを返した。

「先生たちには伝えてあるよ。俺の場合、学校生活や勉強に支障《ししょう》が出る可能性も高いけど、それでも復学を希望したのは、こっちだからね。先生たちが気を配ってくれるおかげで――成績についてはともかく――今のところはなんとかやれてるよ。それに、俺自身は今の状態を、それほど悪いことだとは思ってないんだ」

「え？」と奏が不思議そうな声をこぼす。あまりにも素直なそのつぶやきにも、究はやはり、悪い気はしなかった。

「さっき俺が出した問題と同じだよ。『点を結んで、面積が４平方センチメートルや９平方センチメートルの正方形を作れ』という問題だったら、簡単に解けてしまって、おもしろくもなんともないでしょ？　このパズルは、『面積が５平方センチメートルになる正方形を作れ』という問題だからこそ、おもしろいんだ。つまり、提示《ていじ》された目標や条件が厳《きび》しければ厳しいほど挑戦するかいがあるし、解決できたときの心地よさが大きいんだよ。それにこの問題は、平《へい》方根《ほうこん》を知っていれば、また違ったアプローチができるよね。俺の脳の後遺症も、同じようなものなんだ。たしかに、俺の記憶力には問題がある。でも、そんな厳しい『条件』を課《か》されたからこそ、毎日の生活に手ごたえが出てきたと感じることも多いんだ。最初こそとまどったけど、考え方や物事のとらえ方、それらに対するアプローチの仕方《しかた》にバリエーションができたのは、後遺症があるからこそだとも言える。ほかの人とは違う思考性を手に入れたという点では、少し誇《ほこ》らしくさえ感じるんだよね。事故以前の俺は、毎日なんとなく、たいした目標もない学校生活を送っていたけど……脳に『条件』を課された今は、ごくごく当たり前の日常に、以前よりもくっきりとした輪郭《りんかく》ができたっていうか、いろんなことが明確に見えるようになった気がするんだ。パズル部だって、事故に遭ったからこそ作ることができた。おかげで俺は、以前より楽しい学校生活を手に入れたよ」

——たとえ、自分がこの先、障害が原因でみんなと同じ道を歩いていけなくなったとしても。

それでも、きっと、後悔はしないだろう。

その言葉だけは口に出さず、胸の中で強く唱《とな》えるにとどめた。かわりに、にっこりと、できるだけ「ふつう」の高校生に見えるように、究は笑う。

「だから、きみたちも、俺とはこれまでどおりに接《せっ》してくれたら助かる。俺にとっての新しい学校生活には、この場所が不可欠だからさ」

そのとき、ぐすっ……とハナをすする音が聞こえた。見れば、奏が「泣きそうな顔」から「泣き顔」になっている。

「イッキュウ先輩に、そんな事情があったなんて……。でも、この場所がイッキュウ先輩にとって大事な場所になってるなら、僕も嬉しいです。これからも、パズル部の後輩として、よろしくお願いします！」

イスから立ち上がるなり、究のもとへ転《ころ》ぶように歩み寄った奏が、究の手を両手でとってブンブンと激しく上下に揺さぶった。「ハイハイ」と、あしらう究の肩からブレザーがずり落ちそうになっている。

その一連の光景を眺めて、蘭はため息をついた。

「いろいろ腑《ふ》に落ちたから、隠しごとをしていた件は、許してあげるわ。ただ、年齢が上でも学年は同じだし、部活歴《れき》はこっちが長いんだから、手塚と違って敬語なんか使わないからね」

「江東先輩は、先生にすら敬語を使わないじゃないですか？」

「わかりづらいかもしれないけど、今のは照れ隠しなのよ」

透と瑛の言葉を聞いて、「何よぉ！」と蘭が牙をむく。そこには、ふだんと変わらないパズル部の日常が戻っていた。「朝生、いいかげん離れてくれない？」と、奏をぐいぐい押しやる究にも容赦《ようしゃ》がなく、これまでの関係性から何も変わっていないことが、瑛の目にもうかがえた。

――何も変わらない。それでいいのよね？

一ノ瀬究の、少し特殊《とくしゅ》な「事情」を知った。それでも変わらない態度で、一ノ瀬究に同級生として、部活仲間として接《せっ》することが、おそらく正しいことなのだろうとは思う。しかし、瑛が「変わらない態度で接する」ということは、科学部の復活をこれまでどおりに主張し続けるということにほかならない。パズル部の前身《ぜんしん》である科学部を復活させるということは、究からパズル部を取り上げるということだ。

だったら、一ノ瀬究という一人の生徒のために、自分は変わるべきなのかもしれないという気持ちが、瑛の中で首をもたげてくる。現状でも「科学」ができないわけではないし――実際に蘭は科学実験を続けていて、満足もしている様子だし――それなら、「科学部」という名前にこだわる必要は、ないのかもしれない。

そんなことを考えながら一ノ瀬究の横顔を見ていると、ふいに、究がくるりと視線をめぐらせてきた。とっさに目をそらすこともできず、瑛が固まっていると――瑛を見つめながら、一ノ瀬究は、窓辺からふっと笑ってみせた。

真意《しんい》の読み解けないその微笑みを前に、どうしても、瑛の心に疑心《ぎしん》が生まれる。

――まさか一ノ瀬くん、情《じょう》に訴《うった》えて、自分が思う方向にみんなを誘導《ゆうどう》した？

「一ノ瀬く――」

「あぁもう、いいかげん泣きやみなよ、朝生。こんな人情話にほだされてたら、警察の仕事なんて、絶対に務まらないでしょ？」

「うぅっ……。なんかもう、イッキュウ先輩の事情も知らずに、僕、いろいろ迷惑かけてたよなぁって思ったら、つい……」

瑛が声をかけようとしたときには、瑛を除《のぞ》く3人に、究は取り囲まれていた。

――やっぱり、正しい答えなんて見つけられない。

今日も瑛は、その結論に落ち着くしかない。

たとえ、どんな「条件」がついたところで、一ノ瀬究という人間が「食えない人間」であるという事実は、変わらないだろう。それがわかるくらいには、瑛は究と、同じ時間を共有してきた。

――そうね。あなたがそう言うのなら、そんな表情で微笑むのなら、私は絶対に科学部の復活をあきらめない。それが私なりの、一ノ瀬究への対等《たいとう》な付き合い方だ。

決意を胸に、瑛は一歩、仲間たちが集う窓辺に向かって踏み出した。

窓の外は、もうこれ以上の「悲劇」など想像もできないかのように、澄んだ夕焼けに赤く染まっていた。

- 桃戸ハル

東京都出身。三度の飯より二度寝が好き。著書に、『５分後に意外な結末』シリーズ（Gakken）、『５分後に意外な結末　ベスト・セレクション』（講談社文庫）など。編集した書籍は、『ざんねんな偉人伝』（Gakken）など。
X（旧twitter）：@momotoharu_off

- 伊月 咲

「物語ること」「謎を解くこと」は、仕事ではなく、ライフワーク。
今回、〈青春〉という、最も難解なパズルに挑戦。雪月花を好む。
指針とする名言は、「道に迷うことこそ、道を知ること」。

- usi

静岡県出身。書籍の装画を中心に、イラストレーターとして活動。
グラフィックデザインやWebデザインも行う。

5分後に意外な結末Q　そして、パズルだけが残った。

2024年12月31日　第1刷発行

著	桃戸ハル、伊月咲
絵	usi
発行人	川畑勝
編集人	芳賀靖彦
企画・編集	目黒哲也
発行所	株式会社Gakken
	〒141-8416 東京都品川区西五反田2-11-8
印刷所	中央精版印刷株式会社
DTP	株式会社 四国写研

［お客様へ］
【この本に関する各種お問い合わせ先】
○本の内容については、下記サイトのお問い合わせフォームよりお願いいたします。
https://www.corp-gakken.co.jp/contact/
○在庫については、TEL03-6431-1197（販売部）
○不良品（落丁・乱丁）については、TEL0570-000577
学研業務センター　〒354-0045　埼玉県入間郡三芳町上富279-1
○上記以外のお問い合わせは　TEL0570-056-710（学研グループ総合案内）